译文经典

天才雷普利
The Talented Mr. Ripley
Patricia Highsmith

〔美〕帕特里夏·海史密斯 著

赵挺 译

上海译文出版社

1

汤姆朝身后瞥了一眼，发现那名男子正走出"绿笼"酒吧，朝他这边走来。汤姆加快了脚步。此人显然是在跟踪他。汤姆五分钟前就注意到他了。当时他坐在桌边仔细打量汤姆，一副虽不十分肯定，但也差不离的表情。汤姆确信此人是冲自己来的，连忙将杯中物一饮而尽，结账离开。

走到街角，汤姆猫起身子，快步穿过第五大道。附近有家名叫"劳尔"的酒吧。要不要试试运气，进去再喝一杯？这样会不会是玩火？还是拐到公园大道，利用那儿沿街漆黑的门道把这人甩掉？他还是走进了"劳尔"。

在酒吧里，汤姆信步来到一个空位前，习惯性地朝四周张望，看看有没有熟人。他认识的一个红头发、大块头的男子，正和一位金发女郎坐在一起。他总是记不住红头发的名字。红头发朝汤姆挥挥手，汤姆也软绵绵地抬起手算是回应。他一条腿跨过凳子，侧着身子骑在上面，挑衅似的把脸朝向酒吧门口，显得满不在乎的样子。

"给我来杯金汤力。"他对酒保说。

那人是他们派来追踪自己的吗？是，不是，是？他看上去一点儿也不像警察或探员，更像商贾，或身为人父，衣冠楚楚、食不厌精，两鬓正变得斑白，一副不是太有把握的样子。难道他们就派这种人来干活，或许先在酒吧里和你攀谈，接着"砰"的一声——一只手摁住你的肩膀，另一只手亮出警徽。*汤姆·雷普利，你被捕了。*汤姆盯着大门。

那人果然跟进来了。他四下张望，发现了汤姆，马上又把眼神移开。他摘下草帽，在吧台的转角处找个位子，坐了下来。

天呐，这人到底想怎样？汤姆再一想，他肯定不会是个*性倒错者*。这个词，汤姆绞尽脑汁才想起来，好像它具有一种保护的魔力，因为他宁愿这人是性倒错者，也不希望他是警察。对于一名性倒错者，他只需说，"不，谢谢"，便可以微笑着走开。汤姆转过身坐正，挺直腰板。

汤姆看见那人朝酒保做了个暂不点酒的动作，绕过吧台朝他走来。果然来了！汤姆盯着他，一动都不敢动。最多判我十年，汤姆想。也许十五年，不过如果表现良好的话——没容他多想，那人已经张口了。汤姆的心怦怦直跳，内心绝望而懊恼。

"对不起，请问你是汤姆·雷普利吗？"

"是我。"

"我是赫伯特·格林里夫，理查德·格林里夫是我儿子。"汤姆彻底糊涂了，比对方拿一把枪指着自己更甚，因为这人的表情友善、带着微笑，充满期待。"你和理查德是朋友，对吧？"

汤姆隐约想起一个人来。迪基·格林里夫，一个金发的高个子。在汤姆印象中，他很有钱。"噢，迪基·格林里夫，嗯。"

"你总该认识查尔斯·施立弗和玛塔·施立弗夫妇吧，是他们跟我说起你的，说你可能——噢，我们还是找个地方坐下来聊，好吗？"

"好啊。"汤姆愉快地答应，端起酒杯，随这人走到这间小酒吧后面的一张空桌子前。逃过一劫，汤姆想。平安无事！不是来抓他的。是为别的事情。反正不管什么事，只要不是为了重大盗窃案或非法篡改邮件案之类的事情就行。理查德也许遇到麻烦了。格林里夫先生可能需要帮助或建议。对于格林里夫先生这样的父亲，汤姆知道该说什么话。

"刚才我不十分确信你就是汤姆·雷普利，"格林里夫先生说，"我以前只见过你一次。你和理查德来过我们家吧？"

"我想是吧。"

"施立弗夫妇也向我描述过你。最近我们一直在找你，施立弗夫妇希望我们在他们家会面。他们打听到，你经常光顾'绿笼'酒吧。今天晚上我是第一次来找你，结果运气不错，"他笑道，"上周我给你写了一封信，不过你可能没收到。"

"我没收到。"看来马克最近没把信件转给我，汤姆心想。马克真混蛋。说不定会有多蒂姑妈寄来的支票。"我一周前搬了家。"汤姆补充了一句。

"怪不得。不过信里也没说什么，就说我想见见你，和你聊聊。施立弗夫妇觉得你应该和理查德很熟。"

"我记得他，我们认识。"

"但你现在不和他通信了吧？"格林里夫先生的表情有些失望。

"没有通信。我都好几年没见过迪基了。"

"他已经在欧洲待了两年。施立弗夫妇对你评价很高。他们认为如果你给他写信，也许会有点用。我想让他回家。家里需要他回来尽一些义务——可是我和他妈妈苦口婆心讲的话，他全都置若罔闻。"

汤姆有些不解。"施立弗夫妇到底说什么了？"

"他们说——当然有点夸张——你和理查德是挚友。我觉得他们想当然地认为你和他有通信联系。你也知道，理查德的朋友，我不认得几个——"他瞧了一眼汤姆的酒杯，像是觉得怎么也得给他再点一杯酒才够意思，但汤姆的杯子几乎还是满的。

汤姆记起曾经和迪基·格林里夫一起去施立弗家参加过一个鸡尾酒会。或许格林里夫和施立弗两家的关系比他和施立弗家的关系更亲近，所以才会引来这档子事。他这辈子和施立弗夫妇总共也只见过三四次面。最近一次是某天晚上，他为查理·施立弗计算个人收入所得税。查理是电视导演，他有好几种自由职业的收入，账目十分混乱。查理和玛塔发现，汤姆不但有本事把账目理清，并且算出的税款比查尔斯应缴的要少，在法律上还挑不出任何毛病。或许正因如此，他们才向格林里夫先生举荐汤姆。根据那天晚上的情况，查理保不准会告诉格林里夫先生，汤姆为人聪明，头脑冷静，办事周详可靠，乐于助人。不过这其中可有点误会。

"你大概也不认识理查德的其他熟人，能左右他一下？"格林里夫先生可怜兮兮地问。

倒是有个叫巴迪·兰克劳的人，汤姆想。不过汤姆不想把巴迪卷进来，给他平添这些琐事。"恐怕的确如此。"汤姆摇了摇头。"理查德为什么不愿意回家？"

"他说他宁愿住在那儿。可现在他母亲病得很厉害——呃，还有一些家里的事。不好意思，让你为难了。"他心烦意乱地伸手摸了摸灰白的头发，它们虽然稀薄，却梳得纹丝不乱。"他说他在那儿画画。画画倒不是什么坏事，但他没有当画家的天分。他在船舶设计方面很有天赋，如果肯花心思的话。"这时酒吧侍者走过来问他要点什么，他抬头道，

"苏格兰威士忌加苏打水。帝王威士忌。你不来一杯吗？"

"不用，谢谢。"汤姆拒绝了。

格林里夫先生歉疚地看着汤姆。"在理查德的朋友中，你是第一个愿意听我说话的。其他人总认为我是在干涉他的生活。"

汤姆对此十分理解。"我要是能帮你就好了。"他彬彬有礼地说。他现在记起来了，当年迪基的钱都是从一家造船公司汇来。这家公司造的都是小型帆船。显然他父亲希望他回家，子承父业，接管这间家族企业。汤姆朝格林里夫先生空洞地笑了笑，将杯中的酒一干而尽。他移坐到椅子边，准备离开，但隔着桌子传过来的失望之情清晰可辨。"他在欧洲什么地方？"汤姆虽然嘴里在问，其实心里根本不关心这个问题。

"在一个叫蒙吉贝洛的小镇，位于那不勒斯南面。理查德对我说，那儿连个图书馆都没有。他在那儿不是航行就是画画，还买了房子。理查德有收入，虽不太多，倒也足够他在意大利的花销。人各有所好，不过我实在没看出来那个地方有什么吸引人的地方。"说到这里，格林里夫先生笑了笑，有些放开了。"我给你点一杯吧，雷普利先生？"侍者送来加苏打水的苏格兰威士忌时，他问雷普利。

汤姆本想离开，但他实在不想看着对方端着刚送来的酒在那里干坐着。"谢谢，那就来一杯吧。"汤姆把酒杯递给侍者。

"查理·施立弗说你任职于保险业。"格林里夫先生饶有兴致地问。

"那是前一阵子的事了。我——"汤姆暂时不想对格林里夫先生透露他在美国国税局任职,"我现在在一家广告公司的会计部门。"

"哦?"

接下来的片刻,两人都没说话。格林里夫先生盯着汤姆,神情既可怜又充满期待。他到底能说出点什么有用的?汤姆则后悔不该接受对方点的酒。"迪基今年多大?"他问格林里夫先生。

"二十五岁。"

和我一样大,汤姆心想。迪基很可能十分享受那儿的生活。有收入,有房子,有帆船。他干嘛要回家?印象中迪基的形象现在越来越清晰了:笑容灿烂,一头金色卷发,一副乐天派的面容。迪基是个幸运儿。自己现在也是二十五岁,可是在忙什么呢?每周都在为谋生而奔波。银行没有存款。平生居然第一次在躲条子。他有数学才华,可为什么偏偏没用武之地,没人雇他一展身手?汤姆感到身上每块肌肉都变得紧绷,手里的火柴盒被攥得朝一面变了形,几乎全压平了。他觉得腻味,腻味透了,腻味,腻味,腻味!他想回到吧台,一个人呆着。

汤姆呷了一大口酒。"你要是把他的地址给我,我很乐意给他写信,"他很快地说,"我想他会记得我的。有一次,我们一起外出,去长岛参加一个周末派对。迪基和我负责拾海滩上的贻贝,大伙就拿它们做早餐。"汤姆笑着回忆。"有几个人还吃生病了,那次派对玩得并不开心。但我记得迪基那天就说准备去欧洲。他一定就在那之后便离开——"

"我想起来了!"格林里夫先生说,"那是理查德在国内的最后一个周末。我记得他也和我说起贻贝的事。"他放声大笑。

"你们住的公寓,我去过几次,"汤姆继续说道,而且说得越来越投入,"迪基还给我看了他卧室桌子上摆放的船模。"

"那些都是他小时候做的!"格林里夫先生的欣喜之情溢于言表。"他有没有给你看他做的船体模型?还有素描作品?"

迪基当时并没有给他看,但汤姆故作兴奋地说,"当然看了!是钢笔素描。有些画得很精彩。"汤姆从未看过那些作品,但现在这些作品对他来说仿佛历历在目,每件作品都像出自专业制图者之手,线条长短比例恰到好处,极具专业水准,而迪基正笑容可掬地拿着这些作品向他展示。他本想投格林里夫先生所好,再胡扯几分钟,把细节说得活灵活现,但还是忍住了。

"是啊，理查德对线条颇有天分。"格林里夫先生一副心满意足的神气。

"没错，他确实有这方面的天分。"汤姆附和道。刚才的无聊感又朝他袭来。汤姆熟悉这种情绪，它有时出现在派对上，但通常情况下，是和一个他并不十分喜欢的人一同进餐时才会有，那会让他愈发觉得这夜晚的时光难熬。不过要是迫不得已，他倒也能够故作彬彬有礼地再耗上一个钟头，直到最后忍无可忍，夺门而逃。"对不起，我现在不是很有空，要不然我倒是愿意去那边，看看能否说动理查德。我对他或许能有点影响。"他说这些话，纯粹是顺着格林里夫先生的意思。

"如果你能认真考虑一下——就是说，我不知道你能否考虑去一趟欧洲。"

"不，不行。"

"理查德向来对朋友言听计从。如果你，或者像你这样的朋友能有空，我愿请你们过去和他谈谈。反正我觉得你们去比我去效果要更好。你现在有工作，抽不出时间，对吧？"

汤姆的心突然猛跳一下。他装作一副沉思的表情。这倒是个机会。他身体的某些部分已经嗅到了味道，赶在他的大脑做判断前，抢先跳将出来。现在的工作：子虚乌有。而且他很快也不得不出城。他想离开纽约。"我或许可以去。"

他认真地说，还是带着那副若有所思的表情，好像正在摆脱成千上万道阻碍他去欧洲的束缚。

"如果你同意去，我十分乐意承担你的开销，这些都不在话下。你真的能安排一次行程吗？今年秋天怎么样？"

现在已经是九月中旬。汤姆盯着格林里夫先生小指上那枚纹章几乎快磨平的图章金戒指。"我觉得差不多。我很乐意再次见到理查德——尤其是你认为我能帮上忙。"

"我相信你肯定能帮上忙！他会听你的。至于你和他不是太熟——如果你向他强烈建议，觉得他应该回家，他反而会觉得你这个局外人没有私心。"格林里夫先生靠到椅背上，赞许地看着汤姆。"蹊跷的是，吉姆·伯克夫妇——吉姆是我的合伙人——去年在乘游轮时，顺道路过蒙吉贝洛。当时理查德保证冬天就回家。我指的是去年冬天。吉姆现在已经不管查德的事了。二十五岁的年轻人怎么会听一个六十开外老头子的话？但我们没做成的事，你却大有希望！"

"希望如此。"汤姆低调地说。

"要不要再来一杯？上好的白兰地怎么样？"

2

汤姆往家返时，已经过了午夜。格林里夫先生本打算叫一辆出租车，顺路捎他一程，但汤姆不想让他看到自己现在的住处——位于第三大道和第四大道之间的一栋黯淡肮脏的褐石建筑，门口还挂着一块"此屋出租"的招牌。在过去的两个半星期里，他和一个名叫鲍勃·迪兰西的人合住。他虽然和这个年轻人也不太熟，但走投无路时，鲍勃是他在纽约的朋友圈里唯一肯主动收留他的人。汤姆从没让朋友来过这里，甚至都没告诉任何人自己住哪里。鲍勃这儿有个最大的好处，就是他化名为乔治·麦克艾尔宾的邮件可以寄到这里，且被人识破的几率甚低。但这所房子正厅后面的卫生间味道刺鼻，锁也坏了；这个单间污秽不堪，里面像是曾住过上千个各色人等，在房间里留下形形色色的秽物，却从没有人动手打扫卫生。一摞摞胡乱叠放的《时尚》和《芭莎》杂志，硕大艳俗的烟灰色玻璃碗随处乱摆，里面装满线团、铅笔、烟头和腐烂的水果。鲍勃是个自由职业者，平时主要是为商店和百货商场装点橱窗，但现在只剩下第三街的古董店偶尔还找他干点活，那些烟灰色玻璃碗就是一家古董店送他的，权充报酬。汤姆刚来时，震惊于这儿的邋遢肮脏，想不到这地方居然还能住人。不过他心里也明白，自己不会在这儿长住。现在格林里夫先生适时出现了。事情总会出现转机。这就是汤姆的人生哲学。

汤姆正要沿着褐石台阶拾级而上，又先停下来，朝两旁小心翼翼地看了看。除了一个遛狗的老妇人和从第三大道拐角蹒跚走过来的一个老头之外，四下空无一物。现在若说哪种感觉让汤姆害怕，那就是怕人跟踪。任何人跟踪他都害怕。偏偏最近他总感觉被人跟踪。他沿着台阶跑上去。

他走进房间，这会儿他对里面的肮脏混乱看不顺眼了。他心里思忖，一旦拿到护照，便立刻坐船前往欧洲。也许是坐头等舱，有什么需求，一摁按钮，侍者就把东西送来。进餐时他要着正装，缓步迈进宽敞的餐厅，像个绅士那样和同桌进餐者交谈！ 他想，应该庆幸自己今晚撞上的好运气。而他的表现也恰到好处。格林里夫先生怎么也不会想到，自己是苦心孤诣地从他那里骗得去欧洲的机会。恰恰相反，他会认为是自己求汤姆去的。他不会让格林里夫先生失望。他会竭尽全力劝说迪基。格林里夫先生是正人君子，所以也想当然地以为，世上的人都是正人君子。而汤姆差不多都快忘了世上还有正人君子存在。

他缓缓地脱下外套，解掉领带，像注视他人那样，注视自己的每一个动作。他惊讶地发现自己的腰板现在挺得比以前直溜多了，脸上也焕发出另一种神采。现在可谓是他这辈子中为数不多的自我感觉良好的时刻。他将手伸到鲍勃那塞得满满的壁柜里，恶狠狠地将里面的衣挂向左右两边推开，腾出空间放入自己的西装。接着他来到浴室。老得生锈的淋浴头一出水就分成两股，一股水流射向浴帘，另一股水流轨迹呈怪异的螺旋形，让他很难淋湿身体。不过这总比坐在肮脏的浴缸里洗澡要好些。

第二天早晨，他醒来时，鲍勃没在家。汤姆瞧了瞧鲍勃的床，知道他昨晚没回来。汤姆跳下床，走到双眼燃气灶前煮咖啡。鲍勃今早不在家也好。汤姆并不想告诉鲍勃他要去欧洲。那个懒蛋要是知道了，只会想着这是一次免费的游山玩水。到时候他认识的其他懒蛋，爱德·马丁，伯特·维塞等人也都会知道了。汤姆谁也不打算说，也不要别人为自己送行。汤姆吹起口哨。他今晚将应邀前往公园大道格林里夫先生的公寓做客。

十五分钟后，汤姆完成了淋浴、剃须，穿上西装，配上条纹领带。他觉得自己现在的形象，作为护照的证件照，应该还不错。他端着一杯黑咖啡在房间里溜达，等早晨的邮件。收到邮件后，他将前往无线电城①，办理护照事务。那下午的时间怎么打发呢？要不去看看艺术展，为晚上和格林里夫一家人的餐叙找些谈资？或者研究一番伯克-格林里夫船舶公司的情况，这样也许会让格林里夫先生觉得自己对他的工作感兴趣？

这时门外的邮箱传来微弱的咯吱声，从敞开的窗户传进来。汤姆下楼，等邮差走下台阶，不见踪影，这才走出门，沿着邮箱下沿，把邮差刚塞进邮箱的那封寄给乔治·麦克艾尔宾的信取出来。汤姆撕开信封，从里面掉出来一张一百九十美元五十四美分的支票，收款人是美国国税局税务官。伊迪丝·苏波沃老太太真听话！乖乖就把钱交来了，连一个电话都没打。这是个好兆头。他返回楼上，把苏波沃夫人的信封撕碎，扔进垃圾袋里。

他把苏波沃夫人的支票放进一个马尼拉纸的信封里，将信封放到壁橱一件外套的内袋里。他心算了一下，自己诈骗来的支票金额总计已经达到一千八百六十三美元十四美分。可惜的是，这些钱无法兑换成现金。他怕某个白痴支票上的钱尚未入账，或直接将支票兑领人写成乔治·麦克艾尔宾，不过截至目前，还没人这么做。汤姆不知从哪搞到一张银行通讯员的工卡。卡上的日期虽然失效了，不过想办法是可以

---

① 位于曼哈顿第六大道洛克菲勒中心，是世界著名艺术殿堂。

篡改的。他担心的是，兑换现金时无法脱身，哪怕持有伪造的、不限金额的授权兑换信，也都统统不管用。所以他费尽心机忙活了一通，到头来不过成了笑话。他还是个乖乖的守法者，并没有盗窃任何人的钱财。他考虑在前往欧洲之前，将这些支票毁掉。

他的名单上还有七个可下手的对象。在最后出发前的十天里，他要不要再试一个目标？昨天晚上，和格林里夫先生会面后步行回家的路上，汤姆想着，如果苏波沃夫人和卡洛斯·德·塞维拉付了钱，他就洗手不干。塞维拉还未付钱——他要打个电话好好吓唬他，给他说说大道理；不过苏波沃太太太好骗了，令他忍不住想要再试一次。

汤姆从壁柜的旅行箱里拿出一个淡紫色信笺盒，里面有几页信笺纸。信纸下面是一沓各式各样的表格。这些是他数周前在美国国税局做库房管理员时拿来的。盒子最下方是他列的一份名单。名单上的人是他精心挑选出来的。这些人都居住在布朗克斯和布鲁克林，他们是艺术家、作家或自由职业者，年收入在七千到一万二之间。他们的收入里不会代扣所得税，他们本人也不太可能亲自跑一趟纽约税务局去缴税。汤姆估计这个收入区间的人，很少会雇职业税务人员帮自己计算所得税，而他们的收入也足以令他们应缴的所得税可能出现两三百美元左右的误差。这些人是威廉·斯拉特雷，记者；菲利普·罗比拉德，音乐人；弗雷达·荷恩，插画师；

约瑟夫·吉拉里，摄影师；弗雷德里克·雷丁顿，艺术家；弗朗西斯·卡内基斯——汤姆相中了雷丁顿这个人。他是画连环漫画的。这人平时估计对自己的收入也是一本糊涂账。

他挑了两页抬头为《应交税款订正单》的表格，在中间插一张复写纸，随后迅速地抄下名单上雷丁顿名字下的个人信息。收入：一万一千两百五十美元。免税项：一项。扣除金额：六百美元。账面余额：零。汇款额：零。利息：（他犹豫片刻）两美元十六美分。应补交：两百三十三美元七十六美分。接着他从一沓复写纸里抽出一张印有税务局列克星敦营业所地址的打字纸，用钢笔划一道斜线勾掉地址，然后在斜线下打出下面的话：

敬启者：

兹鉴于税务局列克星敦营业所业务繁忙，回函请复：

纽约州，纽约市 22 区

51 街东侧 187 号

稽查科

乔治·麦克艾尔宾

收悉

稽查科科长

拉尔夫·费切尔

纸上汤姆的手写签名潦草得几乎无法辨认。他怕鲍勃突然闯进来,于是将其他表格收好,拿起电话。他决定给雷丁顿先生来个先发制人。他从电话局问到雷丁顿先生家的电话号码,拨通了。雷丁顿先生正好在家。汤姆把情况简要解释了一下,并对雷丁顿先生迄今还未收到稽查科寄来的《应交税款订正单》感到吃惊。

"已经寄出来几天了,"汤姆说,"明天您一定会收到。我们在这一地区的业务最近比较繁忙。"

"可是我已经交完税了,"电话那头传来警觉的声音,"这些都已经——"

"这种情况是常有的,尤其是自由职业者的收入中如果没有代扣所得税的话。我们对您上报的所得税认真核对过了,雷丁顿先生。这回不会有问题了。其实我们也不想在您的办公室或办事处之类的地方行使扣押权——"说到这里,他咯咯地笑起来。这充满友好的、没有公事公办色彩的笑声通常具有多重奇效。"——不过您要是在四十八小时内不补交所欠税款,我们将只能如此。我很抱歉你现在还未收到订正单。我说过了,我们最近很——"

"我如果去你们那儿一趟,能有人给我解释解释吗?"雷丁顿先生焦急地问,"这可不是一笔小钱!"

"呃,那当然。"每次说到这里,汤姆的声音都变得轻松随意。他的声音听起来像一个和蔼可亲、六十开外的老头。

如果雷丁顿先生真来了，他会不厌其烦地向他解释。但任凭雷丁顿先生怎么解释狡辩，他一个子儿也不肯少。乔治·麦克艾尔宾先生代表的可是美利坚税务局，先生。"您当然可以过来和我谈谈，"汤姆拉长调子说，"但我们肯定没算错，雷丁顿先生。我只是想给您省点时间。您想来就来吧，我手头有您的所有账目。"

电话那头沉默不语。雷丁顿先生根本不想问那些账目的事，因为他压根也不知道从何问起。不过若是雷丁顿先生问这笔数额是怎么算出来的，汤姆倒是有一大通乱七八糟的说辞在等着他。什么净收入和应计收入，到期未结算款项和税收计算法，利息从交税期限算起，到交清差额为止每年增长百分之六等等这样的细节。他会不紧不慢地娓娓道来，像一辆谢尔曼坦克那样碾压过来，让听者无从置喙。迄今为止，尚未有人愿意亲身一试，想当面再听听这些话。雷丁顿先生也同样打了退堂鼓。汤姆在他的沉默之中听出了这一点。

"那好吧，"雷丁顿先生颓然地说，"等明天拿到单子，我再看看。"

"好的，雷丁顿先生。"他说着挂断电话。

汤姆坐了片刻，咯咯笑起来，将瘦削的双掌合拢在一起，放在双膝之间。接着他跳起身来，把鲍勃的打字机收好，对着镜子将一头浅棕色头发梳得整整齐齐，然后起身前往无线电城。

3

"你好哇，汤姆，小伙子！"格林里夫先生的声音像是在透露，接下来会有上佳的马提尼酒、美食和供他玩累了就地过夜的大床。"艾米丽，这位就是汤姆·雷普利！"

"很高兴认识你！"艾米丽热情地招呼汤姆。

"您好，您是格林里夫太太？"

她长得和他预期的十分吻合——金发碧眼，身材高挑，礼数周到，让汤姆不由自主地也跟着彬彬有礼起来。但是她和格林里夫先生一样，待人接物时有一种天真，对什么人都不设防。格林里夫先生领着他们进了客厅。没错，当年他和迪基就在这里待过。

"雷普利先生供职于保险业。"格林里夫先生开口说道。汤姆觉得他一定几杯酒下肚了，要不就是今晚太紧张，因为汤姆昨晚已经跟他说得很清楚，自己在广告公司上班。

"不是一份很有意思的工作。"汤姆谦逊地对格林里夫太太说。

女仆端着托盘走进来，上面盛放着马提尼酒和餐前开胃小菜。

"雷普利先生以前来过我们家，"格林里夫先生说，"理查德带他来过。"

"噢，是吗？可是我不记得见过你。"她笑道，"你是纽约人吗？"

"不，我来自波士顿。"汤姆说。这话倒是真的。

约莫过了三十分钟——汤姆觉得这时间正好，不能再长了，因为格林里夫夫妇一直不停地一杯接一杯劝酒——他们走进客厅外面的餐厅，桌子上供三人就餐的食物已经摆放完毕，蜡烛，硕大的深蓝色餐巾，一整只花色冻鸡。但上来的第一道菜却是蛋黄酱拌生芹。汤姆觉得非常不错，连声称赞。

"理查德也爱这道菜！"格林里夫太太说，"他一直就喜欢家里厨师做的这个口味。只可惜你没法带点过去给他吃。"

"我可以用袜子带点过去。"汤姆笑着打趣，逗得格林里夫太太开怀大笑。因为之前她想让汤姆给理查德捎几双布克兄弟牌黑色羊毛袜。理查德一直穿这种袜子。

席间谈话很沉闷，但菜品很棒。在回答格林里夫太太的一个问题时，汤姆告诉她自己供职的广告公司叫"罗森博格&弗莱明&巴特"。接着当他再次提及这家公司时，他故意悄然把名字换成"雷丁顿＆弗莱明＆帕克"。格林里夫先生似乎对此浑然不觉。当时是在餐后，汤姆和格林里夫先生两人单独待在客厅里，汤姆再次说起这家公司的名字。

"你当年是在波士顿上学吗？"格林里夫先生问。

"不是，先生。我在普林斯顿待了一阵子，接着就去到丹佛一位姑妈家，在那里上大学。"说完汤姆静候着，盼望格林里夫先生能问问他在普林斯顿的情况，但格林里夫先生没有问。要是格林里夫先生问起，他会侃侃而谈，什么普林斯顿的教学体系历史，校园里的清规戒律，周末舞会的情调，学生社团的种种政治倾向性，不一而足。汤姆去年夏天和普林斯顿一个大三学生交上了朋友。此人张嘴闭嘴都是普林斯顿，于是汤姆趁机追问了一大堆关于普林斯顿的事，以便将来这些谈资能派上用场。汤姆还告诉格林里夫夫妇，他是波士顿的多蒂姑妈抚养大的。十六岁那年，多蒂姑妈带他去丹佛的比亚姑妈家。其实他在丹佛只上完了中学。但当时有个叫唐·米泽尔的年轻人住在丹佛的比亚姑妈家，此人后来上了科罗拉多大学。这让汤姆觉得自己也像在科罗拉多大学上过学似的。

"你大学主修什么？"格林里夫先生问。

"我的精力主要花在会计和英文写作上。"汤姆微笑地答道，心里明白这样乏味的回答，任何人也不会再追问什么。

格林里夫太太拿着一本影集走了进来。汤姆和她并排坐在沙发上，看她翻阅照片。理查德的学步照，理查德留着长长的金色卷发、扮作"蓝衣少年"①的大幅彩照。汤姆一直看到理查德十六岁时的照片，才有了些兴致。那时的理查德两腿颀长，身材清瘦，头发又卷又密。在汤姆看来，理查德从十六岁到二十三四岁之间变化不大。等到看完整本影集，汤姆惊讶地发现，理查德那天真、阳光的笑容在所有照片里始终如一地保持着。汤姆忍不住思忖，从笑容来看，理查德不是很精明，或者就是他喜欢拍照，所以故意咧嘴大笑，觉得那样最帅，不过那也表明他胸无城府。

　　"这里还有一些照片，我还没来得及粘到影集里。"格林里夫太太说着递过来一叠零散照片。"这些都是在欧洲照的。"

　　这些照片更加有趣：其中一张是在巴黎某家咖啡馆照的，另一张是海滩照。有几张照片里，迪基皱着眉头。

　　"这就是蒙吉贝洛。"格林里夫先生指着一张迪基在沙滩上拖着划艇的照片说道。这张照片的背景是一片没有植被的岩石山，沿海岸是一排小白房子。"这就是那个女孩，那地方只有她和迪基是美国人。"

　　"她叫玛吉·舍伍德。"格林里夫先生补充道。他虽然

---

① 英国著名肖像画大师托马斯·庚斯博罗代表作，现藏于美国亨廷顿艺术馆。

坐在房间的另一侧，但是身子前倾，目光紧盯着他们翻照片的动作。

这个女孩穿着泳衣坐在海滩上，用胳膊围住双膝，表情纯真，没有心机，一头乱蓬蓬的金色短发，典型的乖乖女。还有一张照片也很不错，理查德穿着短裤，坐在露台栏杆上。照片中的理查德依然在微笑，但是笑意已经有别于当年。总的来说，这些在欧洲的照片中，理查德显得更加沉稳镇定。

汤姆注意到，格林里夫太太此刻正盯着身前的地毯。他又想起刚才进餐时，她还说，"我恨不得这辈子从未听过欧洲这个字眼！"格林里夫先生焦虑地看了妻子一眼，又对汤姆笑笑，仿佛这种情绪上的爆发以前也发生过。格林里夫先生看妻子眼里噙着泪花，便起身走到她跟前。

"格林里夫太太，"汤姆柔声说，"我向您保证，我会尽全力让迪基回到你们身边。"

"愿上帝保佑你，汤姆。"她摁了摁汤姆放在大腿上的手。

"艾米丽，你是不是该就寝了？"格林里夫先生探身问道。

汤姆随格林里夫太太一同站起身来。

"我希望你出发前，能再来看我们一次，汤姆，"格林里夫太太说，"自从理查德离家之后，家里就很少有年轻人过来。我很想念他们。"

"我很乐意再来拜访。"汤姆说。

格林里夫先生随妻子走出房间。汤姆站在原地，双手垂在身侧，头高高地抬着。墙上有一面硕大的镜子，他看着镜中的自己：又是那个诚实、自重的年轻人。他迅速将目光移开。他现在的行为是善行，是义举。但他心里却有一种歉疚感。他刚才对格林里夫太太说"我会尽全力……"，怎么说呢，确实是他的真心话。他不是在愚弄别人。

他感到自己开始出汗，想努力放松一下。他干嘛要这么担心呢？他今晚心情不是很舒畅吗！当他谈到多蒂姑妈时——

汤姆站直身子，朝门口瞥了一眼。门没有打开。那是他今晚唯一感到不安、虚假的时刻，他感觉自己在撒谎，但其实当时他说的话，是整个晚上他说的唯一的真话：在我年幼时，父母就去世了。我是波士顿的姑妈抚养长大的。

格林里夫先生又回到房里。他的身形似乎有规律地振动，且越来越大。汤姆眨了眨眼睛，心头突然涌起一股对格林里夫先生的恐惧感。汤姆甚至有种冲动，想在自己被攻击之前，先下手为强，主动向他出击。

"我们来点白兰地吧？"格林里夫先生说着打开壁炉边的一个柜板。

这一切像在拍电影，汤姆想。一分钟后，当格林里夫先生或别的什么人喊一声，"好的！ 停！"他就会再次放松下来，发觉自己回到了"劳尔"酒吧，面前摆着金汤力。不，是回到"绿笼"酒吧。

"没喝多吧？"格林里夫先生问道，"如果不想喝，就算了。"

汤姆含混地点点头。格林里夫先生迟疑片刻，还是倒了两杯白兰地。

一股冰冷的恐惧掠过汤姆的身体。他回想起上周在药店发生的那件事。虽然事情已经过去了，他也不是*真的*害怕，他还是暗自提醒自己，现在不是害怕的时候。第二大道上有家药店，他把药店的电话号码留给那些没完没了地和他商榷个人所得税的家伙。他声称这个电话就是稽查科的，并说只有在周三和周五的下午三点半到四点之间，才能打这个电话联系到他。每到上述时间段，他就来到药店里的电话亭附近晃悠，等待着电话铃响。他第二次去时，药店店主用狐疑的眼光看着他。汤姆解释说，他在等女朋友的电话。上周五，在他接电话时，里面传来一个男人的声音，"你心里清楚我们在说什么，对不对？我们已经弄清你的住处，如果你希望我们去你那里……我们已经替你备好货，不过你也要把东西准备好。"这人的声音既急切又闪烁，汤姆原以为这是个恶作剧，也不知道该如何接茬。接着，对方又说，"听着，我们马上就过来，去你那儿。"

汤姆走出电话亭时，腿都吓软了。他发现药店店主睁大眼睛盯着他，一脸惊恐。他一下子反应过来刚才电话里那人说的是什么意思。店主在贩卖毒品。他害怕汤姆是警局的侦探，来查他身上的货。汤姆放声大笑起来，一边往外走，一边放肆地狂笑。他的步伐还是有点不稳，因为他吓得双腿发软。

"你是在想这趟欧洲之旅吗？"格林里夫先生问道。

汤姆接过格林里夫先生递过来的酒杯。"是啊，是在考虑这件事。"汤姆答道。

"嗯，我希望你旅途开心，最好也能对理查德起点作用。噢，对了，艾米丽很喜欢你。是她亲口跟我说的，我没主动问她。"格林里夫先生双手转动着盛白兰地的酒杯。"我妻子得了白血病，汤姆。"

"是吗？这病很严重吧？"

"是的，她也许活不上一年。"

"我很难过。"汤姆说。

格林里夫先生从口袋里掏出一张纸。"我列了一张可乘游船的清单。我想常见的瑟堡路线是最快的，也是最有意思的。你可以坐运船去巴黎，再坐卧铺车越过阿尔卑斯山，到达罗马和那不勒斯。"

"嗯，听起来不错。"格林里夫先生的这番话令汤姆开始兴奋起来。

"要到理查德住的乡村，你得从那不勒斯坐巴士去。我会给他写信，说你去看他——但不会说是我派你去的，"他笑着补充道，"我会告诉他，我们见过面。理查德应该会留宿你，不过如果他不能留宿你，镇上也有旅馆。我希望你和理查德能处得来。至于钱嘛——"格林里夫先生像父亲一样笑了笑。"除了你的往返船票，我还在你的旅行支票上存了六百美元。够吗？六百美元应该够你花两个月。如果你还缺钱，尽管给我写信，孩子。你看上去不像那种花钱大手大脚的年轻人。"

"足够了，先生。"

在白兰地的作用下，格林里夫先生醉意渐起，人也愈发兴奋。而汤姆却更加寡言少语，烦躁不安。汤姆想离开这里，可是要去欧洲，他还得有求于格林里夫先生。他在沙发上如坐针毡，和昨晚在酒吧里的百无聊赖相比，有过之而无不及。再说现在也不会有别的念头冒出来。汤姆好几次端着酒杯站起来，走到壁炉前，再走回来。他看镜子里的自己嘴角拉了下来。

格林里夫先生还在津津有味地聊着他和理查德在巴黎的日子，那时理查德才十岁。汤姆对此一点也不感兴趣。汤姆在想，接下来的十天里，如果警察有动作，格林里夫先生可以收留他。到时他只需对格林里夫先生说，他把公寓匆忙转租了出去，或者诸如此类的借口，就可以躲到格林里夫先生家里。汤姆感觉不舒服，身体几乎产生了不适感。

"格林里夫先生，我该告辞了。"

"你要走了？我还想带你去看看——呃，也没关系。等下次吧。"

汤姆知道自己本该问"带我去看什么？"，并耐着性子看完。但他现在实在不想去看。

"我想带你去看看船厂！"格林里夫先生欢快地说，"你什么时候有空出来？我估计只有在午餐时才有空吧。我想让你告诉理查德船厂现在的样子。"

"好的——我抽个午餐时间过去看看。"

"来之前给我打电话，哪一天都行，汤姆。我给你的名片上有我的私人电话。你提前半个小时打电话，我派人去你办公室接你，开车带你过去看看。我们到时边吃三明治边参观，然后我再让人送你回去。"

"我会给您打电话的。"汤姆说。他觉得自己在这昏暗的门厅里再多待一分钟，就会晕厥过去。但格林里夫先生又咯咯地笑起来，问他有没有读过亨利·詹姆斯①的书。

"很抱歉，没有，先生，一本都没读过。"汤姆说。

"嗯，没事。"格林里夫先生笑道。

接着两人握手作别，格林里夫先生用力握着，久久不肯

---

① 亨利·詹姆斯（1843—1916），被认为是心理分析小说的开创者之一，是20世纪意识流写作技巧的先驱。美国大文豪。

松开。今晚总算结束了。汤姆坐电梯下去时，看见自己脸上还留着痛苦惊惧的神情。他精疲力竭地倚在电梯的角落里，心里明白，自己一到大堂就会夺门而逃，不停地跑，一路跑回家。

4

随着日子一天天流逝，纽约这座城市也愈发呈现出诡异的氛围。它像是失了魂，不再如先前那般真实，那般重要。整座城市像是专门为汤姆上演的一场戏，一场大戏，戏里有公交车，出租车，人行道上急匆匆的行人，第三大道酒吧里放的电视节目，还有明亮日光下亮起的影院招牌，成千上万种汽车汽笛声和完全不知所云的人声。仿佛到了周六，一俟他乘船离开码头，整个纽约市就会像舞台上纸板搭建的道具，吹口气就坍塌散架。

或许这一切都是源于他的恐惧。他害怕水。以前他从没有走水路去过什么地方，除了乘船往返纽约和新奥尔良之间。不过那时他是在一艘香蕉船上打工，而且主要在甲板下面干活，所以他几乎没有在水上的感觉。偶尔几次来到甲板上，一看到水，他先是感到恐惧，继而恶心，总是再度跑回甲板下面，在那儿，和其他人不同，他反而感觉好受多了。汤姆的父母溺死于波士顿港。汤姆觉得自己恐惧水，很可能与此事有关，因为自打他记事以来就一直怕水，也从未学过游泳。汤姆一想到在即将到来的一周时间里，他的身下全是水，而且还深达几千米，他心里就会泛起一阵恶心空洞的感觉。毫无疑问，到时他大多数时间都会盯着水，因为远洋客轮的乘客大部分时间都是在甲板上消磨度过。他觉得晕船尤其丢人。他从未晕过船，不过这次临行前几天，好几次一想到要从瑟堡坐船去，他就感觉自己快晕船了。

汤姆已经告诉鲍勃·迪兰西，他将在一周后搬家，但没告诉他要搬到何处。不过鲍勃似乎对此也没什么兴趣。两人在五十一街的房子里很少见到对方。汤姆还去了位于东四十五街的马克·普里明格的住所——他还有那里的钥匙——去拿几件落在那儿的东西。他选了一个估计马克不在的时间段去的，但马克和他的新室友乔尔正好回来了。乔尔是个瘦削的家伙，在出版社上班。为了给乔尔面子，马克故意摆出一副"悉听尊便"的温文举止。可要是乔尔不在场，估计马克会骂出一位葡萄牙水手也说不出口的难听话。马克（他的全名是马克留斯）是个丑陋的恶棍，有来路不明的财源。他喜欢帮助那些暂时陷入经济困难的年轻人，让他们搬到自己上下两层、共三个卧室的房子来住。他装得跟上帝一样，告诉这些年轻人屋里屋外，哪些事情能做，哪些事情不能做，还给他们的生活和工作提一些建议，通常都是馊主意。汤姆在马克那里呆了三个月。虽然其间有将近一半的时间，马克在佛罗里达，房子由汤姆一个人住。但等他返回时，发现汤姆打碎了几个玻璃器皿，便大发雷霆——他又扮了一回上帝，这次展现的是天父严苛的一面——汤姆也生气了，挺身为自己辩白了几句。这下激怒了马克，他让汤姆赔偿六十三美元后，将他扫地出门。这个吝啬鬼！他真适合到一所女子学校去当个管事的。汤姆很懊悔认识马克·普里明格，巴不得早早忘掉他那双难看的猪眼，大腮帮子，佩戴俗气戒指的丑陋双手（这双手经常在空中挥舞着，对众人吆五喝六）。

在朋友中，汤姆只愿意向一个人袒露自己的欧洲之行。她叫克利奥。出发前的那个周四，汤姆去看她。克利奥·多贝尔是个身材苗条的黑发女孩。她看上去在二十三岁到三十岁之间，具体多大，汤姆也不清楚。她和父母住在格雷斯广场公寓，从事微型绘画——在邮票大小的象牙片上作画，需要用放大镜才能欣赏。克利奥绘画时也需用放大镜。"瞧，这多省事，我的所有作品用一个雪茄盒就能装走，而别的画家却需要一个又一个房间来放他们的画布！"克利奥说。克利奥的公寓套间在她父母房子的后面，自带一个厨房和卫生间。她的公寓很暗，除了一扇朝向小后院的窗户外，没有其他透光的途径。院子里长满樗树，遮天蔽日。克利奥一天到晚在屋内开着灯，灯光昏暗。一天中无论什么时辰，给人感觉总像是夜晚。除了汤姆和克利奥第一次见面的那个晚上，汤姆每次见到克利奥，她总是穿着各色天鹅绒修身便裤和艳丽条纹的真丝衬衫。两人在初次相识的那晚就一见如故。第二天晚上，克利奥请汤姆来自己的公寓做客。在两人的交往中，总是克利奥请汤姆去她家。两人谁也没想过，汤姆也该请克利奥吃顿饭，看场电影，或其他男孩通常会请女孩去做的事。虽说每次汤姆来克利奥家就餐或参加她的鸡尾酒会，克利奥并不期盼汤姆给她买鲜花、图书或糖果，但汤姆有时也会给她带一些小礼物，因为这会令她高兴不已。汤姆觉得可以对克利奥说自己即将开始的欧洲之行及背后的缘由。他也的确如实对她说了。

正如汤姆预期的那样，克利奥听到这个消息激动不已。她苍白的长脸上一双红唇惊讶地张大着，双手按在穿天鹅绒裤的大腿上，大声叫道，"汤——米！ 这太——太不可思议了！ 简直是莎士比亚戏剧里的剧情！"

汤姆心里也是这么想的，这正是他想听人说的。

整个晚上，克利奥围着汤姆大惊小怪地说个不停，问他是否带这个，带那个，什么舒洁纸巾，感冒药，羊毛袜之类的，因为欧洲秋天雨水开始多起来；克利奥还问汤姆是否打了防疫针。汤姆说他现在一切准备就绪。

"我走的时候，不要来送我，克利奥。我不想别人为我送行。"

"我肯定不会去！"克利奥心领神会地说，"噢，汤米，我觉得你这次去，一定会很有趣！ 到时你能给我写信，把你和迪基的事情统统告诉我吗？在我认识的人当中，只有你到欧洲是去办正经事的。"

汤姆还对克利奥描述了他去长岛参观格林里夫先生船厂的情景。连绵数英里、摆满各种机器的工作台，用来制作闪亮的金属部件，给木头抛光、上漆；盛放各种尺寸航船龙骨的干船坞。汤姆向克利奥转述这些内容，用的都是格林里夫先生用的术语——舱口围板、内舷边、内龙骨、脊柱。他还告诉克利奥，他第二次去格林里夫先生家赴宴时，格林里夫先生送他一块腕表。他给克利奥看了这块手表，价格并不贵得离谱，但确实是块好表，也是汤姆喜欢的类型——朴素的白色表盘上面刻着黑色纤细的罗马数字，并不复杂、但却是纯金的拨针，外加鳄鱼皮表带。

"仅仅就因为前几天，我随口说自己迄今还没有一块手表，"汤姆说，"格林里夫先生真把我当儿子看。"汤姆也知道，这种话只有对克利奥一个人才说得出口。

克利奥叹口气。"还是做男人好！做男人，你才会有这样的运气。女孩绝对不会碰到这样的美事。男人是自由的！"

汤姆笑了。在他看来，情况经常恰恰相反。"羊排是不是糊了？"

克利奥尖叫着跳起来。

吃完饭后，克利奥给汤姆看了五六幅近作，其中有几幅画，是带有浪漫主义风格的肖像画。画中穿着白色开领衬衣的男子，是汤姆和克利奥都认识的一个熟人。克利奥受自己窗前樗树的启发，还画了三幅带有想象色彩的热带雨林风景画。汤姆觉得，画中小猴子的毛发极其逼真，惟妙惟肖。克利奥有多支只镶嵌一根笔毛的画笔。不过即便如此，这些画笔画出的线条，粗细差别也很大。有的相对较粗，有的极其细微。汤姆和克利奥喝了两瓶克利奥父母酒架上的梅多克葡萄酒。汤姆困得不行，恨不得就地倒头便睡——两人以前也经常并排睡在壁炉前的两张熊皮地毯上。克利奥的另一个值得称奇之处在于，她从不要求或企盼汤姆对她有所动作，而汤姆也确实从未有过什么行动——十二点差一刻，汤姆费力地起身离开。

"我今后是不是再也见不到你了？"在门口，克利奥伤感地问汤姆。

"噢，我六个星期之后就回来。"汤姆嘴上虽然这么说，但他心里根本没这么想。突然他倾身过去，在克利奥白皙的脸颊上重重地留下情同手足的一吻。"我会想你的，克利奥。"

她紧紧抓住他的肩膀。在汤姆记忆中，这是克利奥唯一一次主动碰他的身体。"我也会想你的。"她说。

第二天，汤姆用格林里夫太太给他的钱，在布克兄弟店为理查德买了一打黑色羊毛袜和一件浴袍。格林里夫太太没有具体要求浴袍买什么颜色，她让汤姆自己来定。汤姆选了一件紫红色法兰绒翻领浴袍，配海军蓝腰带。汤姆认为这件浴袍算不上最好看，但他觉得那正是理查德喜欢的样式，相信理查德一定会很中意。汤姆把袜子和浴袍记在格林里夫太太账上。他自己相中一件加厚亚麻运动衫，上面缝了木纽扣，他很喜欢。本来他能轻易将这件衣服也记在格林里夫家的账上，但他没有这么做。他自掏腰包买下了这件运动衫。

5

汤姆曾怀着热切激动的心情盼望出发的那一天。可到了启程的那天早晨，事情却变得极其糟糕。汤姆随轮船乘务员走进船舱时，还暗自庆幸没人来送行，看来上次和鲍勃把话说绝，还是有作用的。可等他进了船舱后，却迎面扑来令人毛骨悚然的欢呼声。

"香槟在哪儿，汤姆？大伙都在等着呐！"

"伙计，你怎么住这种龌龊的房间！干嘛不让他们提供体面一点的？"

"汤米，带我去好吗？"说这话的是爱德·马丁的女朋友，汤姆都懒得正眼看她。

这伙人全来了。他们绝大多数是鲍勃的狐朋狗友，床上、地板上躺得到处都是。鲍勃早已察觉汤姆即将出发，但汤姆却没想到鲍勃会玩这一出。汤姆努力克制，才没有用冷若冰霜的口气说，"这儿一瓶香槟都没有。"他竭力和他们打招呼，竭力挤出笑容，可心里恨不得像个孩子，嚎啕大哭一番。他恶狠狠地瞪了鲍勃一眼，但鲍勃现在兴奋得忘乎所以。很少会有什么事情让自己动怒，但今天这一幕确实太气人了：突如其来的闹腾，一群乌合之众，一帮俗人，一群渣滓，本以为越过轮船的踏板，就能把他们抛到脑后，没想到他们还是跑上来，把这间他即将待上五天的舱房弄得乌七八糟！

汤姆走到保罗·哈伯德跟前，因为在这群人中，只有他是唯一值得尊重的。汤姆坐到哈伯德身边的嵌入式短沙发上。"你好，保罗，"他平静地打着招呼，"对这一切，我真是感到不好意思。"

"噢！"保罗揶揄道，"你要去多久——出了什么事，汤姆？你不舒服吗？"

眼前的情景糟透了。他们还在闹腾，喧嚣声，笑声，姑娘们在试着睡在床上的感觉，朝盥洗室里探头张望。幸亏格林里夫夫妇没来送行！格林里夫先生去新奥尔良出差了，而汤姆今早给格林里夫太太打电话告别时，她说今天身体不适，无法上船为他送行。

最后，不知道是鲍勃还是其他什么人，摸出一瓶威士忌，从盥洗室找出两个玻璃杯，这伙人开怀畅饮起来。过了一会儿，一位服务员用托盘送来几个酒杯。汤姆不愿喝酒。他现在浑身是汗，于是脱掉身上的外套，以免把它弄脏。这时鲍勃走了过来，手里攥着一个酒杯。汤姆能看出来，鲍勃并不完全是开玩笑的神色。他也知道这其中的原因。毕竟他曾受了鲍勃一个月的恩惠，所以最起码要向他摆出一副和善的面孔。但汤姆的脸仿佛花岗岩做的，实在无法摆出那种样子。汤姆心想，这件事过后，这伙人如果都恨他怎么办，他会有什么损失？

"我待在这儿正合适，汤米。"说话的女孩像是铁了心，要猫在某个角落，偷偷地和汤姆一起走。只见她侧身挤进一个狭窄的壁柜，那壁柜的尺寸也就只够装下扫帚。

"我倒想看看汤姆和一个女孩被当场捉住的样子！"爱德·马丁嬉皮笑脸地说。

汤姆瞪了他一眼。"我们出去透透气吧。"他对保罗低声道。

其他人还在那儿闹，没人注意他俩出去。他们站在靠近船尾的栏杆旁边。今天是个阴天，他们右边的纽约市，已像是从海上看到的灰色、遥远的陆地——除了那些正在汤姆船舱里寻欢作乐的混蛋们。

"你最近在哪儿？"保罗问道，"爱德打电话告诉我，你要走了。我都好几周没见到你了。"

汤姆曾告诉保罗和另外几个人，他在美联社工作。现在汤姆向保罗编了一个好听的故事，说他接到一个任务，可能要去中东。他说的时候故意显得神秘兮兮的。"我最近上了很多夜班，"汤姆说，"所以你不常见到我。你特地来送我，真是太好了。"

"我今天早晨没有课。"保罗笑着将烟斗从嘴里拿出来。"要不然我大概也不会特地赶过来，估计会找个老套的借口。"

汤姆也笑了。保罗在纽约一家女子学校教音乐谋生度日，但他业余时间喜欢作曲。汤姆不记得当初是怎么认识保罗的。但他记得曾经在某个周日，和其他人一道去过保罗位于河滨大道的公寓吃早午餐。当时保罗用钢琴弹了几首他创作的乐曲，汤姆听得如痴如醉。"要不给你来一杯怎么样？我们去瞧瞧这儿有没有酒吧。"汤姆说。

这时一名乘务员从船舱走出来，敲击一面锣，大声说道，"送旅客的请上岸！ 送旅客的请上岸！"

"我该走了。"保罗说道。

两人握手作别，互拍肩膀，答应寄明信片给对方。接着保罗就下船了。

汤姆想，鲍勃那伙人不赖到最后时分是不会走的，说不定会被轰下去。汤姆突然转过身，沿一条狭窄的梯状楼梯跑上去。到了上面，他看见铁链上挂着一个"二等舱专用"的牌子。但他跨过铁链，上到甲板上。他们肯定不会反对一个头等舱的乘客来到二等舱，汤姆想。他再也忍受不了鲍勃那伙人的模样。他已经付给鲍勃半个月房租，还给他买了件衬衫和领带作为分别礼物。鲍勃还想要什么？

直到轮船开动，汤姆才敢回到自己的船舱。他小心翼翼地走进房间。空无一人。干净的蓝色床罩又被整理得平平展展，烟灰缸也清理得干干净净。看不出那伙人来过的痕迹。汤姆这才放松了，露出笑容。这才叫服务！冠达邮轮悠久的优良传统，英国海员杰出的素质，凡此等等！他注意到床边地板上有个大果篮，上面还有个小小的白信封。他迫不及待地抓起信封，里面的卡片上写着：

　　一路顺风，诸事顺遂，汤姆！愿我们的祝福一路陪伴你！
　　艾米丽与赫伯特·格林里夫

　　果篮的提手很高，上头蒙着一层黄色玻璃纸，里面装着苹果、梨、葡萄、糖果和几小瓶酒。汤姆从未收到过这种祝人一路顺风的果篮。在他眼里，这样的礼物永远只能在花卉商的橱窗里看到，标着令人咋舌的价格，让人一笑置之。汤姆发现自己眼里噙着泪水。他突然双手掩面，啜泣起来。

6

　　他现在平静下来，气也消了，但还是不愿意和人交往。他想一个人静下来想一想，不愿意见船上的任何人，虽然对餐桌旁相邻的人，他也和蔼地打招呼，对他们报以微笑。他现在开始扮演起船上的角色，一个严肃的年轻人，肩负一份严肃的工作。他彬彬有礼，举止沉稳，温文尔雅，神情专注。

　　他突然心血来潮，想要一顶帽子，于是就在一家男士服装店买了一顶样式保守、质地柔软的蓝灰色英格兰羊毛帽。如果想坐在甲板躺椅上打盹，或者让人以为你正在打盹，那么只要戴上这顶帽子，拉下帽舌，几乎可以盖住整张脸。在所有的头饰中，帽子用途是最多的，汤姆心想。自己以前怎么就没想到买一顶帽子戴呢？不同的戴法，可以令他看上去像不同的人，乡间绅士，刺客，英国人，法国人，外表普通的美国怪人。汤姆待在房间里，戴着帽子照镜子，自娱自乐。他一直认为，自己这张脸在这世上算是最平淡无奇的了，让人一看即忘。他自己也不知道为什么，这张脸上的表情还带着点驯良，隐隐约约中还透着惊惧。无论他怎么努力，这种惊惧之色也无法消除。他觉得自己长着一副典型的循规蹈矩者的面孔。戴上帽子后，一切都变了。帽子给他带来一股乡野之气，格林威治、康涅狄格的乡野之气。现在他看着像是个有财路的年轻人，或许还刚刚离开普林斯顿不久。为了搭配这顶帽子，他还特地买了个烟斗。

他正在开启新的生活。别了，过去三年他在纽约曾厮混于其间或者主动找他厮混的浮泛之辈。他觉得自己现在的心情就像背井离乡的移民，抛开一切故交亲友和过往的荒唐事，启程前往美利坚。一张白纸！不管迪基那边发生什么事，他将洁身自好，格林里夫先生会知道他付出的努力，并深感钦佩。等到格林里夫先生给他的钱花光了，他也不一定回美国。他也许会到某个旅店找份有趣的差事，那儿也许需要一个开朗、体面、会说英语的人。抑或他也可以成为某个欧洲公司的驻外代表，周游世界。说不定还会出现一个人，正在找一个像他这样的年轻人，会开车，对数字反应快，上能哄老太太开心，下能陪千金小姐跳舞。他多才多艺，在大千世界可以一展身手。他暗暗发誓，这回一旦找到工作，就要坚持做下去。要有耐心和恒心！保持一颗向上、向前的心！

"你们有亨利·詹姆斯的《使节》吗？"汤姆问负责管理

头等舱图书室的职员。书架上没有这本书。

"对不起，先生，我们没有这本书。"这位职员回答。

汤姆有些失望。当初格林里夫先生就是问他有没有读过这本书。汤姆觉得应该找来读读。他又去二等舱图书室，在书架上找到了这本书。当他拿着书，准备登记借出时，管理员看了他的船舱号，说非常抱歉，头等舱乘客不允许从二等舱图书室借书。汤姆先前就担心会出现这种情形。他老老实实地把书放了回去。其实他要是在书架上做个手脚，把书偷偷塞进口袋里，也是易如反掌。

每天早晨，他沿着甲板散几圈步。他走得很慢，那些气喘吁吁进行晨练的家伙们已经完成两三圈了，他才刚走一圈。随后他就躺在甲板躺椅上，思索自己这一路走来的命运。午餐后，他在船舱里慵懒地踱步，尽情享受舒适的环境和独处的快乐，什么也不做。有时他会坐在写字间给马克·普里明格、克利奥和格林里夫伉俪写写信，用的是船上的信纸。在给格林里夫伉俪的信的开头，他先是客气地问候他们，对他们送的礼品篮和提供的舒适食宿表示感谢。接下来，为了给自己找点乐子，他又凭空杜撰一段尚未发生的经历，说他如何找到迪基，和他一起住在蒙吉贝洛的宅子里，他如何缓慢却富有成效地说服迪基回家，还有生活中的一些琐事，如游泳、钓鱼、咖啡馆等等。他写得过于投入，一发不可收拾，一下子写了十来页信纸。他心里清楚，这样的信肯定邮不出去了，索性继续写下去。他写迪基其实并没有爱上玛吉（他对玛吉的性格做了一个彻底的分析），所以迪基并非像格林里夫先生揣测的那样，是因为玛吉才不肯回来，等等这些内容。他就这样一直写到桌面铺满了信纸，船上第一遍通知进餐的电话打过来才收笔。

另一个下午，他又给多蒂姑妈写了封问候函：

亲爱的姑妈（这样的称呼他以前在信中很少这么写，当面更是从未说出口）：

您从信笺上就能看出来，我正在海上航行。我临时接到一项公务，现在不方便解释。因为走得很急，我没能去波士顿和您告别，实在抱歉。我可能要数月或数年后才回来。

我只是希望您别为我担心，也别再给我寄支票了，谢谢您。谢谢您大约一个月前给我寄的支票。此后你没再寄过任何支票吧。我一切都好，过得很快乐。

爱您的

汤姆

不必祝她身体健康，她壮得像头牛。他又加了一句：

另：我现在还不知道那边的地址，所以也无法告诉您。

加上这一句让他感觉好多了，因为这样一写，等于从事实上切断了他和多蒂姑妈的联系。他再也不用告诉她自己身在何处。再也不会有那些恶意打探的来信，将他和他父亲所做的阴险比较，微不足道的支票，金额总是六美元四十八美分或十二美元九十五美分这样奇怪的数目，好像是她刚付完水电费后的零头，或是去商店购物后，像扔面包屑一样，将剩余的零钱丢给他。把多蒂姑妈给他的钱和她的收入一对比，这些支票简直是一种侮辱。多蒂姑妈一再宣称，抚养他所花的钱，已经超过他父亲留给她的保险金。也许这是事实，但她有必要当着他的面反复计较这件事吗？但凡有点人性的人，也不会当着孩子的面，反复提起这种伤感情的事。世上有许多姑妈，甚至陌生人，都在别无所求地收养孩子，并乐在其中。

写完给多蒂姑妈的信，他站起身来，信步走到甲板上，散散心。每次给多蒂姑妈写信，都令他恼怒。他讨厌自己对她毕恭毕敬的样子。在此之前，他总要告诉她自己的下落，因为他需要她寄来的那点小钱。因此他不得不反复向她通报自己又更换地址了。但现在他不需要她那点钱了。从此他将摆脱多蒂姑妈，一劳永逸地。

他突然回想起十二岁那年的一个夏日。当时多蒂姑妈和一位女性友人正在周游全国，他和她们在一起。她们在某处陷入交通堵塞，动弹不得。夏天天气很热，多蒂姑妈让他拿着保温瓶去附近的加油站接一点冰水过来。突然原本堵塞的车流开始动起来。他记得自己在一辆紧挨一辆的大车中间奔跑着，多蒂姑妈的车门近在咫尺，可就是够不到。因为她宁肯尽可能快地一点点往前开，也不愿停下来哪怕一分钟，让他上车。她还一个劲地朝窗外催促他，"快点，快点，别磨蹭。"等到他终于追上车，坐进去后，他的脸上流淌着屈辱和愤怒的泪水。而多蒂姑妈却兴高采烈地对她朋友说，"他就是个娘炮，打根子上就是，和他爸一样。"他能从这种境遇下成长起来，走到今天这一步，想想真是个奇迹。他也纳闷，多蒂姑妈凭什么说他父亲是个娘炮？她能举出一件事情来证明吗？一件也没有。

　　躺在甲板躺椅上，周围奢华的环境和品种丰富的精馔美食，巩固了他的道德感，也令他的内心变得更加强大。他努力地想客观审视一番自己过去的人生。过去四年基本上是蹉跎岁月，这点毋庸置疑。工作动荡不定，有时还会出现叫人心惊胆战、间隔颇长的失业期，由于缺钱还铤而走险，干过丧德的事情，为了排遣寂寞或暂时的一点蝇头小利，而去和那帮愚不可及的家伙在一起厮混，像普里明格这样的。想当初他来纽约时胸怀大志，最后却混得如此下场，实在不光彩。那时他二十岁了，本打算做一名演员，却对这个行当里的各种困难一无所知，没有受过起码的训练，甚至没有起码的天分。他原以为自己具备入行的才干，并且只需将自己原创的几个幽默小品表演给制片人看——情节诸如罗斯福夫人参观某未婚妈妈诊所后写了一部《我的时代》之类——即可成功，但开头一连三次的碰壁扼杀了他所有的勇气和希望。他的钱也花光了，只好去香蕉船上打工，这至少可以让他离开纽约。他担心多蒂姑妈已经报警，在纽约四处找寻他，虽然他在波士顿什么坏事也没做，只是和其他几百万年轻人一样，想闯出一番事业来。

他思忖，自己最大的问题在于做事没恒心。比如当年那份百货公司会计的工作，如果一直坚持做下去，也许能熬出头。可是他却对百货公司内部缓慢的升迁之路感到灰心丧气而放弃了。自己做事缺乏恒心这一点，他觉得多蒂姑妈多少要负些责任。在他小时候，做那些超出年龄范围之外的事情时，多蒂姑妈从不给他任何夸赞。十三岁那年，他干一份送报纸的活。由于表现出色，报社授予他一枚银质奖章，表彰他的"礼节、服务、可靠"。现在回头看看那时的自己，简直像在看另一个人，瘦得皮包骨，一天到晚抽着鼻子，像是感冒永远不好的样子。可即便这样，他还是赢得了报社的"礼节、服务、可靠"银质奖章。可是多蒂姑妈就是讨厌他感冒，她拿着手绢替他揩鼻子，差点没把他的鼻子拧下来。

汤姆在躺椅上回忆起这个细节，身体还是忍不住痛苦地扭动了一下。不过他扭动的动作很优雅，像是要把裤子的褶皱展平。

他至今还记得八岁时立下的誓言，一定要从多蒂姑妈家逃出去。当时他设想过出逃时的暴烈场面——多蒂姑妈满屋子抓他，而他抡起拳头砸向她，把她推到地上，掐她的脖子，最后用力把她衣服上那枚大大的胸针拽了下来，狠狠地扎到她喉咙里，扎上百万次才解恨。十七岁那年，他逃离多蒂姑妈家，但是被送了回来。二十岁时，他再次逃离，这次成功了。现在想想，那时的他多么幼稚，对世道人心所知甚少，此前的日子像是都花在憎恨多蒂姑妈和从她家逃脱这件事上，没有足够的时间用来学习或成长。他记得到纽约的第一个月，他丢掉那份仓库工作时的心情。这份工作他干了不到两个星期，因为他不够强壮，无法一天连续八个小时搬成箱的橘子。但当时他已经竭尽全力在做这份工作，所以最后被解雇时，他义愤难平。他记得自己从那时就看透了，满世界都是西蒙·莱格里这样的人①，而你要想不挨饿，就得成为一头牲口，像黑猩猩那样强壮的牲口，受这些人驱遣在仓库干苦力。他记得失业后没多久，他就从熟食店偷了一根面包，回家后狼吞虎咽地吃掉了，边吃心里边想，这根面包是这个世界欠他的，而且不止于此。

"雷普利先生？"前几天曾在休息室沙发上和他比邻而坐、一起喝下午茶的一位英国妇人正俯身和他打招呼。"你

---

① 19世纪著名女作家斯托夫人代表作《汤姆叔叔的小屋》里的残暴奴隶监工。

愿意去游戏室和我们打桥牌吗？我们十五分钟后正式开始。"

汤姆礼貌地从躺椅上起身。"承蒙邀请，十分感谢。不过我想在舱外待一会儿。而且我桥牌打得不好。"

"噢，我们也不会玩。那好吧，等下次再说。"她朝汤姆笑笑，离开了。

汤姆又坐回躺椅上，将帽子拉下，盖住眼睛，两手交叠在腰间。他知道，自己这副落落寡合的派头，在其他乘客中引起了一些非议。每天晚上，餐后舞会上那些疯疯傻傻的姑娘们眼巴巴地盯着他，咯咯地笑着，想和他跳舞。但他从不和她们中的任何一个跳。他想，周围人一定在心里思忖：他真的是美国人！？应该是，可从举止上看真不像，对吧？美国人一般都爱闹，可他却严肃得要命。他看上去最多不过二十三岁。他一定在想什么重要的事。

没错，他是在想重要的事。这件事就是汤姆·雷普利的现在和未来。

7

汤姆在旅途中看到的巴黎，不过是火车靠站时的匆匆一瞥，瞥见的是亮着灯的咖啡馆的门脸，店外是溅着雨渍的凉篷，人行道上的咖啡桌，和用箱子做成的围篱，像一幅旅行招贴画。除此之外，便是一长串月台。几个穿蓝色制服的矮胖脚夫帮他提着行李。他跟随他们一路走到一列卧铺火车。这列火车将载他前往罗马。巴黎等以后再抽时间来吧，他想。他现在急着去蒙吉贝洛。

第二天早晨一觉醒来，汤姆已经到了意大利。这天早晨有一件美事。汤姆正在看窗外的风景时，听到包厢外的过道里几个意大利人在说话，里面夹杂着"比萨"一词。从车厢另一面往外看，火车正急速穿过一座城市。汤姆赶忙走到过道，想看得更清楚一些。他本能地寻找斜塔，虽然他根本不敢确定这座城市就是比萨，以及从自己所在的位置就能看到斜塔。没想到他果真看见了！ 一根粗大的白色圆柱体从四周低矮的、白垩色的房屋中冒出来。它真的是倾斜的，以一个他认为不可思议的角度倾斜着! 以前他一直以为比萨斜塔的倾斜程度有夸大之嫌。汤姆觉得这是个好兆头，预示着他在意大利会处处心想事成，他和迪基的交往也会进展顺利。

他于傍晚时分到达那不勒斯。当天已经没有开往蒙吉贝洛的班车，要等到第二天中午十一点钟才有。汤姆在火车站换钱时，一个十六岁左右、穿着美国大兵鞋、衣着醒龊的男孩缠上了他。鬼知道他在向汤姆兜售什么，妓女、毒品之类的。汤姆一个劲地打发他走，可他却不依不饶，甚至和汤姆一起上了出租车，并指引司机往哪儿开。一路上他嘴里咕哝个不停，还竖起一根手指，好像要告诉汤姆，他把一切都安排妥当了，汤姆只需等着看好戏上演。汤姆只好随他去，阴沉着脸，缩在车子的角落里，双臂交叠在胸前。出租车最后停在一家面朝海湾的大饭店前面。要不是格林里夫先生买单，汤姆早就被这家饭店的气势吓倒了。

"桑塔·露琪亚! [1]"这个男孩指着大海骄傲地说。

汤姆点了点头。不管怎样，这个男孩所做的这一切似乎是出于好意。汤姆付了司机车费后，转身给了男孩一张一百里拉的钞票。汤姆估计这钱折合美元大概是一角六分多一点。根据他在船上读到的一篇文章，这点钱在意大利作为小

---

① 那不勒斯著名港口，另有同名的那不勒斯船歌。

费正合适。看到男孩一脸恼怒的样子，汤姆又给了他一张一百里拉的票子。可是男孩还是不高兴。汤姆没再理会，朝他挥挥手，跟在已经帮他提起行李的门童后面，走进旅馆。

汤姆当晚在一家名叫"特丽莎之家"的水上餐厅吃了晚餐。这家餐厅是他下榻的旅馆里那位说英语的经理向他推荐的。汤姆好不容易把菜点好，却发现端上来的第一道小章鱼颜色紫得可怕，像是用写菜单的钢笔墨水泡过一样。他尝了一口触角，味道像软骨一样难吃。第二道菜也很糟，是一盘各式各样的炸鱼。第三道菜他原本笃定是甜点，结果是两条通红的小鱼。噢，那不勒斯呀！吃的虽然不怎么样，但他觉得葡萄酒十分醇美。在他左边的天际，八分圆的月亮缓缓飘过维苏威火山嶙峋的山头。汤姆泰然自若地看着眼前的景色，仿佛他早已看过很多遍。维苏威火山那边陆地的一个角落，就是理查德所住的村子。

第二天上午十一点钟，汤姆坐上了客车。公路沿着海岸延伸，在沿途经过的小村镇短暂停留——托尔德格雷科，托尔阿隆西亚塔，卡斯特拉梅尔，索伦托。汤姆聚精会神地听着司机每到一个地方报出的地名。过了索伦托，公路变成了岩石悬崖边狭窄的山路，和汤姆在格林里夫家看到的照片里的景色很相似。他时而能瞥见位于海滨的小村落，房子远远望去像白色的面包屑，而一个个黑点则是海边游泳者的脑袋。突然汤姆发现马路正中有块巨大的岩石，显然是从某处悬崖坠下来的。可是司机一副见怪不怪的模样，面无表情地绕开巨石。

"蒙吉贝洛到了！"

汤姆一跃而起，从行李架上用力取下行李箱。他还有个箱子在车顶，跟车的男孩帮他取下来。车子放下汤姆后扬长而去，扔下他一个人孤零零地站在路旁，行李箱放在脚边。在他头顶的山上，零散地分布着几间屋舍。他身下也有砖瓦房顶，掩映在蓝色海边。汤姆眼睛紧盯着行李箱，走进马路对面标着"邮局"的一间小屋。他问窗口后面的男子理查德·格林里夫在哪里住。汤姆不假思索地用英语问，而那名男子好像也听懂了，从窗口后面走出来，站在门口，朝汤姆乘车来的那条路指了指，用意大利语说了一通，像是告诉他怎么到那里。

"一直往前，一直往前！"①

汤姆谢过他，并问能否将两个行李箱暂放在邮局。这名男子也像是听懂了，帮汤姆把行李箱拿到邮局里。

此后汤姆又问了两个人理查德·格林里夫的住址，虽然大家好像都知道，但直问到第三个人，才准确地给他指明了

---

① 原文为意大利语。

方向——一幢两层楼的大房子，一扇铁门对着路边，还有一个伸到石崖边的露台。汤姆摁了铁门边的金属门铃。一个意大利女人从房子里出来，双手在围裙上擦了擦。

"格林里夫先生在吗？"汤姆满怀希望地问。

这个女人用意大利语笑着对他说了一长串话，并朝下面的海边指了指。"瞅，"她好像一直在发这个音，"瞅。"

汤姆点点头，用意大利语说了"谢谢"。

他应该就这副打扮径直走下海滩，还是显得更随意一些，换上泳衣？抑或是待在这里，一直等到下午茶甚至鸡尾酒时分？要不他先给迪基打个电话？汤姆这次来没有带泳衣，所以肯定得买一件。邮局附近有好几家小店，汤姆走进其中一家。这家店门前有个很小的橱窗，摆放着衬衫和泳裤。汤姆试了几件泳裤，但是大小都不合适，有的甚至连称之为泳裤都勉强。最后他买了一件黄黑相间、和丁字裤大小差不多的玩意。他用雨衣把这些衣物整齐地包成一捆，赤脚走了出去。但很快就跳了回来。路上的鹅卵石烫得像火炭。

"有鞋子吗？凉鞋？"他问店内的男子。

可是他家并不卖鞋。

汤姆只好穿上原来的鞋子，穿过马路，走到对面的邮局，想把行李箱和衣服寄放在那里。但邮局已经锁上了。他来之前有所耳闻，说在欧洲某些地方，从正午到下午四点不营业。他转过身，顺着一条他猜是通向下面沙滩的鹅卵石路走去。沿途他先是经过十几级陡峭的石阶，然后又是一段鹅卵石坡路，两旁是一爿住家和商店，接着又是台阶，最后走上一条稍高于海滩的宽广的人行道。这儿有几家咖啡馆和一家在户外摆了几张餐桌的餐馆。几个皮肤呈古铜色的意大利少年坐在人行道边的木条凳上，上上下下仔细打量从身旁路过的汤姆。汤姆脚上穿着棕色的大皮鞋，加上肤色惨白，被他们瞧得大窘。他夏天从来不去海滩。他讨厌海滩。海滩中间有一条木道，汤姆知道走在上面一定很烫，因为人们都躺在浴巾或其他东西上。但他还是不管不顾地脱掉鞋子，在发烫的木头上站了一会儿，神态自若地用目光扫视周围的人群。没人长得像理查德，而氤氲的热浪令他无法看清远处的人。汤姆试着把一只脚踩在沙滩上，又缩了回来。接着他深吸一口气，跑到木道尽头，然后以冲刺般的速度越过沙滩，终于将脚泡进凉爽宜人的海水里。他在浅水中散起步来。

汤姆隔着一条马路的距离看见了他——就是迪基，没错，虽说他现在皮肤被晒成深棕色，一头金色卷发也比汤姆印象中要浅一些。他和玛吉在一起。

"迪基·格林里夫？"汤姆面带笑容地走上去跟他打招呼。

迪基抬起头来。"你是哪位？"

"我是汤姆·雷普利。前几年我们在美国见过面。你还记得吗？"

迪基一脸茫然。

"你父亲曾说过，要给你写信说我要来。"

"噢，对，对。"迪基用手碰了碰额头，表现得像是自己居然忘了这事，真是愚蠢。他站起身来。"你叫汤姆什么来着？"

"雷普利。"

"这位是玛吉·舍伍德，"他介绍道，"玛吉，这位是汤姆·雷普利。"

"你好！"汤姆说。

"你好！"

"你在这里准备呆多久？"迪基问。

"我也不确定，"汤姆说，"我才刚到，得四处看看。"

迪基仔细打量着汤姆，对他的回答有些不以为然。汤姆能感觉到这点。迪基抱着双臂，一双晒成棕色的细脚埋在滚烫的沙子里，他似乎也一点不觉得难受。而汤姆早已把脚塞回鞋子里。

"要找房子吗？"迪基问。

"我不知道。"汤姆有些犹豫不决，好像他一直在考虑这个问题。

"如果你想在这儿过冬，现在是找房子的好时机，"玛吉说，"夏天来度假的游客基本上走光了。这儿的冬天需要一些美国人。"

迪基沉默不语。他坐到女孩身边的大浴巾上。汤姆感觉迪基在等着自己和他道别。汤姆站在那儿，觉得又回到了呱呱坠地时的样子，纤弱赤裸。他本来就讨厌穿泳装，而这条泳裤偏偏很暴露。汤姆费力地从裹在雨衣里的外套口袋中掏出一盒香烟，递给迪基和玛吉。迪基掏出一支，汤姆用打火机为他点上火。

"你好像不记得我们以前在纽约的事。"汤姆说道。

"是有点不记得了，"迪基说，"我们在什么地方见过面？"

"我想想，是在巴迪·兰克劳家吧？"其实汤姆知道两人并不是在兰克劳家见的面。但提及兰克劳，迪基一准记得。巴迪这个人有口皆碑。

"噢，"迪基含混地答道，"实在不好意思，我脑子最近有点发浑，美国那边的事全记不起来了。"

"可不是嘛，"玛吉过来给迪基解围，"他的脑子现在越来越不记事。你什么时候到这儿的，汤姆？"

"我一小时前刚到。我把行李寄放在邮局。"说着他不禁笑起来。

"干嘛不坐下来？这儿还有条浴巾。"玛吉在身旁的沙子上又铺了一条稍小一点的白色浴巾。

汤姆感激地坐了下来。

"我去下水凉快凉快。"迪基说着站起身来。

"我也去，"玛吉说，"一起去吧，汤姆。"

汤姆跟在他们身后。迪基和玛吉朝海里游了很远——两人看上去都是游泳好手——汤姆则待在离海岸不远处，并且很快就上岸了。过了一会儿，迪基和玛吉也回来了，坐到沙滩的浴巾上。好像是受玛吉的催促，迪基说："我们要走了。你愿意来家里和我们共进午餐吗？"

"好啊。非常感谢。"于是汤姆帮他们收拾浴巾、太阳镜和意大利当地报纸。

汤姆觉得他们像是永远到不了家似的。迪基和玛吉走在汤姆前面，脚下是无穷无尽的石阶。两人的步履缓慢而稳健，每步只迈出两个台阶的距离。汤姆被太阳晒得没精打采。向前迈步时，他腿上的肌肉都在颤抖。他的肩膀已经晒红了。为了抵挡阳光，他穿上了衬衫。即便如此，他也还能感到灼热的阳光穿透他的头发，令他头晕脑涨，恶心得要吐。

"是不是觉得难受？"玛吉问汤姆，她自己却连气都不喘一下。"你在这儿住下来，就会习惯的。你还没见识这里的七月份，那才叫热浪滚滚。"

汤姆累得上气不接下气，也没有接茬。

十五分钟后，他感觉好些了。他刚才冲了凉，现在坐在迪基家露台的藤椅上，手里端着一杯马提尼。他听从玛吉的建议，把游泳的那身行头又穿上了，外面套上衬衫。刚才他在冲凉时，露台上已经支起一张可供三个人坐的桌子。玛吉正在厨房，用意大利语和女仆说着什么。汤姆好奇玛吉是否也住在这儿。这座房子不小，肯定够她住。汤姆视线所及，发现室内家具不多，装饰风格很好地融合了意大利古典风格和美式波希米亚风。他还在客厅里看到两幅毕加索的真迹。

这时玛吉也端着杯马提尼酒，来到露台。"我家住在那边。"她指了指远处。"瞧见了吗？就是那栋方形的白房子，红屋顶，比周围的房顶更红。"

虽说根本无法从一大堆房子里认出玛吉的家，但汤姆还是装作看见了。"你在这里待多久了？"

"一年了。去年整个冬天都待在这里。那个冬天可真不好过，三个月里，有两个月都在下雨！"

"是吗！"

"嗯。"玛吉啜了一口马提尼，志得意满地凝望着自己身处的小镇。她也换回了游泳的衣服，一件番茄色的泳衣，外面穿一件条纹衬衫。她长得不丑，汤姆想。在那些偏好身段结实的人眼里，她可谓拥有一副好身材。不过汤姆不喜欢这种类型的。

"我听说迪基有一艘船。"汤姆说道。

"没错，皮皮号，全称是皮皮斯特罗号。你想见识一下吗？"

她指了指露台下小码头上停泊的一个不显眼的物体，和她的房子一样不显眼。码头上停泊的船只看上去都差不多，但玛吉说，迪基的船比大多数的船更大，而且有两根桅杆。

迪基从房子里走了出来，拿起桌子上的酒罐，给自己倒了一杯鸡尾酒。他穿一条熨烫得很糟的白色帆布裤，上身穿一件赤褐色亚麻衬衫，和他的肤色一致。"抱歉酒里不能加冰。我这里没有冰箱。"

汤姆报以微笑。"我帮你捎来一件浴袍。你母亲说你想要一件浴袍。还有几双袜子。"

"你认识我母亲吗？"

"我从纽约出发前，恰巧碰见你父亲。他邀请我去家里做客。"

"噢，我母亲现在怎么样？"

"那天晚上她精神很好，忙着张罗。不过我觉得她很容易疲乏。"

迪基点点头。"我这个星期刚收到来信，说她好一些了。至少目前不会有什么大问题，对吧？"

"我不这么看。我觉得你父亲几周前很担心她的状况。"汤姆犹豫了一下，"而且你不回去，也让他有点担心。"

"赫伯特不是担心这个，就是担心那个。"迪基说。

玛吉和女仆从厨房出来，端着一盘热气腾腾的意大利面、一大碗沙拉和一碟面包。迪基和玛吉开始聊起下面海滩某家饭店扩建的事。店主正在扩建露台，打算辟建舞池。他俩慢慢地聊着细节，就像那些小镇上的居民，对邻居哪怕最细微的变化，也抱以浓厚的兴趣。汤姆完全插不上话。

他盯着迪基戴的两枚戒指打发时间。两枚他都很喜欢：右手中指上那枚稍大一些，是一块长方形镶金绿宝石戒指，左手无名指上是枚图章戒指，比格林里夫先生戴的那枚图章戒指更大，更显华丽。迪基的一双手修长瘦削，汤姆觉得和自己的手有点像。

"噢，对了，我离开纽约前，你父亲带我去伯克-格林里夫船厂看了看，"汤姆道，"他说，自从你上次去过之后，他又做了许多改变。我觉得船厂搞得很不错。"

"我猜他想让你去那里上班。他总是喜欢招揽那些有志青年。"迪基转动手中的叉子，利落地卷起一团意大利面，塞进嘴里。

"不，他没让我去上班。"汤姆觉得这顿饭的气氛糟透了。莫非格林里夫先生已经告诉迪基，自己是来劝他回家的？或者迪基现在只是心情不佳？反正和上次见到他相比，迪基确实变了。

迪基拿出一台约有两英尺高的意式咖啡机，把插头插在露台的一个插座里。不到片刻，就煮出来四小杯咖啡，玛吉端了一杯咖啡给厨房里的女仆送去。

"你住在哪家旅馆？"玛吉问汤姆。

汤姆笑道，"我还没找到呢。你能推荐一家吗？"

"米拉马雷是最好的。就在吉奥吉亚边上。这里只有这两家旅馆。但吉奥吉亚——"

"据说吉奥吉亚的床上有 pulci。"迪基打断玛吉的话。

"他是指跳蚤。吉奥吉亚的价格很便宜，"玛吉热心地说，"但是服务——"

"根本谈不上服务。"迪基又插嘴。

"你今天情绪不错，是吗?"玛吉朝迪基丢了一片羊奶酪。

"这样的话，我就去米拉马雷住了。"说着，汤姆站起身来。"我得走了。"

两人谁也没有挽留他。迪基陪汤姆朝前门走去，玛吉没有起身。汤姆想知道迪基和玛吉是否在恋爱，就是那种老派的恋爱，带有将就性质，外人也不大容易察觉。之所以这么想，是因为汤姆觉得两人并不显得如漆似胶。汤姆觉得，玛吉肯定爱上了迪基，但迪基对她的热情，和对那位五十岁的意大利女仆没什么区别。

"有机会我想欣赏你的绘画作品。"汤姆对迪基说。

"好啊。如果你不走，我们还会再见面的。"汤姆觉得迪基说这句话，纯是因为自己为他捎来浴袍和袜子。

"午餐很棒。再见，迪基。"

"再见。"

铁门哐啷一声关上了。

8

汤姆在米拉马雷旅馆订了一个房间。等到他从邮局取回行李，已经下午四点钟了。他累得精疲力竭，勉强把那件最好的西装挂起来，然后倒在床上。从外面的窗下传来几个意大利男孩的说话声，声音清楚得像是他们就在他的房间里聊天。急速的音节，偶尔爆出一个男孩肆无忌惮的咯咯笑声，都令汤姆辗转反侧，痛苦不堪。他臆想着这些人一定在议论他这次拜会迪基的行动，并等着看他接下来的笑话。

他在此地做什么？他在这儿连个朋友都没有，又不会说意大利语。假如他病在这里怎么办？谁来照顾他？

汤姆从床上起来，感觉自己想吐。但他动作很慢，因为他知道自己还有多久会吐，往卫生间走还来得及。他在卫生间把午餐全吐了出来，连在那不勒斯吃的鱼都吐出来了，他想。吐完后他回到床上，这次立刻睡着了。

醒来后，他感觉晕乎乎的，没有力气。太阳还没下山，他看了眼那块新手表，上面显示时间是五点半。他走到窗前，在一片依山而建的粉白建筑中本能地搜寻迪基的那所大房子和伸出来的露台。他找到了露台上结实的暗红色围栏。玛吉还在那里吗？她和迪基还在谈论自己吗？这时从嘈杂的街声中传来一阵饱满洪亮的笑声。虽说只是笑声，但不啻一句美式英语，带着典型的美国味。转瞬间他发现迪基和玛吉从大街两旁的房屋空地处走过。接着两人绕过一个拐角。汤姆赶紧走到房间的侧窗边，那儿的角度便于他更好地观察。在汤姆的窗下，有一条小路紧挨着旅馆。迪基和玛吉沿着这条小路向远处走去。迪基下身穿一条白裤子，上身是那件赤褐色衬衫，玛吉穿着女式衬衣和短裙。汤姆思忖，她一定回过一趟家，不然就是她在迪基家里放了一些她的衣物。两人走到那个小小的木头码头上，迪基和一个意大利人在说话，给了他一点钱。那个意大利人用手碰了碰帽子，然后把迪基的船从码头解开。汤姆看着迪基帮玛吉上了船。白色的船帆也升起来了。在他们的左后方，橘红色的落日正沉入大海中。汤姆能听到玛吉的笑声，还听到迪基用意大利语朝码头大吼一声。汤姆明白，自己眼前看到的是他们两人典型的一天——中饭吃得很晚，然后睡一觉，日落时分驾着迪基的船出海。航行回来，在海滩边的咖啡馆来杯开胃酒。这是平凡得不能再平凡的一天，他们尽情享受着，视汤姆如无物。有了这一切，迪基干嘛还要回去过那种挤地铁、打出租车和穿正装的城市生活，成为朝九晚五的上班族？就连在缅因州或佛罗里达度假，有专职司机伺候，也比不上这里的生活。在这儿，他可以身穿旧衣服，自由自在地驾船出海，自己过自己的日子，不必顾及任何人，家里有个和善的女佣替自己打理一切家务。如果他愿意的话，也有钱出门旅行。汤姆心潮涌动，又是嫉妒又是自怜。

汤姆心想，迪基父亲以前在信里一定说了那些让迪基反感的事。他今天要是选择坐在海滩边的咖啡馆里，装作和迪基不期而遇，效果会好得多。如果那样，他很可能会最终说服迪基回家。但现在这样，只能无功而返。汤姆咒骂自己今天表现得缩手缩脚，木讷呆板。只要是他迫切追求的，最后总是以失败告终。多年前他就发现了这一点。

这几天先缓一缓，他想。首先第一步，是要让迪基喜欢自己。这是目前他最想要的。

9

接下来的三天，汤姆什么也没做。到了第四天，快中午的时候，他下到海滩，看到迪基一个人在他们第一次见面的地方，身后是从陆地延伸到海滩的灰色岩石。

"早上好！"汤姆向迪基招呼，"玛吉呢？"

"早上好。她也许熬夜工作起晚了，过一会儿她就下来。"

"工作？"

"她是作家。"

"哦。"

迪基嘴角叼着一根意大利烟，吞云吐雾。"你这两天在干什么？我还以为你走了。"

"身体有点不舒服。"汤姆用轻松的语调说道。他边说边把卷起来的浴巾扔到沙子上，但和迪基的浴巾保持一点距离。

"是那种常见的反胃恶心吗？"

"反正就是要不停地跑卫生间，"汤姆笑道，"不过现在已经好了。"其实汤姆病得不轻，虚弱得连离开旅馆的力气都没有。即便这样，他还是趴在地板上，让射进房间的片片阳光随时照在自己身上，好让自己下次去海滩时，不显得那么苍白。如果还剩点力气，他就看看那本在旅馆大堂买的意大利语会话书。

汤姆下到水里，充满自信地让海水漫到腰间。他站在那儿，朝肩膀泼水。他弯下腰，让海水溢到下巴，稍微游了几下，然后慢慢朝岸边划去。

"过一会儿等你回家前，我想请你去我住的旅馆喝一杯怎么样？"汤姆问迪基，"玛吉要是也能来就太好了。我顺便把浴袍和袜子给你。"

"噢，好的，多谢。我正想喝一杯。"迪基说完继续读他那份意大利报纸。

汤姆将浴巾展开。他听见村子里的钟敲了一声。

"看样子玛吉不会过来了，"迪基说，"那我就一个人去你那里吧。"

汤姆站起身来。两人朝米拉马雷旅馆走去，路上除了汤姆邀请迪基吃午餐，被迪基以女仆在家已经准备好饭菜而婉拒之外，基本什么话也没说。两人来到汤姆的房间，迪基当场试了试浴袍，并赤脚套上袜子。浴袍和袜子大小都正合适。正如汤姆所料，迪基对浴袍尤其满意。

"还有这个。"汤姆从写字台抽屉里拿出一个方形包裹，外面用药店的包装纸包着。"你母亲送给你的滴鼻剂。"

迪基笑了。"我现在已经不需要了。这都是治疗鼻窦炎的药。不过你还是给我吧。"

现在该转交给迪基的东西已经全都给他了，汤姆想。如果请他喝一杯，估计他也会拒绝的。汤姆将迪基送到门口。"你知道吗，你父亲十分关心你回家的事。他让我和你好好谈谈，我当然不会这么做。不过我还是要给他回个话。我答应过他，要给他写信谈谈这件事。"

迪基握着门把手，转过身来。"我在这儿的所作所为，不知道父亲是怎么想的。他可能认为我整日醉生梦死。今年冬天我准备回家待几天，但我不准备回去定居。我在这里过得更开心。如果我回去住，我父亲会追着让我去伯克-格林里夫船厂上班。到时我不可能有机会画画。可我偏偏喜欢画画，而且我要怎么过，都是我自己的事。"

"我理解你。但你父亲说过，你要是能回去，他不会逼你去他的公司上班，除非你自己主动想去公司的设计部门。他说你喜欢搞设计。"

"关于这件事，我和我父亲已经没什么好谈的了。不过还是要谢谢你，汤姆，谢谢你捎来的口信和这些衣物。你是个好人。"迪基伸出手准备和汤姆道别。

汤姆无论如何不能接过迪基伸出的这只手。现在事情已经到了失败的边缘，这正是格林里夫先生害怕出现的情景，和迪基谈崩了。"我还有些其他事情要告诉你，"汤姆说话时带着一丝笑意，"是你父亲专门派我到这里，劝你回家。"

"你是什么意思？"迪基皱着眉道，"难道是他给你付的路费？"

"正是。"这是汤姆所能使出的最后一招，或将迪基逗乐，或将他激怒，或令他捧腹大笑，或使他摔门而出。最终他迎来的是迪基的笑容，他长长的嘴角向上翘起，这笑容和汤姆记忆中迪基的笑容完全一样。

"他付你的路费！ 到底怎么回事！ 他急昏头了吗？"迪基把门重新合上。

"他是在纽约的一间酒吧里找上我的，"汤姆说，"我对他说，我和你并不太熟，但他坚持认为，只要我过来，就能起作用。我说我试试吧。"

"他是怎么见到你的？"

"是通过施立弗夫妇。我其实不怎么认识施立弗夫妇，但你父亲就是通过他们知道我的。说我是你的朋友，我对你很有帮助。"

两人都大笑起来。

"我不想让你觉得，我在利用你父亲，"汤姆说，"我想马上在欧洲找个工作，这样最后就能把他付我的路费还清了。他为我买了往返船票。"

"噢，你别管了！这钱走的是伯克-格林里夫公司的账。我能想象爸爸在酒吧接近你的样子！是哪家酒吧？"

"劳尔。其实他在绿笼酒吧就开始跟着我了。"汤姆观察着迪基的表情，想看看他对绿笼这样有名的酒吧有没有什么反应，但迪基一副浑然不觉的样子。

他们在楼下旅馆的酒吧喝了一杯。两人共同为赫伯特·理查德·格林里夫先生干杯。

"我突然想起来，今天是礼拜天，"迪基说，"玛吉是去教堂了。要不你过来和我们一起吃午餐吧。我们周日都是吃鸡肉。你知道，这是美国人的习俗，周日吃鸡肉。"

迪基想去玛吉家，看看她在不在家。他们沿着大路边的石墙，向上走了几个台阶，接着穿过某户人家的花园，又往上走了几步。玛吉住的是外表寒碜的平房，一头是个没怎么打理的花园，从花园通向房门的小径上有几个水桶和一根浇花园的水管。窗台上挂着的番茄色泳衣和一件胸罩，说明这里住的是女性。透过一扇打开的窗户，汤姆瞥见房间里有一张杂乱无章的桌子，桌上摆着一台打字机。

"嗨！"玛吉打开屋门招呼他们，"你好，汤姆！这些天你干什么去了？"

她想给他们来杯酒，却发现那瓶钻石金酒的酒瓶里只剩半英寸酒了。

"没关系，咱们去我家。"迪基说。他熟门熟路地在玛吉这间卧室兼起居室的房间里四处溜达，仿佛他有一半时间都在这里度过。他弯腰瞧了瞧栽了一种小植物的花盆，用食指轻轻地碰碰叶子。"汤姆要告诉你一件有趣的事，"他说，"跟她说吧，汤姆。"

汤姆吸了一口气，开始娓娓道来。他故意把事情讲得很搞笑，逗得玛吉像是一个多年没遇到过好笑事的人一样。"我看他跟着我进了劳尔酒吧，急得当时都想翻后窗逃跑！"汤姆侃侃而谈，大脑都已经管不住嘴了。他心想，这些内容一定让迪基和玛吉听得很过瘾。他从两人脸上的表情就可以看出来。

他们边走边说，通往迪基家的山径也显得比平时短了一半。喷香的烤鸡味已经飘到室外的露台上。迪基调了几杯马提尼酒。汤姆先冲了个澡，接着迪基冲完澡出来，给自己倒了一杯酒，情形就像当初第一次见面时那样，但整个气氛已经完全改观。

迪基坐在一把藤椅上，两条腿搭在一边扶手上。"再多讲点，"他笑盈盈地说，"你想从事什么工作？你说过想找个事做。"

"怎么了？你能给我找个工作吗？"

"这个我可不敢说。"

"嗯，其实我能做很多事——贴身男仆，保姆，会计——我在数字方面的天分简直没治了。在饭店里我哪怕喝得酩酊大醉，侍者也休想在账单上耍花招。我还会伪造签名，开直升机，掷骰子学谁像谁，做菜——夜总会里表演独角戏的驻场艺人要是生病了，我还能顶替他。还要我继续说吗？"汤姆身子前倾，掰着手指数着。他还能继续列举下去。

"你说的是哪一种独角戏？"迪基问。

"呃——"汤姆一跃而起，"就像这样。"他摆出一个造型，一只手搭在臀部，一只脚往前伸。"这是亚丝博登女士在美国坐地铁的样子。她连伦敦的地铁都没坐过，不过她想带一些美国的经历回家。"汤姆全用哑剧的形式来表演，假装找一个硬币，却发现塞不进投币口，买了一张代币卡，却不知道该走哪条楼梯，被地铁里的噪音和每一站长长的距离吓得战战兢兢，到站后又搞不清楚从哪里出去——这时玛吉正好过来，迪基向她解释汤姆在模仿一个英国女人在美国乘地铁，但玛吉似乎有点不明就里，问"什么？"——亚丝博登女士一不小心走进男厕所的门，惊恐万分的她受不了这通折腾，终于晕倒了。汤姆动作优雅地倒向露台躺椅，装作昏倒的样子。

"精彩！"迪基大声喝彩鼓掌。

玛吉没有笑。她站在那儿，表情有点茫然。迪基和汤姆谁也没有再费心解释刚才的内容。汤姆觉得，反正她也弄不明白刚才那一幕的搞笑之处。

汤姆呷了一口马提尼酒，对自己的表现很满意。"下回我专门为你表演一个。"他对玛吉说，但其实他这话主要是向迪基暗示，他还会演别的。

"午餐准备好了吗？"迪基问她，"我要饿死了。"

"那该死的球蓟太难熟了，我还在等。你知道那个炉子的前孔吧，基本上什么食物都煮不开，"她笑着对汤姆说，"迪基在有些事情上十分守旧，汤姆，尤其是那些他不必亲手操持的东西。所以他家里只有一个木制火炉，他还拒绝买冰箱，甚至连个冰柜都不要。"

"这也是我当初逃离美国的原因之一，"迪基说，"在一个到处都是用人的国度，那些玩意纯属浪费钱。要是艾美达只消半小时就弄好一餐，剩下的时间她能干什么？"说着他站起来。"跟我来，汤姆。我给你看看我的画。"

迪基带汤姆来到一个大房间，汤姆在去淋浴时曾路过这个房间，还朝里面瞧了瞧。房间的两扇窗户下放着一张长榻，地板中央是一个硕大的画架。"这是我正在画的一幅玛吉的肖像画。"他指着画架上的画说道。

"噢。"汤姆饶有兴趣地说。他其实觉得画得很一般，估计大多数人看了也会这么想。玛吉狂野无羁的笑容画得有点过了，肤色红得像印第安人。玛吉要不是这一带唯一的金发女郎，他会认不出画中人是玛吉。

"还有这些——这么多风景画。"迪基不以为然地笑着向汤姆展示这些画作，不过打从心底里，他希望汤姆能恭维几句，因为他对自己的作品还是很满意的。这些画都是匆冗之作，风格单调雷同。每幅画在用色上都是赤褐色和湛蓝色的混合，赤褐色的房顶和群山，湛蓝色的海洋。他在画玛吉的眼睛时，用的也是同样的蓝色。

"这是我在超现实风格上做的一点尝试。"迪基把另一幅画搭在双膝上说道。

汤姆都觉得有点替迪基难为情。毫无疑问，画的还是玛吉，这回长出了蛇形长发，最糟糕的是，两只眼睛里各自倒映出不同景致。其中一只眼睛倒映出蒙吉贝洛的房屋和山峦，另一只眼睛倒映出满是小红人的海滩。"嗯，我喜欢这幅作品。"格林里夫先生说的一点都没错。迪基就像遍布全美成千上万蹩脚不入流的画者一样，总得给迪基一点事情做，他才不会惹麻烦。格林里夫先生唯一感到遗憾的是，迪基不该走上画画这条路，他本该更有作为。

"在绘画上，我不会做出什么惊天动地的成就，"迪基说，"但我从中获得了无穷的乐趣。"

"是啊。"汤姆不想再谈这些画作和迪基画画这件事。"我可以看看房子的其余地方吗？"

"当然可以！你还没看过沙龙客厅吧？"

迪基打开廊厅的一扇门，门后是个非常大的房间，有壁炉、沙发、书架，而且这个房间分别朝向露台、房子另一边的田地和房前花园。迪基说，夏天他一般不使用这间房子，他喜欢留着冬天来这里欣赏不同的风景。汤姆觉得这个房间与其说是客厅，倒更像是书巢。这让他有点意外。他原以为像迪基这样的年轻人，大部分时间都花在玩乐上面了，不会有什么思想。也许他想错了。不过迪基现在穷极无聊，想要有人给他找点乐子，对于这点他自信自己没有看错。

"楼上是什么？"汤姆问。

楼上令人大失所望：拐角处是迪基的卧室，在露台的上方，空荡荡的，只有一张床、一个写字台、一张摇椅，看起来和周围的空间毫无关联。迪基的床很窄，比一张单人床宽不了多少。二楼另外三个房间甚至都没有装修，或者说没装修完。其中一个房间里只盛放了木柴和一堆画布。到处都没有玛吉的痕迹，尤其在迪基的卧室里。

"什么时候一起去那不勒斯怎么样？"汤姆对迪基说，"我来的路上没来得及抽空去看看。"

"好啊，"迪基说，"玛吉和我准备星期六下午去。我们几乎每个周六晚上去那不勒斯吃一顿正餐，然后再乘出租车或马车回来。你和我们一块去吧。"

"我想白天去，或者周一到周五的某一天去，这样我能多看看。"汤姆说，其实心里盘算的是这样就可以在旅途中避开玛吉。"还是你整日都在画画吗？"

"不是。每周一、周三和周五的中午十二点都有班车去那不勒斯。如果你愿意的话，我们明天就可以启程。"

"太好了。"汤姆说，但心里还是没底，不知道迪基会不会邀玛吉一道去。"玛吉是天主教徒吗？"两人下楼时，汤姆问道。

"狂热得很！她六个月前接受皈依，受一个意大利男人影响。那时她和那个意大利人爱得死去活来！那个意大利人能说会道。他是在一次滑雪事故后，来这里休养几个月。她现在聊以自慰的是，艾德亚多人虽没留住，却留住了他的信仰。"

"我原以为你俩在恋爱。"

"我和玛吉恋爱？别逗了！"

两人来到露台，午餐已经准备就绪，玛吉还亲手做了浇了奶油的热甜饼。

"你认识纽约的维克·西蒙斯吗？"汤姆问迪基。

维克在纽约有个颇有名气的沙龙，聚集了一大批艺术家、作家和舞蹈家。不过迪基并不认识他。汤姆又提了两三个人的名字，迪基还是不认识。

汤姆内心期盼着喝完咖啡后，玛吉会离开，但是她没有走。

过了一会儿，汤姆趁玛吉离开露台片刻的工夫，对迪基说，"我今晚请你去旅店吃晚餐怎么样？"

"谢谢。几点钟？"

"七点半行吗？这样我们还可以留点时间喝鸡尾酒。反正花的都是你父亲的钱。"汤姆笑着加了一句。

迪基开怀大笑。"就这么定了，有鸡尾酒和葡萄酒，玛吉！"正巧玛吉此时回到桌旁。"我们今晚去米拉马雷旅馆就餐，拜格林里夫老爹所赐！"

既然玛吉也过来，汤姆就没什么可做的了。不过反正花的也是迪基父亲的钱。

这顿晚餐吃得很好，但由于玛吉在场，汤姆不能讲一些自己想说的话。而且当着玛吉的面，他也没有了谈笑风生的兴致。玛吉在餐厅遇见几个熟人，晚餐后，她暂时告退，端着咖啡坐到另一张桌子前。

"你准备在这儿呆多久？"迪基问。

"噢，至少一个星期。"汤姆答道。

"是这样的——"迪基喝了酒后有点上头，基安蒂葡萄酒令他心情不错。"你要是想在这儿多呆一阵子，不妨搬到我那里。住旅馆没必要，除非你自己想要这样。"

"十分感谢。"汤姆说。

"女仆房间里有一张床，你刚才没看见。艾美达平时不在那里住。如果你不介意的话，我们可以从散落在周围房间的家具中找出几件，你先凑合着用用。"

"我当然没意见。顺便说一句，你父亲一共给我六百美元作为这次来的费用，现在还剩五百美元。我们可以用这笔钱好好玩玩，怎么样？”

“五百美元！”迪基用夸张的语气说道，好像他这辈子从未见过这么多钱。“这钱都够买一辆小车了！”

汤姆没有理会迪基买小汽车的提议。他说的好好玩玩，可不是买辆汽车玩。他想坐飞机去巴黎。这时他看见玛吉回来了。

第二天早晨，汤姆搬到迪基家里。

迪基和艾美达腾出楼上一个房间给汤姆住，往里面搬进一个大衣橱，几把椅子。迪基还在墙上用图钉钉了几张复制于圣马可教堂的马赛克镶嵌画。汤姆帮迪基把那张狭窄的铁床从仆人房搬到自己房间里。他们在中午十二点前忙完这一切。干活时他们还喝了点弗拉斯卡蒂白葡萄酒，所以两人都有点晕乎乎的。

“我们还去那不勒斯吗？”

“当然去。”迪基看了看表。“现在是十一点四十五分。我们能赶上十二点的班车。”

两人只带了外套和汤姆的旅行支票簿就出发了。两人到邮局时，汽车刚好开过来。汤姆和迪基站在车门口，等乘客先下车；迪基正要上车时，迎面撞上一个年轻的美国人。他一头红发，穿着花哨的运动服。

“迪基！”

“弗雷迪！”迪基大声叫道，“你怎么到这里来了？”

"来看你啊！ 还有切吉一家。他们留我住几天。"

"太好了！ 我现在正要和一个朋友到那不勒斯去，汤姆！"迪基招手叫汤姆过来，并介绍两人认识。

这个美国人名叫弗雷迪·米尔斯。汤姆觉得他长得很丑。汤姆讨厌红头发，尤其讨厌这种胡萝卜色的头发配上白皮肤，外加脸上还有雀斑的家伙。弗雷迪长着一对红棕色大眼睛，眼珠子动个不停，像是有点斗鸡眼。或许他就是那种说话从不朝人看的人。他还是个胖子。汤姆把脸转开，等迪基和他把话说完。汤姆注意到，班车在等他们俩。迪基和弗雷迪在谈论滑雪，并约定十二月份的某天去一个汤姆从未听过的地方。

"到时在科蒂纳我们会聚齐十五人左右，"弗雷迪说，"我们要像去年一样，搞一个狂欢派对！ 玩他个三星期，把钱花光为止！"

"把钱花光为止！"迪基说，"今晚见，弗雷迪！"

汤姆跟在迪基后面上了车。车上已经没有座位了。两人一边是个汗臭味十足的瘦男人，另一边是几个体味更重的村妇。班车刚要驶离村镇，迪基突然想起玛吉会和平常一样到他家吃午餐。昨天他们以为，汤姆今天搬家，不会再去那不勒斯了。迪基大喊司机停车。汽车发出刺耳的刹车声，猛地停了下来，令所有站着的乘客都失去平衡。迪基把头探出窗外，叫道，"季诺！ 季诺！"

马路上一个小男孩跑了过来，接过迪基递给他的一张一百里拉的钞票。迪基用意大利语和他说了几句，只听那男孩说，"我马上去，先生！"之后就跑开了。迪基向司机道谢，车子再次出发。"我让那个小孩去告诉玛吉，我们今晚就回来，不过可能要晚一点。"迪基说。

"没问题。"

客车在那不勒斯一个硕大杂乱的广场把乘客放下。他们甫一下车，立刻被盛放葡萄、无花果、水果馅饼、西瓜的手推车和扯着嗓门兜售钢笔和机械玩具的男孩们包围。大家都给迪基让路。

"我知道一个吃午餐的好地方，"迪基说，"卖正宗的那不勒斯比萨。你爱吃比萨吗？"

"爱吃。"

比萨店位于一条狭窄陡峭、车子进不去的街道。门口挂着珠帘，店里总共只有六张桌子。每张桌子上摆着一个葡萄酒醒酒器。这种地方适合一坐数小时，静静地品酒。他们在店里一直坐到下午五点钟，迪基提议去凯丹广场[①]。他向汤姆致歉，因为没能带他去参观当地藏有达·芬奇和希奥托科普洛斯[②]真迹的博物馆。不过可以改日再去。迪基整个下午基本都在谈论弗雷迪·米尔斯，汤姆觉得这个话题和弗雷迪

---

① 著名的环球连锁免税店，主营国际游客商品零售。
② 来自希腊克里特岛的画家。

那张脸同样乏味。弗雷迪是美国一家连锁旅店店主的儿子，也是位剧作家——后一个身份，汤姆估计是他自封的，因为他总共只写了两个剧本，且都没有在百老汇上演过。弗雷迪在法国滨海卡涅有一幢房子，迪基来意大利前曾在他那里住过几周。

"我就喜欢现在这样子，"迪基坐在凯丹广场兴致勃勃地说，"坐在桌子旁，看着人来人往。这会对你的人生观产生影响。盎格鲁-撒克逊人不愿意坐在路边咖啡馆观察世人，实属不智。"

汤姆点头称是。这个看法他以前也有所耳闻。他想听听迪基能否发表一些新颖独到、见解深刻的意见。迪基相貌英俊。他的脸型轮廓修长精致，一双眼睛睿智灵动。无论他身穿什么衣服，举手投足间都洋溢着自信的风采。这些令他显得与众不同。他今天穿一双破凉鞋，白裤子上也泥点斑斑，但他坐在那儿却像是店主，和给他上咖啡的侍者用意大利语闲聊。

"嗨!"他对路过的一个意大利男孩喊道。

"嗨! 迪基!"

"他负责在星期六给玛吉兑换旅行支票。"迪基向汤姆介绍道。这时一位衣冠楚楚的意大利人热情地和迪基握手寒暄，在他们的桌子旁坐下来。汤姆听他们用意大利语交谈，偶尔能听懂一两个词。汤姆觉得有些兴味索然。

"想不想去罗马玩玩？"迪基突然问他。

"当然想，"汤姆说，"现在去吗？"他掏钱付账。账单侍者已经塞在咖啡杯下面了。

这位意大利人开一辆灰色加长凯迪拉克，车里挂着软百叶窗，配了四声道喇叭，还有车载收音机，声音虽然聒噪，却没有盖住迪基和汤姆的谈话。两个多钟头左右就开到了罗马郊区。当车子驶过亚壁古道①时，汤姆坐直身子看向窗外。开车的意大利人对他说，这条大道很有名，所以特意为他从这里走，因为他以前没看过这条古道。这条路坑坑洼洼的，那位意大利人说，裸露在地面的片片砖石是罗马帝国时代的条风遗绪，走在上面人们可以体验古罗马路面的感觉。道路两边平展的旷野，在暮色中显得落寞，看上去像个古老的墓园，耸立着几座孤坟和残墓。那个意大利人在罗马市内一条街道中央将他们放下车，然后便忙不迭地道别而去。

"他有点事，"迪基解释道，"他要去会他的情人，还要赶在情人的老公十一点回家前溜掉。那就是我在找的音乐厅，走吧。"

两人买了晚上的票。现在距离演出还有一个小时。他们去威尼托大街一个路边咖啡馆的露天座位坐下，点了美式咖啡。汤姆发现迪基在罗马没有熟人，至少路过的人中没有他

---

① 古罗马时一条把罗马和意大利东南部连接起来的古道。

认识的。他们看着成百上千的意大利人和美国人在他们眼前熙来攘往。音乐厅的演出,汤姆看得不甚了了,但他努力地去看懂。演出还没结束,迪基就要提前离场。他们拦了辆出租马车,开始游览城市。一路上他们经过一个又一个喷泉,穿过古罗马广场,绕行经过圆形竞技场。月亮上来了。汤姆有点犯困,但是睡意和初次来罗马的兴奋交织在一起,反而令他感觉敏锐、举止沉稳。他们瘫坐在马车里,各自跷着二郎腿,脚上都穿着凉鞋。汤姆看着迪基跷着腿坐在自己身边,感觉好像在看镜中的自己。两人身高相同,体重也差不离,迪基或许稍重一点,穿着尺寸相同的浴袍和袜子,衬衫尺寸可能也一样。

汤姆给马车夫付车费时,迪基甚至说了句,"谢谢你,格林里夫先生。"这令汤姆产生一丝异样感。

两人晚餐时又喝了一瓶半葡萄酒,子夜一点时情绪变得更加高涨,走在马路上,勾肩搭背,哼哼唱唱,在一个黑暗的拐角不小心撞上一个姑娘,把她碰倒在地。两人赶紧扶她起来,赔礼道歉,还提出要护送她回家。姑娘说不要,他们却一再坚持,一左一右夹着她。姑娘没办法,说那就坐电车吧。迪基却置若罔闻,招来一辆出租车。迪基和汤姆很得体地坐在可折叠座位上,像一对男仆那样,双手交叠在胸前。迪基和姑娘聊天,逗得她哈哈大笑。汤姆几乎可以听得懂迪基说的一切。他们在一条看上去像那不勒斯风格的小街上停下来，送姑娘下车。她对他们说，"多谢！"并与两人一一握手，然后就消失在黢黑的门洞里。

"你听到了吗？"迪基说道，"她夸赞我们是她见过的最友善的美国人。"

"你知道通常在今天这种情况下，大多数美国烂人会怎么做——强暴她。"汤姆说。

"我们现在是在什么地方？"迪基四下张望着。

两人彻底迷路了。他们走了好几条马路，也没发现地标或熟悉的街道名称。他们对着墙小便，又接着像没头苍蝇一样乱走一通。

"等天放亮，我们就能认出路了。"迪基现在依旧兴致不减。他看了看手表。"离天亮还有几个小时。"

"好啊。"

"能护送一位姑娘回家，也算不虚此行，是吧？"迪基步伐有点踉跄地说。

"那当然，我也喜欢美女，"汤姆道，"幸好玛吉今晚没一起来。否则我们不可能送那女孩回家。"

"是吗，我也说不好。"迪基若有所思地看着自己踉跄的双腿。"玛吉不是……"

"我只是说，要是玛吉在这里，我们就要操心今晚住哪个旅店。然后就住进旅店不出来了，半个罗马都逛不了。"

"说的也是！"迪基甩手搂住汤姆的肩膀。

迪基使劲摇汤姆的肩膀，汤姆试图挣脱，去抓迪基的手。"迪——基！"汤姆猛地睁开眼睛，面前站着一位意大利警察。

汤姆站起身。他是在一个公园里。现在是黎明时分。迪基在他身边的草地上坐着，镇定自若地和警察用意大利语交谈。汤姆摸了摸身上鼓起来的旅行支票。还在口袋里。

"护照！"警察一遍又一遍对他们吼着，迪基还是镇定地向他解释。

汤姆知道迪基在说什么。他说他们是美国人，出来没带护照是因为只想出来随便走走，看看星星。汤姆差点笑出声来。他站起身，脚下有点不稳，拍拍身上的灰尘。迪基也站起来。两人不顾仍在朝他们大叫的警察，走开了。迪基还回头礼貌地又向他解释了一番。警察也没再跟过来。

"我们看起来真的很潦倒。"迪基说。

汤姆点点头。他的裤子膝盖处有一道长长的裂口，可能是在哪里摔过一跤。两人的衣服皱皱巴巴，上面还粘着草和泥巴，混着汗渍。他俩都冻得瑟瑟发抖，见到一家咖啡馆就钻进去，要了拿铁和甜面包圈，还点了几杯意大利白兰地，味道虽然不怎么样，却也能暖暖身子。回想刚才的经历，他们不禁大笑起来。醉意还未完全下去。

十一点钟时，他们已经回到那不勒斯，正好能赶上开回蒙吉贝洛的班车。一想到他们今后还可以重整衣冠再访罗马，看看这次没看完的博物馆，一想到今天下午又可以重回蒙吉贝洛的海滩晒太阳，他们就觉得无比美妙。他们在迪基家冲了澡，然后往各自的床上倒头便睡。一直睡到下午四点玛吉把他们唤醒。玛吉有些生气，因为迪基没拍电报跟她说要在罗马过夜。

"我不是怪你在外过夜，而是我以为你们还在那不勒斯，而在那不勒斯什么事情都可能发生。"

"哦——"迪基拉长语调看向正在调制"血腥玛丽"鸡尾酒的汤姆。

汤姆诡异地一声不吭。他就是不想告诉玛吉他们做了哪些事。让她尽情去猜好了。迪基其实已经说得很清楚，他们这一趟玩得很痛快。汤姆也注意到，她现在一脸不悦地看着迪基。迪基胡子没刮，宿醉未消，现在又喝上了。玛吉虽然衣服穿得很幼稚，头发像被风吹乱似的，整个人看上去像个女童子军，但是她的眼神有内涵，尤其表情严肃时更显得睿智老练。她现在的角色像是一位母亲或长姐，她的不悦是年长的女性对大男孩和男人恶作剧的不满。看闹成这样！或许她有点嫉妒？她可能看出来，仅仅因为汤姆也是男人，所以短短二十四小时里，他俩的要好程度已经超过了她和迪基的关系。不管她爱不爱迪基，反正迪基不爱她。可是过了一会儿，她松弛下来，眼神里的这种意味消失不见。迪基走开了，留下她和汤姆在露台。汤姆问起她正在写的书。她说这本书是写蒙吉贝洛，配以她自己拍的照片。她告诉汤姆，她来自俄亥俄州，还给汤姆看了钱夹里的一张照片，上面是她家乡的房子。虽然只是普普通通的木板房，但那毕竟是家，她笑着说。她把"木板"这个音发成"烂板"，把汤姆逗乐了，因为她喜欢用这个"烂"字，形容烂醉如泥的人。就在刚才，她还对迪基说，"你真是烂透了！"汤姆觉得她说话不好听，不论是措辞还是发音。他努力想表现出对她友善的样子，并觉得自己能做到。他将她送到大门口，亲切地互道再见，但谁也没约定今天晚些时候或明天什么时候再聚。毫无疑问，玛吉有点生迪基的气。

10

　　一连三四天，除了在海滩上，他们很少碰到玛吉。她明显对他俩冷淡多了，虽然还和以前一样有说有笑，甚至话更多，却平添了一丝客气的意味，正是这点凸显了她的冷淡。汤姆发现，迪基虽然在意玛吉的表现，但还不到要和她单独谈谈的地步。自从汤姆搬来和迪基一起住，他就没有和玛吉独处过。汤姆时刻寸步不离迪基左右。

　　最后，为了表明自己对玛吉并非不闻不问，汤姆对迪基提了句，玛吉最近的表现有点怪。"噢，她是性情中人，"迪基说，"或许她现在手上的活进展很顺利。她一旦进入状态，就不喜欢见人。"

　　汤姆想，玛吉和迪基的关系，和自己当初设想的分毫不差。玛吉喜欢迪基的程度远胜于迪基喜欢玛吉。

　　无论如何，汤姆把迪基哄得很开心。他告诉迪基许多自己纽约朋友的趣闻，有些是真事，有些是编的。他们每天都坐迪基的船出海。至于汤姆的归期，谁也没有再提。显然迪基很喜欢汤姆的陪伴，迪基想画画时，汤姆会识趣地走开，而只要迪基找汤姆，散步也好，出海也好，抑或仅仅是坐着聊天，汤姆都会放下手头的事情陪迪基。汤姆还正儿八经地学起意大利语，迪基对此也乐见其成。汤姆每天都花几个小时看语法和口语书。

汤姆给格林里夫先生又写了封信，说他和迪基已经一起住了好几天，并转告他，迪基提到过冬天回家待一段，到那时他大概可以说服他待更长时间。在给格林里夫先生的第一封信里，他说自己住在蒙吉贝洛的旅馆里，这封信则写到他已经住进迪基家，所以听起来大有进展。在信中汤姆还说，如果钱花光了，他打算找一份工作，或许就去村里的旅馆打工。这句话看似闲笔，实则一箭双雕，既提醒格林里夫先生六百美元可能花光，也表明自己是个愿意自食其力的年轻人。汤姆也想给迪基留下同样的好印象，所以在把信邮出前，先给迪基看了。

时间又过去一周，天气宜人，日子令人感到慵懒。汤姆每天最大的体力劳动就是下午爬石阶往返海滩，最大的脑力劳动则是和法斯多练意大利语。法斯多是个二十三岁的意大利小伙子，迪基在村中找他来教汤姆意大利语，一周三次。

一天，迪基和汤姆开船去了卡普里岛。卡普里距离蒙吉贝洛不远不近，从蒙吉贝洛刚好看不到卡普里。汤姆对此行满心期待，迪基却心事重重，凡事都提不起劲头。在码头停船时，迪基还和管理员争辩起来。卡普里岛上的小街别具风情，它们以广场为中心，呈辐射状向四周延伸，但迪基却连走一走的心情都没有。他们坐在广场一家咖啡馆里喝了几杯菲奈特·布兰卡酒①。然后迪基就说要趁天还没黑回家。汤姆游兴未尽，假如迪基愿意留在这儿住一晚的话，他情愿付旅馆住宿费。汤姆觉得他们今后还有机会重游卡普里，所以也就没把这事放在心上，尽量想把它忘了。

　　格林里夫先生给汤姆寄来一封信，和汤姆给他写的信刚好错开。他在信中再次重申要迪基回家，希望汤姆能办成此事，并让汤姆尽快把结果告知他。于是汤姆尽责地再次拿起笔，给他回了封信。格林里夫先生这封信写得一派公事公办口吻，让汤姆十分诧异。汤姆觉得他像是在核实船只组件。这样的信倒是很好回，汤姆用同样的口吻写了回信。汤姆写信时有些兴奋，因为刚吃完午饭，喝了点酒，他正处于微醺状态，这种飘飘然的感觉只消两杯浓咖啡和简单散散步就能消解。不过要是像他们平时下午那样悠闲地小酌，再喝上一杯，这种感觉还会延长。为了逗乐，汤姆故意在信里注入一丝似有若无的希冀。他用格林里夫先生的文风写道：

　　……假如我没分析错，理查德还在权衡是否在此地再过一冬。

---

　　① 产于意大利米兰，是意大利最有名的比特酒。

我曾向您保证，我将竭尽所能说服他放弃这个念头，届时——或许要拖到圣诞节——等他回国，我或许能说服他留下不走。

　　汤姆一边写，一边乐，因为迪基早就放弃了飞回家待几天的念头，除非他母亲病情到时恶化。他和汤姆已经说好冬天乘船环游希腊诸岛。他们还商议好，明年一月和二月，也就是在蒙吉贝洛最难熬的日子，去西班牙马洛卡岛。汤姆笃定玛吉到时不会同行。每次汤姆和迪基商量出行计划时都把玛吉摒除在外。不过迪基有说漏嘴的毛病，向玛吉透露过他和汤姆冬天要乘船出游。迪基就是这么藏不住话！虽然现在汤姆认为，迪基已打定主意就他们两人去，但迪基也显得较之往常更关心玛吉，因为他明白，到时留下玛吉一个人孤零零在蒙吉贝洛，确实不够意思。为了弥补良心上的不安，迪基和汤姆都在玛吉面前竭力渲染他们此次出游如何艰苦，选择用最便宜、最恶劣的方式游希腊，他们会乘坐运牲口的船，和农民一道睡在甲板上，等等这些，反正就是不适合女孩子同行。但玛吉还是显得郁郁寡欢。迪基经常请玛吉来家里吃午餐和晚餐，想以此来补偿她。两人从海滩往回走时，迪基偶尔会牵一牵玛吉的手，但玛吉并不总是让他牵。偶尔她让迪基牵了片刻后，还把手抽回来，汤姆觉得这反而说明她内心渴望有人牵她。

　　有一次他们邀请她一起去赫库兰尼姆，她却拒绝了。

"我还是待在家里吧。你们大男孩好好玩吧。"她说这话时挤出一丝笑意。

"玛吉要是不去就算了。"汤姆对迪基道。说完他故意遁入屋内，颇有心机地留迪基和玛吉单独在露台交谈，如果他俩愿意交流的话。

汤姆坐在迪基工作间宽阔的窗台上，抱着古铜色的臂膀眺望户外的大海。他喜欢眺望蔚蓝色的地中海，想象自己和迪基在海上遨游，丹吉尔①，索非亚，开罗，塞瓦斯托波尔……等格林里夫先生给他的钱花完了，迪基估计对他也基本中意，并习惯他的陪伴，到时他俩可以继续待在一起。迪基每个月有五百美元收入，供两人花销绰绰有余。他听见露台上传来迪基哀求的声音和玛吉斩钉截铁的回答。接着传来哐当一声，玛吉摔门而出。她原本打算留下来吃午饭的。汤姆从窗台纵身跃下，去露台找迪基。

"她怎么生气了？"汤姆问。

"没有，她只是觉得自己受到了冷落，我是这么看的。"

"其实我们已经尽力把她考虑在内了。"

"不止这件事。"迪基在露台上来回踱步。"她现在甚至连科蒂纳也不想跟我去了。"

"哦，不过十二月之前，她可能会对科蒂纳之行回心转

---

① 摩洛哥古城，海港。

意的。"

"我说不准。"迪基说。

汤姆认为，肯定是因为自己也要去科蒂纳，所以玛吉才不愿去。迪基上周问汤姆去不去。他们上次从罗马回来后，弗雷迪·米尔斯就已经走了。玛吉告诉他们，他临时有事必须要去伦敦一趟。但迪基说，他会写信告诉弗雷迪，自己要带一位朋友一起去。"你想不想我离开这儿？"汤姆嘴上虽然这么问，心里却肯定迪基不希望他离开。"我觉得我介入了你和玛吉之间。"

"当然不想。介入什么？"

"不过在她看来，就是这样。"

"不是你说的那样。是我对她有所亏欠。我最近对她不够关心。我们都没太关心她。"

汤姆明白迪基的意思。他是指玛吉陪他度过去年那个漫长、晦暗的冬天，那时村里只有他俩是美国人，现在他不应该来了新人就冷落她。"要不我来劝她去科蒂纳。"汤姆说。

"那样她就更不会去了。"迪基简短地说完就进屋了。

汤姆听见他在屋内告诉女仆艾美达不要准备午餐，他不想吃。虽然两人说的是意大利语，但汤姆也能听出来迪基是用一家之主的口气说他不想吃午餐。迪基又回到露台上，用手遮着打火机点烟。迪基有个漂亮的银质打火机，但哪怕有一点点风都点不着烟。最后还是汤姆掏出他俗气的打火机为他点燃香烟。汤姆的打火机虽然丑，却像军需品一样实用。汤姆本想提议喝一杯，但忍住了。这儿毕竟不是他的家，他不能反客为主，尽管厨房里有他刚买的三瓶钻石金酒。

"两点多了，"汤姆说，"要不要出去走走，去邮局那边看看？"在邮局上班的圭奇有时两点半开门，有时要拖到四点，没人说得准。

两人走下山，谁也没说话。汤姆怀疑玛吉刚才是不是和迪基说了他些什么。汤姆心头陡然生出罪恶感，令他前额渗出汗珠。这种罪恶感模糊而又强烈，仿佛玛吉已经明确告诉迪基，汤姆在偷东西或在做令人不齿的事。如果玛吉只是单纯表现出冷漠，迪基不会是现在这个样子，汤姆想。迪基走下山时一副没精打采的样子，两个膝盖戳在他身前，汤姆的走路姿势不知不觉也被他带了过去。迪基下巴贴在胸前，双手插在短裤口袋里。他只是看见圭奇才开口说话，因为有他一封信。汤姆没有信。迪基的信是那不勒斯一家银行寄来的表格，汤姆瞧见信头的空白处是打字机打出的"五百美元"字样。迪基漫不经心地把信纸塞进口袋里，随手把信封扔进垃圾桶。汤姆猜想那是每个月都会寄来的通知单，告诉迪基钱已经汇入那不勒斯的银行。迪基说过，信托公司会将钱汇入那不勒斯的一家银行。他俩继续朝山下走去。汤姆原以为他俩会像往常一样，拐上大路，再绕过一个山崖去村子的另一边。但迪基却在通往玛吉家的石阶前停下来。

"我想去看看玛吉，"迪基说，"我很快就出来，不过你不用等我。"

"好的。"汤姆回答道，心里突然有些失落。他看着迪基沿陡峭石阶走进一个围墙的豁口，随后决然转身返回住处。

走到半山腰，他停了下来，心血来潮地想去乔尔乔开的酒店喝一杯（但乔尔乔家的马提尼酒太难喝了），他又想去玛吉家，假装向她道歉，其实是来个突然袭击，搅局泄愤。他想，迪基此刻正将玛吉搂在怀里，至少也在抚摸她，他既想看到这种场景，又厌恶见到这种场景。他转身走向玛吉家大门。虽然她的房子距离大门隔着一段距离，玛吉不可能听见动静，但他还是小心翼翼地关上大门，然后两步并一步地沿台阶跑上去。他爬上最上层台阶时放慢了脚步，他想对玛吉说，"嗨，玛吉，看这里。如果最近的紧张气氛是我制造的，我表示抱歉。但今天我们要正式请你走开，我们就是这个意思，我就是这个意思。"

看到玛吉的窗户时，汤姆停了下来，看到迪基搂着玛吉的腰，在她脸颊轻吻着，对她微笑。两人和汤姆的距离不过十五英尺，但由于汤姆站在日光下，而迪基和玛吉待在室内的阴影里，所以汤姆必须使劲看才能看清楚。玛吉歪着脸，正直视迪基，一副意乱情迷的样子，但汤姆却感到恶心，因为他知道迪基不过是在用这种廉价露骨而又简单的形式，来维持他和玛吉之间的友谊。更让汤姆恶心的是，玛吉包在土气的衬裙下面的大屁股，正抵着迪基搂她腰的手臂。而且迪基——汤姆真想不到迪基居然做出这种事！

汤姆转身跑下台阶，差点尖叫起来。他砰地一声关上玛吉家的大门，一路跑回去，跑得上气不接下气。跑进迪基家大门后，他一头趴到矮墙上。他在迪基工作室的沙发上坐了一会儿，由于受到刺激，脑子一片空白。他俩今天的亲吻看上去不像是第一次。他走到迪基的画架前，下意识地不去看画架上那幅蹩脚的画作，而是拾起调色板上揉成一团的橡皮擦，奋力掷向窗外，看着它划出一道弧线，落向大海。他又从迪基桌上拿起更多橡皮、笔头、熏香束、炭笔、彩色粉笔，逐一扔到房间角落里或窗外。他萌生出一种奇异的想法，觉得自己头脑冷静，思维有条理，只是身体失去控制。他跑到露台上，想跳上矮墙跳舞，或者来个倒立，但矮墙另一端的悬崖令他打消了这个念头。

他走进迪基的卧室，手插在口袋里，来回走了一会儿。不知道迪基什么时候回来？他会在那里待一个下午吗，会和她上床吗？他用力拽开迪基的衣柜，朝里面看看。衣柜里有一套刚刚熨烫过、看起来全新的灰色法兰绒西服。他从未看见迪基穿过。汤姆把西服拿出来。他脱掉身上的大短裤，套上西服裤子，并穿上迪基的鞋子。接着他又拉开柜子最下层的抽屉，拿出一件干净的蓝白条纹衬衫。

他选了一条深蓝色真丝领带，仔细地系在脖子上。西装正好合身。他又重新梳了发型，学着迪基的样子，略微朝一边偏分。

"玛吉，你要明白，我并不爱你。"汤姆模仿迪基的语调对着镜子说。他故意学迪基说话的风格，在要强调的词上提高声调，结尾时常常带着点瓮声瓮气。这种语调有时愉悦，有时不悦，有时亲密，有时冷漠，视迪基说话时的心情而定。"玛吉，住手！"汤姆突然转过身，在空中比划一个掐人的动作，好像他真的扼住了玛吉的脖子。他使劲摇晃她，拧她的脖子，而玛吉渐渐倒了下去。终于他松开手，令她瘫软在地。他大口喘着粗气。他学迪基的样子，拭了拭前额的汗，想随手取一条手帕却没找着，于是便从迪基衣柜最上层的抽屉里拿出一条，再回到镜子前。他现在喘气时嘴唇分开的样子，和迪基游完泳后气喘吁吁的样子一模一样，微微露出一点下牙。"你应该明白我为什么会这么做，"他假装对玛吉说，其实是看着镜子里的自己，"你不该介入到我和汤姆中间来——不要这样，不要！ 我俩之间有特殊的羁绊！"

他转过身，假装从玛吉的躯体上跨过去，悄悄地走到窗口。他放眼向路的尽头望去，一道道石阶沿着隐约的斜坡向上朝玛吉家的方向延伸。迪基不在石阶上，路上也不见他的人影。也许他俩正睡在一起，汤姆一想到这里，喉咙因为恶心不由得一紧。他想象两人在一起的场景，迪基缩手缩脚，很不自在，而玛吉却乐在其中。即使他折磨她，她也乐在其中！汤姆冲回衣柜前，从上层搁架拿出一顶帽子。这是一顶小巧的灰色蒂罗林帽，帽檐缀以一根绿白相间的羽毛。他随手将帽子戴上。令他吃惊的是，一旦用帽子遮住脑袋上部，他简直长得和迪基完全一样，只是头发颜色比迪基深。其他部分，他的鼻子——至少鼻子大致的轮廓——瘦削的下巴，眉毛再拉直一些的话——

"你在做什么？"

汤姆猛一回头，发现迪基正站在门口。汤姆反应过来，刚才他站在窗户朝外看时，迪基已经走到大门下方。"哦——就是自娱自乐罢了。"汤姆声音低沉地说。每次他觉得尴尬时，都用这种腔调说话。"对不起，迪基。"

迪基的嘴张了张，又合上了，好像怒火令他一时语塞，不过此时他说不说话都一样令汤姆难受。迪基走进房间。

"迪基，我很抱歉，如果——"

房门"砰"的一声关上，将汤姆的话打断。迪基阴沉着脸脱衣服，视汤姆如无物，因为这本来就是他的家。汤姆在这里干了些什么？汤姆吓得呆若木鸡。

"请你把我的衣服脱下来。"迪基说。

汤姆开始脱衣服。迪基的话让他窘得手指都变得不利索，还使他十分震惊，因为在此之前，迪基总是说他的衣服汤姆可以随便穿。估计迪基以后再也不会说这种话了。

迪基低头看见汤姆的脚。"连鞋子也穿？你疯了吗？"

"没有，"汤姆一边把西服挂起来，一边故作镇定地说，"你和玛吉和好了吗？"

"玛吉和我本来也没什么事。"迪基这话一下子把汤姆从两人的关系中排除出去。"我还想和你说一件事，你听清楚，"迪基看着汤姆，"我不是男同性恋，我不知道你对我有没有那样的看法，反正我不是。"

"男同性恋？"汤姆苦笑道，"我从没想过你是男同性恋。"

迪基欲言又止。他挺直身子，黝黑的胸膛里肋骨清晰可辨。"呃，玛吉认为你是。"

"凭什么？"汤姆觉得自己的脸红透了。他无力地踢掉迪基的另一只鞋子，再将整双鞋放进衣柜里。"她凭什么那么想？我做什么了？"他觉得有些晕眩。以前从未有人如此露骨地说他是同性恋。

"就凭你的行为方式。"迪基低吼地说，接着走出屋子。

汤姆迅速套上自己的大短裤。虽然里面还穿着内裤，但他刚才还是借着衣柜的门，不让迪基看见自己。一定是因为迪基喜欢我，玛吉才故意在迪基面前泼脏水，汤姆想。迪基又没有胆量站出来反驳她。

他下了楼，发现迪基在露台的吧台旁调酒。"迪基，我想把话说清楚，"汤姆开口道，"我不是同性恋，我也不想别人当我是同性恋。"

"够啦。"迪基吼道。

迪基这口气令他想起以前他和迪基聊天时，他问迪基认不认识纽约的某些人，迪基回答他的样子。其中有些人肯定是同性恋，当时他就怀疑迪基故意装作不认识他们。够了！到底是谁在利用这事挑衅？是迪基自己。汤姆站在那儿游移不定，脑子却不停地转，想着该说些什么好。难听的，安慰的，感激的还是恶毒的。他的思绪又回到了纽约，想起当年在纽约认识的那些人。他和他们混得挺熟，可现在全都不来往了。他后悔认识那些人。他们当年留宿他，是因为他能给他们逗乐子。但是他和他们之间是清白的，从没过那种事。其中有几个是想和他调情，但都被他拒绝了。不过事后他都做了些弥补的举动，在他们酒里放冰块，或者让出租车绕道送他们回家，因为他害怕他们会就此不再喜欢他。那时他真怂啊！他至今还记得令他无地自容的那一幕，当时维克·西蒙斯对他说，"汤米，看着上帝的分上，快闭嘴吧！"。因为他当着维克的面，第三次或第四次对着众人说，"我无法确定自己是喜欢男人还是女人，所以还是两个都不要为好。"汤姆还谎称自己去看过心理医生，因为别人也都去看。而且他习惯在聚会上胡编一些他和心理医生之间的段子逗大家乐。每次他说准备男人女人一起放弃时，总是引起哄堂大笑，直到维克让他看在上帝的分上住嘴为止。从此汤姆再也不说这话，也不再提心理医生的事了。其实现在回想起来，汤姆觉得当初自己讲得很有道理。在那伙人中，他是最单纯、最天真的。讽刺的是，现在他和迪基交往，再次撞上这种事。

"我觉得我是不是做的有点——"汤姆又开口道，但迪基连听都懒得听，阴着脸转过身，端着酒杯走到露台的一角。汤姆有些胆战心惊地走上前去，不知道迪基会不会将他扔到露台下面，或者直接叫他滚出自己的家。汤姆小声地问，"你爱玛吉吗，迪基？"

"不爱，但我觉得对不起她。我在乎她。她对我一直很好。我们在一起度过了一段美好时光。你好像对这种关系不是太能理解。"

"我能理解。我一开始就觉得你和她是这种关系——对你而言是柏拉图式的精神恋爱，而对她来说就是恋爱。"

"她是爱我。可是对爱你的人，你总不能刻意去伤害她，对吧。"

"那当然。"汤姆又迟疑起来，考虑该怎么说才好。虽然迪基现在气消了，但是汤姆还是战战兢兢。迪基看来不会将他扫地出门。他用稍显镇定的口吻说道，"我想你们要是在纽约，不会像现在这样频繁见面——或者压根就见不着面——可在这里，这村子太孤单了——"

"的确如此。我没和她上过床，也不想和她上床，但我确实想保持和她的友谊。"

"那我有没有妨碍你什么？我可以这么跟你说，迪基，我宁愿离开也不想破坏你和玛吉之间的友谊。"

迪基瞥了汤姆一眼。"你的确没做什么，但是很明显，你也不喜欢玛吉在身边。每次你想对玛吉表示善意，都显得很刻意。"

"如果那样的话，我感到抱歉。"汤姆懊恼地说。他懊恼的是自己本可以做得不那么刻意。他把一件本可以办成的事搞砸了。

"好了，过去的事就让它过去吧。玛吉和我之间没事。"迪基不耐烦地说道，转过头去望着大海。

汤姆走进厨房，给自己煮了点咖啡。他不想用滴滤式咖啡机，因为迪基很在意这台咖啡机，不想其他人用它。煮完咖啡，他想先回自己的房间，准备在法斯多来之前，学点意大利语。现在不是弥补和迪基裂缝的时候。迪基这人有傲气。他会在下午的大部分时间保持缄默，五点钟左右他会放下画笔，过来转转，到时穿衣事件就好像从没发生过。有件事汤姆很笃定：迪基喜欢有他在这里，他一个人住腻了，和玛吉也相处腻了。格林里夫先生给的钱还剩三百美元，汤姆想用这钱去巴黎好好玩个痛快。不带玛吉去。之前汤姆曾告诉迪基，自己只是在火车站隔着窗户看了巴黎一眼，迪基十分惊讶。

趁着煮咖啡的空当，汤姆将原本要作为午餐的食物收拾了一下。他将几盆食物放进盛水的大锅里，以免蚂蚁沾食。另外还有一小包新鲜黄油、两个鸡蛋，以及艾美达带来给他们作为明天早餐的四个面包卷。由于没有冰箱，所以每天样样东西他们都只能买一些。迪基想用他父亲给汤姆的钱买个冰箱。他在汤姆跟前提过好几次了。汤姆却希望他改变主意，因为买冰箱肯定会减少他们去巴黎的旅费。迪基每个月五百美元的收入，开销十分固定。他虽然花钱很谨慎，但是在码头或村里的酒吧给小费却十分阔绰，碰上乞丐一出手就是五百里拉。

到了五点钟，迪基果然恢复了平时的样子。他画了一下午的画，十分尽兴。这是汤姆猜测的，因为在刚过去的一个钟头，他在工作室里一直吹着口哨。迪基走到露台上，看见汤姆在读意大利文法书，顺势纠正了他的几处发音。

"他们发'想要'这个音时并不是那么清楚，"迪基说，"例如，他们会说'我想'介绍我的朋友玛吉。"迪基边说边比划着，长长的手臂顺势向后挥舞。他说意大利语时总是夹杂着优雅的动作，像是在指挥交响乐团进行联奏。"你应该多听法斯多说话，少看语法。我的意大利语就是从街头学来的。"迪基说完笑了，沿着通向花园的小径离开。法斯多正好来到大门口。

汤姆仔细听他们用意大利语寒暄，恨不得把每个字都听清楚。

法斯多笑嘻嘻地来到露台，坐到椅子上，将一双光脚搭在栏杆上。他脸上时而带着笑意，时而蹙眉，阴晴不定。迪基曾说，他是村子里极少数说话不带南方口音的意大利人。法斯多是米兰人，他来村子看望他姑妈，顺便住上几个月。他每周来三次，每次都是下午五点到五点半之间，非常守时。他和汤姆坐在露台上，品着红酒或咖啡，聊上一个小时。汤姆竭力去记住法斯多谈论的那些事物，岩石、海水还有政治。法斯多是名副其实的共产党员。据迪基说，他动不动就爱把党员证展示给美国游客看，看见他们惊讶不已的表情，就乐不可支。他们有时也谈论村民之间那些男女私情。有时法斯多实在找不出什么话题好聊，就瞪大眼睛看着汤姆，然后突然大笑。虽说这样，汤姆的意大利语还是进步很快。对汤姆来说，意大利语是唯一学得津津有味又自觉能持之以恒的知识。汤姆希望自己的意大利语能达到迪基的水平。他觉得自己要是再用心学一个月，就能实现这个目标。

11

汤姆步履轻快地穿过露台，走进迪基的工作室。"想不想躺在棺材里去巴黎？"他问迪基。

"什么？"迪基从他正在创作的水彩画上抬头看汤姆。

"我刚才和吉奥吉亚旅店的一个意大利人聊天。我们从的里雅斯特出发，乘坐运棺材的货运车厢，有几个法国人护送，我们每人将获得十万里拉的酬劳。我觉得此事和毒品有关。"

"用棺材运毒品？这不是老掉牙的招数吗？"

"我们是用意大利语聊的，所以我不是听得太明白。不过他说有三副棺材，也许第三口棺材盛的是真尸，他们把毒品就藏在尸体里。反正我们既能免费旅行，又能长点见识。"说着汤姆从口袋里掏出他从街头小贩处给迪基买的"巧击"牌香烟，这种烟一般船上才有卖。"你觉得这个主意怎么样？"

"我觉得棒极了。坐棺材去巴黎。"

迪基脸上的笑意带着玩笑的色彩，好像他其实一点也不想钻进棺材，却故意假装要钻进去的样子。"我不是在开玩笑，"汤姆说，"他真的是在物色愿做这事的年轻人。这几口棺材是盛放印度支那战争中阵亡的法军士兵。法方的陪同人员是士兵的亲属。"汤姆所言和那位意大利人告诉他的不完全一样，但基本差不离。十万里拉相当于三百多美元，这笔钱足够在巴黎花天酒地一番。迪基对去巴黎这件事还没拿定主意。

迪基眼神犀利地看着汤姆，顺手掐灭他正在吸的"国民"牌香烟，打开汤姆递给他的一盒"巧击"牌。"你确信和你说话那家伙不是嗑嗨了？"

"你这一阵子有点小心过头了！"汤姆大笑道，"你的胆子哪去了？你好像连我也不相信！ 我可以带你去见那人。他还在那儿等我呢。他名字叫卡罗。"

迪基一动不动。"这种找上门的生意，一般不会向你透露过多细节。他们也许就是想雇几个亡命徒将货从的里雅斯特运到巴黎。不过光知道这些，我还是搞不懂。"

"要不你和我一起去见那人，和他谈谈？你要是信不过我，至少可以亲自考察他一下。"

"就这么定了。"迪基突然起身，"也许给我十万里拉我就干了。"他合上工作间沙发上一本封面朝下的诗集，随汤姆走出房间；玛吉藏有很多诗集。最近迪基一直找她借书。

汤姆和迪基走进吉奥吉亚旅店时，那名男子还坐在角落里。汤姆朝他笑着点了点头。

"你好，卡罗，"汤姆说，"我们可以坐下来吗？"

"请坐，请坐。"①那名男子指着桌旁的椅子说道。

"这位是我朋友，"汤姆小心地用意大利语措词，"他想来看看用铁路运货那事靠不靠谱。"汤姆饶有兴致地看着卡罗上下打量着迪基，揣度迪基的为人。卡罗那双冷峻无情的黑色眼睛除了流露出一点客气和好奇，什么也看不出来。但是转瞬间，迪基淡淡而狐疑的笑容，几个月来在沙滩上被太阳晒黑的肤色，身上穿的破旧的意大利产的衣服和戴的美国戒指都被他一一看在眼里。

这名男子苍白扁平的嘴唇慢慢咧出一丝笑容，朝汤姆望去。

"怎么样？"汤姆不耐烦地催促道。

男子举起他的马提尼酒，喝了一口。"活是真有，但是你这位朋友可能做不了。"

汤姆看着迪基。迪基正警觉地望着那人，脸上还挂着那副不置可否的笑容，让汤姆猛地觉得这笑容里带着蔑视。"嗯，你看，是有这回事吧。"汤姆对迪基说。

"嗯。"迪基哼了一声，眼睛还是盯着那个意大利人，仿

---

① 以上这段对话为意大利语。

佛他是一只令自己感兴趣的动物，而且可以肆意宰杀。

其实迪基本可以用意大利语和他直接交谈，但他却一言不发。若是三周前，汤姆想，迪基早就接受这个提议了。可现在他干嘛要像密探或警探这样坐着？要准备动手抓人吗？"这回你相信我了吧。"汤姆终于开口道。

迪基看着汤姆。"你是说这个活吗？我怎么会知道？"

汤姆用期待的眼神看着那个意大利人。

那人却耸耸肩。"没必要再谈了，对吧？"他用意大利语问汤姆。

"不！"汤姆心中升起一股无名火，气得直发抖。他是在生迪基的气。迪基正在打量那名男子，把他肮脏的指甲、肮脏的衣领、深色的丑脸全都瞧在眼里。他的脸虽然刚刮过不久，但肯定不经常洗，所以长胡子的地方反而比周围的皮肤颜色更浅。但这个意大利人的深色双眸冷静而和善，而且目光比迪基更加坚定。汤姆紧张得透不过气来。他恨自己意大利语不行，否则就可以和迪基以及这名意大利人同时进行沟通了。

"什么也不要，谢谢你，贝托。"迪基对走上前来询问点餐的侍者平静地说，然后看着汤姆，"该走了吧？"

汤姆猛地一跃而起，弄翻了他坐的直靠背椅。他赶紧将椅子扶起来，并向那名意大利人鞠躬道别。他觉得自己应该向意大利人道歉，可他却连最起码的再见也说不出口。意大利人点头和汤姆道别，脸上依旧挂着笑意。汤姆跟在迪基穿着白裤的大长腿后面走出酒吧。

到了外面，汤姆说，"我只是想让你明白真有这事，我想你是亲眼见到了吧。"

"是的，是有这事，"迪基笑着说，"你怎么啦？"

"是你怎么啦？"汤姆质问迪基。

"那家伙是个骗子。你非要我挑明说吗？那我现在就直说了！"

"在这件事上你非要这么装清高吗？他骗你什么了？"

"那我难不成要向他下跪才不显得清高？骗子我见得多了。这个村里就有许多骗子。"迪基皱起金色的眉毛。"你到底什么意思？你想接受他这个疯狂的提议？那你自己去好了！"

"我就是想去，现在也去不成了。你已经把这事搅黄了。"

迪基停下脚步，看着汤姆。两人高声吵着，引得几个路人在旁边围观。

"这事要是成了会很好玩，不是你想象的那样。一个月前，我们去罗马时，你还觉得这种事很好玩。"

"噢，不，"迪基摇头道，"我觉得这种事不靠谱。"

汤姆现在为自己提议受挫和词不达意所苦，而且两人还在众目睽睽之下。所以他不得不继续朝前走。开始他迈着僵硬的小步,直到确信迪基还跟在后面,才恢复正常步态。迪基的脸上还带着不解和狐疑。汤姆明白,不解是源自自己对这事的反应。汤姆想向迪基解释,想和他开诚布公地谈谈,让迪基明白,自己的想法和他的想法一致。一个月前在罗马时,两人的想法就很一致。"问题出在你的态度上,"汤姆说,"你其实不必做出那副样子。那家伙又没伤害到你。"

"他看着就像个骗子!"迪基反唇相讥,"看在上帝分上,你要是真想跟他干,就回去好了。你没义务和我保持一致!"

听到这里,汤姆停下脚步。他感到一股冲动,真想回去,倒不一定非要回到意大利人那里,而是不必像现在这样跟迪基在一起。这时他紧绷的心弦断了,他的肩膀松弛疼痛,呼吸也变得急促。他想至少说一句"好了,迪基"以示和好,让迪基释怀,但他实在说不出口。他盯着迪基蓝色的眼睛。迪基依然皱着眉头,眉毛被太阳晒得发白,双眸闪亮而空洞,像是在蓝色果酱上涂的一个黑点。迪基的眼睛里看不出任何意味,好像和他这个人没有任何关系。都说透过眼睛能看见人的灵魂,能在眼睛里看到爱,眼睛是能看清人内心变化的唯一所在,但是这会儿汤姆在迪基的眼睛里却什么也看不到,迪基的眼睛就像冷冰冰的坚硬镜面。汤姆胸口一阵刺痛,双手掩面。迪基好像突然被人从他身边抢走。两人不再是朋友,形同陌路。这个想法像一个可怕的真相重击汤姆，这个一直都存在的真相，对他曾经认识的人和将要认识的人都适用的真相：他会一再发现，那些曾经和将要在他面前出现的人，他永远无法了解他们。最糟糕的是，他总会一度抱有错觉，觉得自己了解那些认识的人，和他们是一路人，气味相投。这一瞬间的领悟，令他震惊无语，让他无法承受。他感到一阵晕厥，差点倒在地上。他快招架不住了：异域的陌生感，不同的语言，他自己的失败，迪基对他的厌弃。他觉得自己被陌生和敌意包围了。他感觉到迪基将他掩面的双手拉开。

"你怎么啦？"迪基问道，"那家伙让你吸毒了吗？"

"没有。"

"你敢肯定他没在你的饮料里放毒品？"

"没有。"夜雨开始滴落到他的头顶，还传来一阵轰隆隆的雷声。上天也在发怒。"我不想活了。"汤姆小声道。

迪基抓住他的手臂，把他拉到邮局对面的小酒吧，汤姆进去时还被绊了一下。汤姆听见迪基点了白兰地，还特地指明要意大利白兰地。汤姆估计迪基觉得法国白兰地太贵了。汤姆一饮而尽，酒有点甜，带点药水味。汤姆连喝了三杯，像是服了灵丹妙药，又恢复了神志，回到所谓的现实中来：迪基手上"国民"牌香烟的味道，他手指肚触及实木吧台花纹纹理的感觉，肚子像被人在肚脐打了一拳后的鼓胀感，对从酒吧回到家那段陡峭长路的清晰预期，以及这段长路会给大腿带来的疼痛感。

"我没事，"汤姆用平静深沉的嗓音说，"我也不知道是怎么回事。可能刚才有点中暑。"他笑了笑。现实就是如此，把这件事一笑了之，当作一个笑料，虽说这件事是他和迪基相处这五周里发生的最重要的事，或许还是他这辈子遇到的最重要的事。

迪基一言不发，只是用嘴叼住香烟，从他的黑色鳄鱼皮钱包里拿出几张一百里拉的钞票放在吧台上。迪基的沉默令汤姆心寒。汤姆像个生了病并因此而正在闹情绪的孩子，事后期待至少获得大人一句安慰话。但迪基却视若无睹。迪基给他买白兰地时那种冷峻的态度，就像他遇见一位路人突然生病又没钱时给予帮助一样。汤姆突然反应过来，迪基不想他去科蒂纳。这不是汤姆刚刚冒出来的想法。玛吉现在要去科蒂纳了。她和迪基上次去那不勒斯时买了一个特大号的保温瓶。他们两人压根就没问汤姆喜不喜欢这个保温瓶或其他之类的东西。他们就这样不动声色地渐渐将汤姆排除在他们的准备工作之外。汤姆感觉迪基想要他识趣，在他们去科蒂纳之前主动离开。数星期前，迪基曾说要带他去科蒂纳附近的一些滑雪场，还在地图上将这些地方做了标记。但后来有天晚上，当迪基再看这张地图时，却闭口不提滑雪的事。

"现在好了没有？"迪基问。

汤姆像条狗似的，尾随迪基走出酒吧。

"如果你现在自己一个人回去没问题，我想上去看看玛吉。"迪基在路上对汤姆说。

"我好了。"汤姆说。

"很好。"迪基正要走，又回过头说，"去取一下邮件吧？我怕我会忘掉。"

汤姆点点头。他走进邮局。有他的两封信。一封是迪基父亲写给他的，另一封是汤姆不认识的一个人从纽约写给迪基的。他在门口拆开格林里夫先生写给他的信，怀着崇敬的心情展开打印的信纸。信纸抬头是伯克-格林里夫船舶公司醒目的淡绿色信头，信纸中央印有船舵形状的公司注册商标。

亲爱的汤姆：

鉴于你已与迪基共处月余，而他和你赴欧前一样毫无返家迹象，我只能据此断定你的努力宣告失败。我明白你是出于良好意愿，才向我报告他正在积极考虑回家。但我从他十月二十六日的来信中，丝毫看不出此种迹象。其实他定居彼地的决心较诸以往更甚。

我希望你能理解，内子和我均十分感激你为我们及迪基所付出的辛劳。你现在不必自视对我仍旧负有任何义务。我希望过去一个月的工作并未给你造成过多不便，并真挚期望此行能给你带来些许乐趣，虽然其主要目标并未达到。

赫伯特·格林里夫敬颂

十一月十日，一九——

这是最后的一击。语气极其冷淡，甚至比他平时公事公办的语气更加冷淡，因为这是一封加了致谢的解约信，格林里夫先生就这样和他了断了。他的努力宣告失败。"我希望过去一个月的工作并未给你造成过多不便……"这难道不是讥讽吗？格林里夫先生连回纽约后想见他一面都没提。

汤姆迈着机械的脚步朝山上走去。他脑海中浮现出迪基现在正在玛吉的房间里，绘声绘色向她叙述酒吧里和卡罗的事情，以及回来的路上自己怪异的举止。汤姆知道玛吉一定会说，"你干嘛不和那人一刀两断，迪基？"他在考虑要不要回去跟他俩解释一番，强迫他们聆听自己的看法？汤姆转过身，看着山丘上玛吉家神秘莫测的方形门脸，黑黝黝空荡荡的窗户。他的牛仔外套被雨淋湿了。他把衣领竖起来，疾步朝山上迪基家走去。他心里涌起一股自豪感，自己至少没从格林里夫先生那里骗过钱，而他本来是有机会的。当初他要是趁迪基心情好的时候，说不定还能说动迪基，和迪基合伙从格林里夫先生那里骗钱。随便找个其他人，都会这么干的，汤姆想，但是他却没这么做，这足以说明点什么。

他站在露台的一角，向朦胧的海天交界处放眼望去，什么也没想，什么感觉也没有，心里只有一丝淡淡的虚幻的失落和孤独。就连迪基和玛吉好像都离他很远，他们在谈论什么对他也不再重要。他现在孤单一人，这是唯一要紧的事。他感到一股刺痛的恐惧感沿着后脊梁骨一直传递到尾椎。

他听见大门打开的声音，就转过身来。迪基走了上来，面带笑容，但他的笑容在汤姆看来是挤出来的，显得客套。

"下雨天你站在这儿干嘛。"迪基猫着腰往屋内走时问道。

"这儿空气清新，"汤姆故作愉快地说，"有你一封信。"他把信递给迪基，把格林里夫先生的信塞进口袋里。

汤姆把外衣挂进客厅的衣柜，迪基开始读那封纽约来信。这封信写得很有趣，他边读边放声大笑。等他读完信，汤姆才开口道，"你认为玛吉愿意和我们一起去巴黎吗？"

迪基显得诧异。"我想她肯定会去。"

"嗯，问问她吧。"汤姆表现出很兴奋的样子。

"我说不准会不会去巴黎，"迪基道，"我不介意去某个地方小住数日，但巴黎——"说着他点燃一根烟。"圣雷莫倒是不错，甚至热那亚也行，那可是个大城市。"

"热那亚再大也不能跟巴黎比吧？"

"当然不能比，可是近多了。"

"那我们到底什么时候去巴黎？"

"我不知道。看看吧，反正巴黎一直都在那里。"

迪基的这些话在汤姆耳中回响，汤姆琢磨着这些话的弦外之音。就在前天，迪基收到他父亲的来信。他还给汤姆读了几行，并和汤姆一起大笑起来。但他却没像前几次那样把信念完。汤姆确信，格林里夫先生一定在信中告诉迪基他对汤姆·雷普利受够了，并怀疑汤姆用他给的钱花天酒地。要是一个月前迪基读到这样的话，他会乐不可支，但现在情况变了，汤姆思忖着。"我的意思是，我还剩点钱，不如去巴黎玩一趟。"汤姆还在劝迪基。

"要去你去吧，我现在没心情。我还要为科蒂纳之行养精蓄锐。"

"那——那我们就去圣雷莫吧。"汤姆故作愉悦地说，其实他想哭。

"好吧。"

汤姆大步流星地穿过客厅，走进厨房。厨房角落里闪出一台白色冰箱巨大的身影。他本来想喝一杯加冰块的酒，但现在却又不想碰这玩意。他与迪基和玛吉在那不勒斯花了一整天时间挑冰箱，选冰格盘，数里面的格子数量。数到最后，汤姆头晕眼花，都分不清哪台是哪台了。但迪基和玛吉却像新婚夫妇一样，依旧劲头十足。他们又到咖啡馆里，花了几个小时，把所看的冰箱讨论一番，优劣如何，最后才决定买现在的这台。玛吉现在往迪基家跑得比以往都要勤，因为她把自己的一些食物放在冰箱里，还经常来要冰块。汤姆一下反应过来，自己为何对这台冰箱恨之入骨。这台冰箱象征着迪基将长居此地。它不仅令他俩原计划今年冬天的希腊之旅泡汤，而且今后迪基也不会像汤姆刚来头一星期时两人商议的那样，搬到巴黎或罗马去居住。作为整个村子里仅有的四台冰箱之一，这台冰箱有六个冰格盘，而冰箱门上的置物架多得每次开门就像有一个超市在你眼前晃动。有了这台冰箱，迪基哪儿都不会再去了。

汤姆看着手中没有加冰的酒。他的双手在颤抖。昨天迪基在和他聊天时还用随意的口吻问他，"你准备回家过圣诞节吗？"但该死的迪基明明知道他不会回家过圣诞。迪基知道他连家都没有，怎么可能回家过圣诞。他把波士顿多蒂姑妈的事原原本本地告诉过迪基，这已经是赤裸裸地暗示了。玛吉有一大堆圣诞节计划，她存了一罐英国李子布丁，还准备从附近农户手里买一只火鸡。汤姆可以想象到她满心甜蜜大肆张罗的样子。她会用一张硬纸板剪一棵圣诞树；准备"平安夜"蛋奶酒；为迪基准备的贴心礼物：玛吉亲手织的衣物。她向来将迪基的袜子带回家织补。然后两人会不经意地、客气地将他排除在外。他们会客套地问候他，一副勉为其难的样子。汤姆简直没法想下去。好吧，他选择走人。与其和他俩过一个受罪的圣诞节，不如去干点别的事。

12

玛吉说她不想和他们去圣雷莫。她的书现在写得正顺手。玛吉写书写得断断续续，但却始终劲头十足。不过在汤姆看来，她四分之三的时间都处于"搁浅"状态，对此她却总是毫不讳言，乐呵呵地。这本书一定很烂，汤姆想。他知道当作家的甘苦，那可不是动动手指，懒洋洋地在海滩上晒半天太阳，再琢磨晚餐该吃什么，就能轻松地写一本书。不过他现在倒是乐见玛吉写得顺手，这样他和迪基就可以不用带她一起去圣雷莫。

"如果你能帮我买到那瓶香水，我会很感激你的，迪基，"她说，"我在那不勒斯没买到这种斯特拉迪瓦里斯牌香水①，圣雷莫应该有，那里有许多卖法国货的商店。"

汤姆能想象，他们到了圣雷莫后会花上一整天时间去找这种香水，就像某个周六他们在那不勒斯曾花数小时找这种香水一样。

两人只带了迪基的一个小型旅行箱出发，因为打算只待四天三夜。迪基现在情绪转好了一些，但是两人的关系将难逃最终的宿命，这次无疑是他和迪基最后一次外出旅行的感觉挥之不去。在火车上，迪基表现出的彬彬有礼和愉悦之情像一位招待客人的主人，内心巴不得来客赶紧滚蛋，却又竭力在最后一刻对他做出补偿。汤姆这辈子从未像现在这样，觉得自己是个不受待见、令人厌烦的客人。在火车上，迪基向汤姆介绍了圣雷莫的情况，并回忆了当初他刚到意大利时和弗雷迪·米尔斯在那儿待过一个星期。圣雷莫地方很小，却顶着国际购物天堂的名头，迪基说，法国人穿过边界来这里买东西。汤姆突然冒出个念头，迪基该不会在圣雷莫把他卖掉，还巧舌如簧地说服他留在此地，不要再回蒙吉贝洛。所以还未到圣雷莫，汤姆已经对这个地方产生反感了。

当火车开进圣雷莫火车站时，迪基开口道，"顺便说一句，汤姆——我很不情愿说这话，怕你听完有想法，不过我确实想和玛吉单独去科蒂纳，我想她比较喜欢这样，毕竟我欠她人情，至少该给她一个愉快的假期。再说你也不像是对滑雪很感兴趣。"

汤姆浑身僵硬发冷，不过他尽量表现得不动声色。玛吉这个贱女人！"好啊，"他说，"当然可以。"他心神不宁地看着手中的地图，急切地想看看圣雷莫附近有没有什么其他好

①诞生于西班牙巴塞罗那的著名女性品牌，有女装、香水、配饰。

去处，这时迪基已经从行李架上取箱子了。"这儿离尼斯不远，对吧？"汤姆问道。

"不远。"

"戛纳呢？既然大老远来一趟，我想去戛纳看看。好歹戛纳也是在法国。"他说话的语气平添一份怨气。

"嗯，我觉得可以去走走，你带护照了吧？"

汤姆带护照了。两人坐上一辆开往戛纳的火车，当天夜里十一点左右到了那里。

汤姆觉得戛纳很美——港湾壮观曲折，在星星点点的灯火中向远方延伸，渐渐变成月牙形的细长光点，海滨棕榈大道典雅兼具热带风情，两旁是成排的棕榈树和豪华酒店。这就是法兰西！ 虽然现在是夜晚，汤姆也能感受到它比意大利更庄重，更时尚。他们来到海滨棕榈大道后面第一条街，找了一家名叫"不列颠情怀"的酒店。迪基说这家酒店虽说也很有派头，但价格倒不至于将他们兜里的钱花光。不过汤姆倒是想在海滨最好的酒店住一晚，哪怕花再多的钱都行。他们把行李箱寄存在旅店里，就去了卡尔顿饭店里的酒吧。据迪基称，这里是全戛纳最当红的酒吧。正如迪基所料，酒吧里没有太多人，因为每年这个季节，整个戛纳游人都不多。汤姆提议再喝一轮，迪基婉拒了。

第二天早晨他们在一家咖啡馆吃早餐，然后就溜达到海滩。他们在长裤里面穿了泳裤。这天有点凉，但不至于根本无法下水。在蒙吉贝洛，比这更冷的天他们都游过。海滩上几乎空无一人，只有寥寥几对恋人，再有就是一伙男子在岸边堤坝上玩一种游戏。海浪翻卷着，带着冬日的暴戾恣睢，击打在沙滩上。这时汤姆才看清，那伙男子原来是在玩杂技。

"他们一定是职业的，"汤姆道，"他们都穿着黄色丁字裤。"

汤姆饶有兴趣地看他们在叠罗汉，脚踩着大腿，手紧抓手臂。他听见他们在喊"起！""一、二！"

"看！"汤姆对迪基说，"最上面那个也成功了！"他一动不动地看着最上面那个年纪最小的男孩，大约只有十七岁。只见他被众人推上由三名男子组成的最上层，他站在中间那人的肩膀上，摆出一个造型，双臂展开，像是在接受观众的欢呼。"棒极了！"汤姆大喊道。

男孩对汤姆微微一笑后跳了下来，身手灵巧得像一只老虎。

汤姆望着迪基，迪基却在看坐在附近海滩上的几名男子。

"这种杂耍我见得多了，不外乎就是蹦蹦跳跳，点点头而已。"迪基尖刻地对汤姆说。

迪基的话令汤姆为之一怔，接着他感到一种强烈的屈辱感，和在蒙吉贝洛迪基对他说"玛吉认为你就是同性恋"时的感觉一样。好吧，汤姆想，就算杂技是小把戏，戛纳也许处处充斥着这样的小把戏，但那又怎样？汤姆藏在裤兜里的拳头不禁攥紧起来。他又想起多蒂姑妈的讥讽：他就是个娘炮，打根子上就是，和他爸一样。迪基抱着胳膊站在那里，看着大海。汤姆小心翼翼地不去望杂技艺人，虽然他们的表演比大海有意思得多。"你下水吗？"汤姆一边问迪基一边勇敢地解开衬衫，虽然他感觉海水突然间冷得要命。

"我不想下水，"迪基道，"你干嘛不待在这儿看杂技表演？我先回去了。"没等汤姆回话，他就径直往回走。

汤姆赶紧扣上衣服，目视迪基向斜对角方向远去，和那些玩杂技的背道而驰，虽然这样往人行道走会比从杂技演员边上抄近路要远上一倍。真他妈混蛋，汤姆愤愤地想。他干嘛总这样装清高？他表现得好像不知男同性恋为何物。显然迪基对性取向这种事很在意，让他在意好了！可他怎么就不能放下身段，哪怕一次也行？有什么大不了的，干嘛要这么畏首畏尾？他跟着迪基后面走，脑子里尽冒出这种鄙视揶揄他的念头。可是当迪基带着嫌恶的目光冷冷地扫视他，汤姆便一句话也骂不出口了。

他们赶在当天下午三点之前启程返回圣雷莫，这样就不用再多付一天的旅店住宿费。虽然是迪基提议下午三点前离开，但却是汤姆付的钱，住一晚的费用总共三千四百三十四法郎，合十美元八美分。回圣雷莫的火车票也是汤姆买的，虽然迪基口袋里全是法郎。迪基从意大利带来了他每月收到的支票，并将金额兑换成法郎。他认为从法郎再兑换成里拉可以小赚一笔，因为最近法郎突然大幅升值。

在火车上迪基一言不发。他装作困倦模样，抱着臂膀合上双眼装睡。汤姆坐在他对面，盯着他瘦削、傲慢、英俊的脸庞，还有佩戴绿宝石戒指和图章戒指的双手。汤姆突然临时起意，想在离开迪基时偷走这两枚戒指。这没什么难度：迪基游泳时会把戒指摘下来。有时在家冲凉时，他也摘下戒指。要偷就临走那天动手，汤姆想。汤姆盯着迪基合上的眼帘，内心百感交集，厌恶、喜爱、焦躁、挫折感纷纷涌上心头，令他呼吸局促。他想杀死迪基。他不是第一次冒出这想法。在这之前，他有过一两次甚至三次类似的念头，每次都是由于愤怒和失望引发的冲动，不过这种冲动很快就消逝，徒然给他平添一丝羞愧。但这次他已经思考了足足一分钟，两分钟，因为他在迪基身边待不下去了，既然要走，也就没什么好羞愧的。他和迪基彻底决裂了。他恨迪基。回顾他和迪基这段交往，无论怎么看，他都没有错，他没做任何错事，错就错在迪基顽固不化，不近人情。还有他的公然无礼！他给予迪基友谊、陪伴和尊重，能给的都给了，而迪基非但忘恩负义，还视他为敌。迪基在把他往绝路上逼。如果在这次旅途中他把迪基干掉，他只需推说发生了意外事故。他可以——他突然灵光一闪——他可以变成迪基·格林里夫，做迪基做过的一切事。他可以先回蒙吉贝洛收拾迪基的东西，对玛吉瞎编个故事，在罗马或巴黎找一间公寓，每个月接收迪基的支票，并伪造迪基的签名。他可以继承迪基的一切。他还可以将格林里夫先生玩弄于股掌之间。他明白做这件事的危险程度，而且他也已经隐隐感到，这样做注定只能换来暂时逍遥，但这些只令他更加狂热。他开始思考如何动手。

就在水里解决吧。可是迪基水性很好。那么悬崖呢？他可以趁散步时轻而易举地将迪基推下悬崖，可他又一想，如果迪基揪住他，把他一起拖下悬崖呢。他在座位上紧张不安，大腿都发疼了，大拇指指甲掐得发红。他得将迪基另一枚戒指也弄到手，他还必须将头发染得淡一些。即便如此，凡是有迪基熟人的地方，他都不能待。他只能利用和迪基长相相似，冒名顶替用他的护照。嗯，他俩确实长得很相似，假如他——

这时迪基突然睁开眼，直勾勾地盯着他，汤姆立刻放松身体，像昏厥似的，猛地别过头去，倒在座位角落里，双目紧闭。

"汤姆，你没事吧？"迪基摇晃汤姆的膝盖。

"没事。"汤姆挤出一丝笑意答道。他发现迪基又坐了回去，脸上露出愠怒之色。汤姆明白个中缘由，就是连刚才那点关心，迪基也不愿再给汤姆。汤姆暗自窃笑，对自己刚才急中生智假装昏厥之举颇感滑稽。不过要不那样做，迪基肯定会窥察到他脸上诡异的神情。

圣雷莫。繁花似锦。又是滨海大道，一爿爿店铺里挤满了来自法国、英国和意大利的游客。迪基和汤姆来到一家阳台摆满鲜花的旅馆。在哪里下手？难道就今晚在一条小街上动手吗？凌晨一点这座城市一定又黑又静，到时他要是能把迪基引诱过来就好了。在水里呢？天气有点阴沉，但不冷。汤姆绞尽脑汁地思考细节。其实在旅馆房间里动手也行，只是尸体怎么处理？尸体必须彻底消失！如果这样，那就只能在水里了。而迪基一向喜欢戏水，海滩上有小舟、划艇和小型汽艇供出租。汤姆注意到每艘汽艇都配有绑在绳索上、供抛锚用的圆形水泥锤。

"我们划船出海玩玩怎么样，迪基？"汤姆问话时语气故意显得不那么热切，虽然他内心巴不得迪基能同意。迪基望着汤姆。自从来到此地后，他还没对任何事物流露出兴趣。

木码头上排列着十来艘蓝白和绿白相间的小型汽艇。游艇老板是意大利人，由于天气阴冷，他正为没客人发愁。迪基眺望着眼前的地中海，海面氤氲，却并无一丝下雨的征兆。这种阴沉的天气有时会持续一整天，也见不到太阳。他们即将面对一个悠长而又无所事事的意大利式上午。

"好吧，就在码头附近转一个钟头。"迪基话音未落就跳进一艘汽艇。汤姆从他脸上淡淡的笑容就看出来，他以前在这里玩过。可能就是某个早晨，和弗雷迪或玛吉。迪基灯芯绒夹克口袋里鼓鼓地塞着给玛吉买的香水，是他俩刚刚几分钟前才从海滨大道一家像极了美国药房的商店里买的。

意大利船老板拽起一根绳索并启动马达。他问迪基知不知道怎么操作，迪基说知道。汽艇舱底有把桨，是支单桨，被汤姆看在眼里。迪基手握舵柄，汽艇径直驶离海岸。

"真酷！"迪基开怀大笑地叫着，头发迎风飘扬。

汤姆朝左右看了看，只见一面是笔直的悬崖，和蒙吉贝洛很像，另一面是一块伸出水面、雾气蒙蒙的狭长平地。汤姆一时也不知道该朝哪个方向开更好。

"你知道这附近是什么地方吗？"由于马达声太响，汤姆只得扯着嗓子对迪基喊。

"我一无所知。"迪基现在心情大好，正享受驾驶的乐趣。

"这玩意好开吗？"

"一点也不难，要不要试试？"

汤姆犹豫着。迪基驾驶着汽艇朝外海驶去。"还是不开了，谢谢。"他左顾右盼，左边有一艘帆船从他们旁边驶过。"你想往哪开？"汤姆问迪基。

"这重要吗？"迪基笑道。

确实不重要了。

迪基突然调转船头朝右，这个动作非常突然，搞得两人不得不侧着身子，好将船体变正。汽艇这一变向，在汤姆的左边激起一面白色的水雾墙。随着水幕逐渐落下，露出空旷的地平线。两人再次驰骋在空阔的水域，漫无目标地疾驰。迪基在不停地变换速度，笑意盈盈，蓝色的眼睛笑望着寂寥空旷的前方。

"在小艇里总是感觉速度更快！"迪基大声道。

汤姆点点头，脸上露出会意的笑容，但其实他心里怕得要命。天知道这里的水深是多少，一旦他们的汽艇突发故障，两人将断无返回海岸的生机，至少他没有本事游回去。不过话说回来，两人在此时此地要是发生什么事情，外人也不可能发现。迪基现在又将身体微微侧向右边，将船头朝向那片灰色狭长的陆地。汤姆本可以现在下手，击打迪基，扑到他身上，或者亲吻他，然后趁机把他掀翻到海里。在这个距离范围之内，没有人能看见他的所作所为。汤姆浑身冷汗，身体发烫，额头冰冷。他觉得害怕。这害怕不是缘于水，而是因为迪基。他知道自己马上要下手了，他现在已经不会阻止自己的行动，或许也无法阻止了，但他并无稳操胜券的把握。

"你敢和我比试比试，跳进海里吗？"汤姆一边大声对迪基说道，一边脱自己的外套。

对汤姆的提议，迪基只是咧嘴大笑，眼睛还是盯着汽艇前方。汤姆还在脱衣服，连鞋袜都脱了。和迪基一样，他外裤里面穿着泳裤。"你要是跳，我也跳！"汤姆吼道，"你跳吗？"他希望迪基减速。

"要我跳？没问题！"迪基猛地将马达减速。他松开舵柄，脱下外套。汽艇弹了一下，失去了动力。"来吧。"迪基道，同时示意汤姆把外裤脱了。

汤姆瞥了一眼陆地，远方的圣雷莫只见一片朦胧的粉白和淡红。他假装随意地捡起桨，像是要把它放在双膝之间把玩。正当迪基褪下裤子时，汤姆举起桨，照准迪基的头顶打去。

"哎呀！"迪基发出惨叫，瞪着汤姆，半个身子滑出木质座位。他惊讶而无力地抬起苍白的眉毛。

汤姆站起来，又是一桨狠狠地打下去，像一根崩断的橡皮筋，释放出全身力气。

"上帝啊！"迪基喃喃地说，怒视着他，表情狰狞，那双蓝色的眼睛却已经眼神涣散，整个人失去了意识。

汤姆又用左手挥动船桨，这次击中了迪基头颅的侧面，桨边砍出一道粗钝的血口。迪基在舱底扭曲着身子，喉咙里发出呻吟声，像是在抗议。这声音巨大而有力，把汤姆吓了一跳。汤姆用桨边捅击迪基的颈部三下，力气之大，简直像是用一把斧头在砍树。汽艇摇晃着，漾在艇舷边的海水溅湿了汤姆的脚。他又挥起船桨朝迪基的前额削去，只见一汪血从击打处慢慢渗出。汤姆举起船桨准备再砍时，他感到有些累了，但迪基的手还在舱底向他挥动着，伸直两条长腿挣扎着向他靠近。汤姆像拿起刺刀似的抓起桨柄狠命刺向迪基，这下迪基俯卧的躯体松弛下来，一动不动。汤姆站直身子，艰难地调匀呼吸。他朝四周张望，没有其他船只，一个都没见着，只有远处一艘汽艇像个小白点似的从右向左朝海岸驶去。

他放下木浆，扯下迪基的绿宝石戒指，放进自己的口袋。迪基手上另一只戒指戴得比较紧，但汤姆还是把它硬拽下来，扯得迪基指节处鲜血直流。他翻看了迪基的裤子口袋，里面有几枚法国和意大利硬币，他没动硬币，拿走了拴着三把钥匙的钥匙链。他又捡起迪基的外套，从口袋里掏出给玛吉买的香水。他还从贴身里兜翻出香烟、银打火机、铅笔头、鳄鱼皮钱包和几张小卡片。汤姆将这些东西全部塞进自己灯芯绒外套的口袋里。接着他伸手去够绕在白色水泥锤上的绳索。绳索的一端系在船头的金属环上。汤姆竭力想将绳索从金属环上解开，但这却是个可恶的死结，由于海水浸泡，已经常年不曾解开过。汤姆使劲朝绳结打了一拳，得有一把刀才行。

他看了看迪基。他死了吗？汤姆将身子蜷伏在愈见逼仄的船头位置，仔细观察迪基是否还有一丝生命表征。他不敢用手去碰迪基，不敢去碰他的胸口或按他的脉搏。他转身死命狂扯绳索，直到发现愈扯愈紧才放弃。

他的打火机。他从放在船底的自己裤子里摸出打火机，点着火，将火苗对准绳索干燥的那段。绳索粗达一点五英寸，火焰燃烧得很慢，汤姆利用这个间隙又朝四周看了看。隔着这么远的距离，那位意大利船主能看见他吗？这团坚硬的灰色绳索非常不好点燃，只泛出点红光，冒出一点白烟，最后散成一缕缕细丝。汤姆用力一拽，打火机灭了。汤姆再次点着打火机，继续拽那团绳索。最后绳索总算松开了。汤姆顾不上害怕，将绳索绕了四圈，套在迪基裸露的脚踝上，然后打了一个又大又丑的结。他把结打得牢牢的，因为他不太会打结，怕打得不牢会松开。他现在已经冷静下来，思维变得连贯而有条理。他估摸绳索约有三十五至四十英尺长，而水泥锤的重量足以将尸体沉下去。尸体也许会漂一会儿，但绝不会再浮上来。

汤姆将水泥锤抛进海里，扑通一声，它沉入清澈的海水里，激起一团泡沫，消失不见。水泥锤越沉越深，直至将连在迪基脚踝的绳索绷紧。汤姆将迪基的脚踝顺势抬上船边，接着又拉起迪基一条胳膊，想让他身体最重的肩膀部位越过船舷上沿。迪基的手奉拉着，还有余温，对汤姆的行动并不配合。迪基的肩膀贴在船底，汤姆一拽，手臂像橡皮筋一样伸展开来，身体却不动。汤姆单膝跪着，托着迪基的尸体往船外举。汤姆的动作令船晃荡起来，他忘了自己在水上，而世界上唯一令他害怕的就是海水。汤姆思忖必须从船尾将尸体抛入海里，因为船尾更接近海面。他拖着迪基软趴趴的尸体往船尾移，绳索也跟着在船舷上滑动。汤姆根据水泥锤在水里的浮力判断它尚没有触底。到船尾后，这次他改为先抬迪基的头和肩膀，将他的尸体翻过来，一点一点往外推。迪基的头已经进到水里，腰部卡在船舷上，两条腿却像磁铁一样紧紧吸在舱底，任凭汤姆怎么用力都纹丝不动，正如刚才他的肩膀贴在船底一样。汤姆深吸一口气，使劲往外举。迪基的身体终于翻到艇外，但汤姆自己也失去平衡，倒在舵柄上，原本挂在空挡的马达，突然发出怒吼。

汤姆急忙挥手去抓操纵杆，但汽艇却已经发疯似的打起转来。瞬时间，他发现身下是水，伸手去摸船舷，可船舷已不在原处，摸到的还是水。

他已经落水了。

他大口喘气，纵身向上跃，想去抓汽艇，却没够着。艇身已经开始打转。汤姆在水中继续腾跃，却往下沉得更深。海水缓慢而致命地没过他的头顶，越过他的眼睛，令他来不及换气，就呛了一鼻孔水。汽艇却离他更远了。他以前见过这种原地打转的船：除非有人爬进去关掉马达，否则它会一直转下去。此刻置身茫茫大海，他提前体会到濒死的痛苦滋味。他再次没入水面以下，海水灌进他的耳廓，阻隔了外界一切声响，连那疯狂的马达声也渐渐消失，他只能听见自己身体发出的声音、呼吸、挣扎和血液绝望的澎湃。他再次朝上挣扎，不自觉地向汽艇移动，虽然它还在转个不停，难以够着，但那是唯一漂浮的东西。在他向上换口气的工夫，尖锐的艇首从他身旁擦过两次，三次，四次。

他大声求救，却只换来一嘴的海水。他的手碰到艇身在海面以下的部分，却又被艇首那堪比野兽般蛮力的惯性推开。他冒着被螺旋桨叶片扫到的危险，疯狂地又把手伸向艇尾。这次他的手指碰到了船舵，他急忙俯身闪避，却没来得及。船的龙骨擦着他的头顶，从他上方越过。这时船尾又转了回来，他又试着够了一次，总算摸到船舵，另一只手抓着船尾的舷边。他伸直手臂，让身体与螺旋桨保持一定距离。也不知道从哪来的一股力气，让他纵身扑向船尾，胳膊搭上船舷；接着他伸手摸到了操纵杆。

马达开始减速。

汤姆双手攀紧船舷，逃离险境后的难以置信和如释重负让他的大脑一片空白。过了一会儿，他才发觉自己喉咙灼热，呼吸时胸口刺痛。他也不知道自己就这样在船舷上趴了两分钟还是十分钟，什么也不想，慢慢积蓄力量，终于他慢慢地在水里腾跃了几下，跳进艇里，双脚还在船舷上晃荡。他就这样趴着，模模糊糊地意识到手指下沾着迪基的血，混杂着自己口鼻流出的海水，感觉滑腻腻的。他趴在那儿思考如何处理这艘血淋淋的、无法归还的船，思考自己过会儿怎么开启马达，思考返程的方向。

他还想到了迪基的戒指。他摸了摸夹克的口袋，戒指还在。戒指怎么可能会有问题呢？他本想朝四周张望，看看有没有船只从附近经过，但一阵咳嗽带出来的泪水模糊了他的视线。他揉了揉眼睛。放眼望去，除了远方那艘小艇绕着大圈疾驰，再无旁物。那艘小艇并没注意到他。汤姆看了看艇底。这些血迹能洗掉吗？他以前听说血迹是最难清洗的。他原打算把汽艇还给船主，要是船主问起他的朋友，就说已经在某处送他上岸了。可是现在不行了。

汤姆小心翼翼地控制着操纵杆。怠速的马达开始加速。他刚才还怕自己搞不定马达，但马达比大海更具人性，也更好控制，因此他也不那么恐惧了。他朝圣雷莫北边的海岸斜插过去。或许能在那儿找到合适的地点，某个无人踏足的小湾，他可以弃艇登岸。可是万一汽艇被人发现怎么办？那问题就大了。他努力地尝试冷静下来，但思维凝滞，不知该如何处理汽艇。

现在他能看见松树、一片空旷的褐色海滩和一片绿色的油橄榄地。汤姆驾着汽艇在这一带缓缓地沿折线游荡，留意是否有人。空无一人。他朝向一片浅而短的海滩驶去，谨慎地握着操纵杆，生怕马达再次不听使唤。接着他感觉到船首底部和海滩的摩擦。他将操纵杆推到"停止"位置，又用另一根操纵杆关掉了马达。他小心地下船，走进十英寸深的海水里，使劲把汽艇往岸上拽，接着又把两人的外套、自己的鞋子和玛吉的香水从船里拿到岸上。这个小湾宽度不足十五英尺，四下渺无人迹，令汤姆感到安全而隐秘。他决定沉船。

他开始捡石头，每块石头都有人头那么大，因为再大他就搬不动了。他把石头一块一块地放进汽艇里。最后他不得不捡小一点的石头，因为附近的大石头都被他捡光了。他马不停蹄地加紧干，因为他怕自己稍一休息，就会精疲力竭地倒地不起，落个被人发现的下场。等石头堆到和船舷齐平时，他用力推船下海，越推越远，直到海水从两侧漫进船里。船开始下沉，他还在往前推，一直推到海水及腰，船沉到他够不着的地方。他费力地走回岸上，脸朝下在沙滩上躺了一会儿，心里开始盘算怎么回旅馆，如何编故事以及下一步的行动：天黑前离开圣雷莫，返回蒙吉贝洛，到了之后再继续编吧。

13

日落时分，村里刚刚冲完凉的意大利人和其他外人，穿戴一新，坐在咖啡馆的露天桌子旁，望着来来往往的行人，盼着能听到城里又发生了什么新鲜事。这时汤姆走进村子，穿着泳裤、凉鞋和迪基的灯芯绒外套，腋下夹着他自己些微沾有血迹的长裤和夹克。他的步态倦怠而随意，因为他实在太累了，不过碍于路旁咖啡座上百号人的目光，他只能强打精神昂起头，沿着这条通往他住宿的海滨旅馆的必经之路朝前走。此前他已经在圣雷莫城外的路边酒吧，喝了五杯加糖的意式咖啡和三杯白兰地补充体力。他现在必须以一个热爱运动的年轻人的面目示人，刚刚在水里玩了一下午，泳技出众，不怕冷，偏好在寒冷的日子下水，这么冷的天居然还能游到傍晚。他走到旅馆，从前台桌子上拿起房间钥匙，走进自己的房间，瘫软在床上。他只想让自己休息一个小时，千万不能睡着，因为一睡就会是几个小时。他休息了一会儿，感觉睡意袭来，赶紧站起来用水盆打点水，洗了洗脸，又拿一条湿毛巾回到床上，一只手不停甩动湿毛巾，以免睡着。

　　最后他还是起来了，着手处理一条裤腿上的血污。他用肥皂和指甲刷反复刷，刷累了就休息一小会儿，同时整理行李箱。他按照迪基习惯的方式，将迪基的物品放进箱子，牙膏和牙刷放进左侧背袋里。随后他又将那条带血的裤腿洗干净。他自己外套上沾的血太多了，没法再穿，必须处理掉，不过他可以穿迪基的外套，他俩的衣服都是米色，尺码也相同，汤姆的外套就是照着迪基外套的式样，请蒙吉贝洛当地同一名裁缝做的。他把自己的外套也塞进行李箱，拖着行李箱下楼结账。

　　旅馆前台的男服务员问他朋友哪去了，汤姆说在火车站等他。男服务员愉快地微笑着，祝汤姆旅途愉快。

　　汤姆在两条街外的一家餐馆停下来，强迫自己吃了一碗意式浓汁通心粉菜汤，补充体力。他吃的时候特意留心那位意大利船主是否在附近。他认为当务之急是今夜必须离开圣雷莫，即使没有火车和汽车，坐出租车也行。

　　在火车站，汤姆打听到晚上十点二十四分有一辆南向列车。还是卧铺列车。明天一早醒来就到罗马，再换车去那不勒斯。事情突然间变得出奇的简单容易。汤姆心中涌起一股宽慰感，甚至萌生了去巴黎玩几天的念头。

　　"请稍等一会儿。"他对正把票递给他的售票员说。汤姆绕着行李箱走来走去，考虑要不要去一趟巴黎。哪怕去过一夜，只是去看看，只消两天时间。告不告诉玛吉都无所谓。但他很快又变卦了，现在他的心还没落地。他需要抓紧赶回蒙吉贝洛，处理迪基的物品和财产。

火车卧铺上洁白、挺括的床单是他见识过的最奢华的物件。他舍不得就这样关上灯，用双手细细地抚摸着床单，享受着一尘不染的蓝灰色床毯和头顶上小巧、实用的黑色蚊帐。汤姆内心突然生发出一种狂喜，因为他想到了迪基的钱财，他的床铺、桌子、大海、游船、行李箱、衬衫，还有数年之久逍遥快活的生活在等着他。随后他熄灯躺下，脑袋一沾枕头就睡着了。他现在的心情幸福而满足，有一种从未有过的自信。

火车到了那不勒斯，他走进火车站的男厕所，把迪基的牙刷、梳子从行李箱里拿出来，连同自己的灯芯绒外套和迪基溅血的裤子，一并用迪基的雨衣包起来。他拿着这捆衣物，穿过火车站前的马路，把它们塞进靠着墙角的一个硕大的麻布垃圾袋内。忙完这些，他来到停靠巴士的广场，在一家咖啡馆吃早餐，喝了一杯牛奶咖啡，吃了甜面包圈，随后坐上那辆十一点钟开往蒙吉贝洛的巴士。

他刚下巴士，就和玛吉迎面撞上了。玛吉还穿着在海滩上常穿的泳装和宽大的白色外套。

"迪基去哪儿了？"她问道。

"他在罗马。"汤姆笑着答道，神态从容，对这个问题显然有备而来。"他要在那待上几天，我回来取几样东西给他送去。"

"他和什么人住一块吗？"

"没有，就他一个人住在旅馆里。"汤姆又朝玛吉笑了一下，算是作别，就拎着箱子朝山上走去。过了片刻，汤姆听见玛吉那双软木鞋跟凉鞋在身后追赶他的声音。汤姆停下脚步。"我们那可爱的家，一切都还好吧？"他问道。

"还是那样，能有什么变化？"玛吉也笑了。她和汤姆相处有些不自在，但还是尾随汤姆进了屋子。大门没锁，汤姆依照惯例，从一个快要腐烂的、种着一棵要死不活的灌木的木制花盆后面，取到那把开露台大门的铁钥匙。两人一起走到露台。露台上的桌子稍微移动了位置，吊椅上有本书。他们走后，玛吉一定来过这儿，汤姆想。他只不过才离开了三天三夜，时间却像过去了一个月之久。

"斯基皮怎么样？"汤姆兴致勃勃地问，一边打开冰箱，拿出一个冰盒。斯基皮是玛吉前些日子捡到的一只流浪狗，毛色黑白，长得很丑，可是玛吉对它宠爱有加，对待它像一个跟随自己多年的老侍女。

"它跑掉了。我本来也不指望它能留下来。"

"噢。"

"你们看上去过得很开心。"玛吉的口气带着一丝羡慕。

"我们玩得很好。"汤姆笑道,"我给你调一杯酒怎么样?"

"不,谢谢。你认为迪基这次出去会待多久?"

"呃——"汤姆若有所思地皱了皱眉,"我也说不好。他说他想看看在罗马的许多画展。我觉得他只是想换换环境。"汤姆给自己满满斟了一杯加了苏打水和柠檬片的杜松子酒。"不过我觉得他一周后会回来。"说着汤姆伸手去拿行李箱,从里面掏出那盒玛吉要的香水。他已经把商店的包装纸拆了,因为上面有血迹。"这是你要的斯特拉迪瓦里斯牌香水,我们在圣雷莫买的。"

"噢,太感谢了。"玛吉接过香水,小心翼翼地带着陶醉的神情打开它。

汤姆端着酒杯紧张不安地在露台上走来走去,也不和玛吉搭话,就等她走人。

"呃——"最后还是玛吉先开口,她来到露台上,"你打算待多久?"

"你是指哪儿?"

"在这儿。"

"就今晚。我明天就回罗马,大概下午出发。"他之所以加后面这一句,是因为他可能得到明天下午两点才能拿到邮件。

"那你走之前如果不去海滩,我可能见不到你了,"玛吉故意用友善的口气说道，"万一我们不再碰面，我提前祝你玩得愉快。请告诉迪基寄一张明信片来。他住在哪一家旅馆？"

"嗯，嗯——叫什么来着？就在西班牙广场边上？"

"英吉尔特拉吗？"

"就是那里。不过他好像说过会用美国运通作为通信地址。"汤姆思忖，她不会给迪基打电话。假如她写信，那他明天去饭店就能取到。"我明天早晨大概会去海滩走走。"汤姆说。

"好的。谢谢你们替我买香水。"

"不客气！"

说完，她沿着小径，走到铁门，离开了迪基的家。

汤姆拿起行李箱，跑到楼上迪基的卧室。他拉开迪基衣柜最上层的抽屉，里面有信件、两本通讯录、几个小笔记本、一条表链、几把零散的钥匙和一张保险单。他又挨个把其他抽屉打开，随后也没有合上。这些抽屉里放着衬衫、短裤、叠好的毛衣和一堆乱七八糟的袜子。房间的角落放着迪基的绘画作品集和老旧的画本。整理的工作量浩大。汤姆脱了个精光，赤裸地奔到楼下，迅速冲了个凉水澡，然后穿上迪基挂在衣橱里的一条白色旧麻裤。

他从最上层抽屉开始整理，有两个原因：这里都装着近期的信件，查看这些信件是为了以防有要事亟须处理；再一个是以备玛吉下午杀个回马枪，届时免得让她生疑，觉得自己要把整个房子翻个底朝天。不过汤姆还是想今天下午就开始动手，把迪基最好的衣服放进他最大的行李箱里。

午夜时分，汤姆还在屋内走来走去。迪基的行李箱已经整理好，他现在正在估摸房间里这些家具值多少钱，哪些东西可以送给玛吉，剩余的东西如何处理。那台该死的冰箱就送给玛吉吧，她一定会很高兴。在门厅摆放的那个雕花五斗橱，本是迪基用来盛放床单、台布等亚麻制品的，估计值好几百美元。上次汤姆问这个柜子有多老，迪基说大概有四百年历史。他想去找米拉马雷旅馆的副经理西格诺·普西，请他做中介，出售迪基的房子和里面的家具。还有汽艇。迪基曾经说过，普西为村里人做过这种中介工作。

他本打算将迪基的物品全部打包带到罗马，但是又担心玛吉怀疑他为什么短时间内带走这么多东西，于是打定主意，之后再说搬到罗马是迪基临时起意。

第二天下午三点钟左右，汤姆去了一趟邮局，收到一封迪基的美国友人寄给迪基的有趣信件，却没有他自己的信件，回家的路上，他却在脑海中想象他正读着迪基的来信，就连具体的措辞都想出来了。这样，如果需要的话，他可以转述给玛吉听。他甚至让自己感受到了，迪基突然改变主意带给自己的轻微诧异。

一到家，他就着手把迪基最好的画作和最好的亚麻制品装进一个大纸壳箱里。这是他在回家途中向开杂货店的埃尔多要来的。他不慌不忙、有条不紊地整理着，心里做好了玛吉随时过来的准备。但是直到四点钟，玛吉才露面。

"你还没走啊？"她进来看到汤姆问道。

"是啊。我今天接到迪基一封来信。他打定主意，准备搬到罗马去。"汤姆挺直身板，笑了笑，好像这个消息也令他很吃惊。"他要我把他的东西，能带走的都带走。"

"搬到罗马去？去住多久？"

"我不知道。反正肯定会过完这个冬天。"汤姆边说边整理迪基的油画。

"他一冬天都不回来了吗？"玛吉的声音听起来茫然若失。

"估计不回来了。他说他也许会卖掉这所房子，不过这个还没有定。"

"天呐！——发生什么事了？"

汤姆耸耸肩。"看来他是想在罗马过冬了。他说他会给你写信。我还以为今天下午你或许已经收到他的信了呢。"

"没有。"

两人谁也不再说话。汤姆继续整理东西。他突然反应过来，他还没整理自己的东西。回来之后，他还没进过自己的房间。

"他还会去科蒂纳，对吧？"玛吉问道。

"不，他不去了。他说他会给弗雷迪写信，取消这次行程。不过这应该不影响你去。"汤姆望着玛吉。"哦，对了，迪基说这台电冰箱归你了。你可以找人帮你抬过去。"

玛吉惊愕的表情并没有因为收到冰箱这个礼物而有丝毫改变。汤姆心里清楚，玛吉想知道他是否还和迪基住一起。而且看到汤姆欢快的样子，玛吉估计认定他们十有八九会继续住一起。汤姆感觉这个问题就在玛吉嘴边，玛吉这时的心理就像个孩子，让人一览无余。果不其然，她问："你俩在罗马住一起吗？"

"也许会住一程。我先帮他安顿下来。我这个月想去一趟巴黎，然后到十二月中旬左右，我就回美国。"

玛吉一副萎靡不振的样子。汤姆知道，她在想象未来孤单的日子——就算迪基定期回来看望她，也于事无补。周日的早晨将会很空虚，用餐时也孤零零的。"圣诞节他准备怎么过？你觉得他是在罗马还是回这里？"

汤姆的语调里暗藏了一丝愤懑，"我觉得他不会回来的，我感觉他想一个人待着。"

玛吉这时已经惊讶得说不出话来，一副既震惊又心痛的样子。等她收到他回罗马后给她写的信，就更有好戏看了，汤姆思忖着。当然，他会把信写得和迪基一样温柔体贴，但是在信中，他会明白无误地表示，他再也不想见到她了。

过了几分钟，玛吉站起身来，心不在焉地和汤姆道别。

汤姆突然有种感觉，她也许今天就会给迪基打电话，甚至去罗马找迪基。不过那又怎样？迪基或许换旅馆。罗马有那么多旅馆，如果她来罗马找迪基，够她找上几天了。如果她打电话或来罗马找，都联系不上迪基，她会认为迪基和汤姆·雷普利一道去巴黎或其他某个城市了。

汤姆瞥了一眼那不勒斯来的报纸，想看看上面有没有在圣雷莫附近发现沉船的新闻。如果是图片新闻，边上一定会配以"圣雷莫神秘沉船"之类的文字。船上若是还有血迹，这些家伙更会大肆渲染一番，那种意大利报纸一贯钟爱的惊悚文风："圣雷莫的年轻渔民乔吉奥吉亚·迪·斯蒂法内昨天下午三时在水深两米处发现可怕一幕，一艘内部血迹斑斑的汽艇……"但是汤姆在报纸上并没看到这样的新闻。昨天的报纸上也没有。也许要经过数月之久，汽艇才会被发现，汤姆想。也可能永远不会被发现。就算发现了，谁又能知道当初迪基·格林里夫和汤姆·雷普利是乘坐这艘小艇一起出海的呢。他们在租艇时并没有告诉那位意大利船主他们的姓名。船主只给了他们一张橙色小票。汤姆事后在口袋里发现这张小票，就将它销毁了。

汤姆在吉奥吉亚旅店喝了一杯咖啡后，傍晚六点钟乘坐出租车离开蒙吉贝洛。临行前，他和吉奥吉亚、法斯多以及其他几位他和迪基都熟识的村民道别。他对所有人讲的都是一模一样的话，迪基先生要在罗马过冬，托他问候大家。汤姆还说，要不了多久迪基肯定会回来看望他们。

当天下午，汤姆还将迪基的亚麻制品和画作委托美国运通公司装箱打包，连同迪基的木箱和两个较重的行李箱，一起托运至罗马，收货人都注明是迪基·格林里夫先生。汤姆随身带走了自己的两个旅行箱，外加一个迪基的旅行箱，坐出租车离开。此前他曾告诉米拉马雷旅馆的副经理西格诺·普西，说迪基先生想出售在当地的房产和家具，不知道普西先生能否代为处理？普西一口答应下来。汤姆还跟码头管理员皮耶托打过招呼，让他留意是否有人愿意对迪基的那艘"皮皮斯特罗号"感兴趣，因为迪基先生打算今年冬天将这艘船卖掉。汤姆说，迪基先生定的价位是五十万里拉，折合不到八百美元，这对于一艘能躺得下两个人的帆船来说，算是很便宜了。皮耶托说他只需几个星期就能把船卖出去。

在开往罗马的火车上，汤姆字斟句酌地构思给玛吉的信，差不多到了能背下来的程度。一到罗马的哈塞拉酒店，他就坐到赫姆斯宝贝牌打字机前。这台打字机是他装在迪基的一个旅行箱里带过来的。他一气呵成地写完这封信。

亲爱的玛吉：

我已经决定在罗马租个公寓过冬。我只是想换换环境，暂时告别蒙吉贝洛。我现在非常想一个人待着。原谅我突然的决定，不告而别。其实我离你并不远，我会时不时去看你。我不想自己回去收拾行李，于是就让汤姆代劳了。

我们暂时分开，不但不会损害我们的关系，反而可能会让事情变得更好。我有一种强烈的感觉，感觉自己正烦扰你，虽然你一点也不让我厌烦。所以不要认为我此举是在逃避什么。恰恰相反，在罗马我会更贴近现实，而这在蒙吉贝洛是做不到的。我待在蒙吉贝洛不自在，其中一个原因就是因为你。我离开虽然不能解决任何问题，但是能令我好好审视对你的感情。所以亲爱的，我暂时先不和你见面，希望你能理解我。如果你实在不能理解，我也只好冒这个风险了。我可能会和汤姆去巴黎玩几周。他想去巴黎想得要命。不过要是我重新开始作画，那就去不成了。我结识了一位名叫迪马西奥的画家，我很喜欢他的作品。他是个老头，没什么钱。如果我付他一点报酬，他会教我画画。我打算去他的画室跟他学画画。

罗马真是一座奇妙的城市，喷泉整夜喷个不停，人人都是夜猫子，和蒙吉贝洛截然不同。至于汤姆，你误会他了，他马上就回美国。具体什么时候回去，我并不关心。他这个人倒不坏，我谈不上讨厌他。反正他就是个局外人，我希望你能明白这一点。

你写给我的信，暂时可以通过运通公司转交给我。等我租到公寓，再告诉你确切地址。我房间里壁炉的柴火、电冰箱和打字机你随便用。至于圣诞节的出行，我感到十分抱歉。不过我觉得不应该这么快和你见面，你要是恨我就恨吧。

全心全意爱你的

迪基

十一月二十八日　一九——

进了酒店后，汤姆就没摘下过帽子。他用迪基的护照在前台登记。不过他发现，这些酒店从不看护照上的照片，只登记首页上的护照号。汤姆签名时刻意模仿迪基潦草夸张的笔迹，将姓名的两个首字母 R 和 G 写成大写的环体字。他出去寄信时，特意到隔着几条马路的一家药店，买了几件自认为今后会派上用场的化妆用品。他还和售货的意大利女孩逗趣，令她误以为他是替丢了化妆包的太太买化妆品，太太本人则由于胃部不适的老毛病留在酒店。

返回酒店后，汤姆整晚都在练习模仿迪基的银行支票签名，因为要不了十天，迪基的每月定期汇款就会从美国寄到。

14

汤姆第二天换到一间名叫"欧罗巴酒店"的中等价位酒店，在威尼托大街附近。汤姆觉得哈塞拉酒店有点奢华，入住的都是影视界人士，或者像弗雷迪·米尔斯这种认识迪基的人，他们来罗马时会住在那里。

汤姆在脑海中想象过在酒店房间和玛吉、法斯多、弗雷迪对话的情景。他觉得这些人中，玛吉最有可能来罗马。如果是在电话里，他就装成迪基和她交谈，如果是面对面，那他就还原成汤姆。玛吉可能会突然冒出来，直接出现在酒店，并且坚持来他的房间。如果那样的话，他只好摘下手上戴的迪基的戒指，并且换身衣服。

"我也不太明白，"他用汤姆的声音对她说，"你知道他的为人——总是喜欢离群索居。他对我说，我可以在他的酒店房间里住几天，因为我自己的房间暖气正好坏了……哦，他过几天就回来，要是不回来，他也会寄明信片报平安的。他和迪马西奥去一个小镇上的教堂看画作了。"

（可是难道你连他是向南去还是向北去都不清楚吗？）

"我真不知道。我猜是朝南。不过知道这个有什么用？"

（那敢情就是我运气不佳，正好和他擦肩而过，是吧？可他为什么不能说去哪儿呢？）

"我理解你的心情。我也问过他。我还在这房间里找过，看能不能发现地图或其他能显示他去向的物品。他只是三天前给我打过一个电话，说我可以住他的房间。"

练习如何瞬间变回他自己，这是个不错的主意。因为将来可能需要他在汤姆和迪基两个角色之间来回切换。说来也怪，反倒是汤姆·雷普利这个他本人的音色，他总是记不住。他不断模拟和玛吉的对话，直到耳朵里听见自己的声音和他记忆中的一模一样。

不过大多数时候，他还在模仿迪基，用低沉的语调假设自己跟弗雷迪和玛吉说话，或者通过长途电话和迪基的母亲通话，和法斯多或宴会上某个陌生人交流。他说话时一会儿用英语，一会儿用意大利语，边上迪基的手提收音机还开着，这么一来，酒店服务人员万一经过走廊又正巧知道格林里夫先生是一个人住，便不会以为他是个自言自语的神经病。有时广播里播放的歌曲正好是汤姆喜欢的，他会随着乐曲起舞。即便是跳舞，他也模仿迪基和女孩子跳舞的样子——他曾经在吉奥吉亚旅馆的露台和那不勒斯橘园公寓见过迪基和玛吉跳舞。迪基的舞步迈得很开，但动作僵硬，舞姿谈不上优美。现在的每一刻对汤姆来说都是享受，独自住着他的房间，独自走在罗马的大街小巷，他一边观光一边留意有没有公寓出租。他在心里暗想，成为迪基·格林里夫后，他再也不会感到寂寞无聊了。

汤姆去美国运通办事处取信时，人们称呼他格林里夫先生。玛吉的第一封信到了：

迪基：

怎么说呢，我感到有点不可思议。我不知道你在罗马、圣雷莫抑或其他什么地方到底冒出了什么念头，做了这个决定。汤姆只对我说，他会和你待在一起，其他一概显得讳莫如深。不过除非我亲眼见到，我不相信他会回美国。老伙计，说句不怕得罪人的话，我很讨厌这个家伙。在我或其他外人看来，他对你一定有所企图。你要是好自为之，就得做一些改变，不要和他来往了。好吧，他或许不是同性恋。但他什么也不是，这一点更糟糕。他不是正常人，过不了**任何**性生活，我的意思你应该能懂。再说我对汤姆不感兴趣，我只在乎你。如果只是几周见不到你，哪怕圣诞节也不能和你一起过，我都能忍受，亲爱的，只不过那样的话，我情愿不去想圣诞节了，或者用你的话说，让我们的感情顺其自然。但是我在这儿做不到不去想你，这个村子和我相关的，都是我们共同的回忆。我举目望去，处处都是你的痕迹。我们一起种的篱笆，我们一起修筑却一直修不完的围墙，我向你一直借而不还的书籍，还有桌旁你专用的那把椅子，这是最让我难过的。

还是让我继续说得罪人的话吧。我不是说汤姆会主动对你使坏，但他会潜移默化对你产生负面影响。你知不知道，你和汤姆在一起，无形中会觉得自降身份。你有没有认真思考过这个问题？前几周我觉得你已经开始意识到这个问题了，但现在你又和他混在一起。说实话，伙计，我不知道发生了什么事情。如果你真的"不关心他什么时候回去"，看在上帝分上，直接把他的铺盖扔出去吧！他这种人永远不会帮你或其他任何人摆平任何事。反倒是把你蒙在鼓里，操纵你和你父亲，最符合他的利益。

谢谢你给我买的香水，亲爱的。我会留着——或者留着大部分——以等到下次见你时再用。我也没把冰箱搬到我家去。你要是愿意，我随时把它还给你。

不知道汤姆有没有告诉你，小狗斯基皮走丢了。我是不是该去捉一只蜥蜴回来养，并在它脖子上拴一根绳子？我马上准备动手修房间的墙壁，不然墙皮就要发霉，最后全掉到我身上。真希望你在这儿陪我，亲爱的——这是我的真心话。

很爱很爱你，才写了这么多。

×　×

玛吉

美国运通公司转交

罗马

十二月十二日，一九——

亲爱的爸爸妈妈：

　　我正在罗马寻找公寓，但还没找到合适的。这儿的公寓不是太大，就是太小。公寓太大，除了住的一间，其他房间都得锁起来，不然冬天就没法取暖。我现在正在找一套中等面积、价位合适的公寓，这样就可以在冬天充分取暖，又不会所费甚巨。

　　很抱歉我现在不常给你们写信。我想尝试过一种更加宁静的生活，这样我也许会做出更大的成绩。我打算搬离蒙吉贝洛，就如你们一直以来希望的那样。我已经把行李物品搬走了，房子和帆船也打算卖掉。我新结识了一位名叫迪马西奥的画家。他画技出众，并愿意在他的画室指导我。我打算突击几个月，看看自己能练到什么程度。这算是一种试验。我知道这些话您不会感兴趣，爸爸。但您总是来信问我在忙什么，我就只能这么和您说了。我打算将这种宁静、勤奋的生活继续下去，一直到明年夏天。

　　另外，您能把厂里最新的产品册寄一份给我吗？我很想知道你们现在的工作情况。我已经好久没见过那些玩意了。

　　妈妈，我希望您不要为了我过圣诞节而操心，我真的什么都不需要。您现在心情怎么样？还经常出门吗，比如去剧院看戏？爱德华舅舅现在怎么样了？代我问候他并保持联系。

爱你们的迪基

　　汤姆将这封信反复读了几遍，觉得里面逗号用得太多，于是耐着性子重新打了一遍，并签了名。他以前在迪基打字机上见过迪基给父母写了一半的信，了解迪基的文风。他知道迪基给任何人写信都不会超过十分钟。如果说这封信和以往的信有什么区别的话，就在于谈到个人的事情更多一些，语气也更热情。他又再读了一遍这封信，感觉好多了。爱德华舅舅是格林里夫太太的兄弟，得了癌症，现在住在伊利诺伊州的一家医院里。汤姆是从迪基母亲上一封来信中获悉这个消息的。

数日后汤姆就将乘机前往巴黎。离开罗马前，他先给英吉尔特拉酒店打电话，得知并没有寄给理查德·格林里夫先生的信件或找他的电话。汤姆在下午五点抵达巴黎奥利机场。他事先用过氧化氢溶液将头发漂白得淡一些，并用发油令头发略微打卷。为了让机场验护照的官员不起疑心，他故意模仿迪基护照照片上神情紧张、双眉紧蹙的表情。可是护照官只是匆匆打量他一眼，便在护照上盖戳放行。汤姆下榻在伏尔泰月台酒店。这家酒店是他在罗马酒吧里和一些美国游客闲聊时，他们向他推荐的，因为酒店位置便利，美国人也不多。在酒店安顿好之后，他冒着巴黎十二月氤氲阴冷的夜色，出去溜达一圈。他昂首阔步，面带笑容。他喜欢巴黎这座城市的氛围，以前早有耳闻，今日终于能亲身体验了。街巷曲曲折折，临街房子大多是灰色门脸，房顶有天窗。汽车喇叭声喧嚣嘈杂，随处可见的公厕和纪念柱上贴满色彩艳丽的剧场广告。他准备好好花上几天时间，慢慢领略巴黎的氛围，然后再去参观卢浮宫、埃菲尔铁塔等其他名胜。他买了一份《费加罗报》，然后走进花神咖啡馆，在一张桌前坐下，点了一杯淡白兰地。迪基以前说过，他来巴黎就喜欢点这种酒。汤姆的法语不太灵光，不过迪基也比他好不到哪里去。一些好奇的人隔着咖啡馆的玻璃门脸盯着他，但没有人走进来和他攀谈。汤姆已经随时准备好某人突然从桌边站起来，走过来和他打招呼，"迪基·格林里夫！真的是你吗！"

汤姆没有刻意改变外貌，但他觉得这会儿自己的神态和迪基很相似，脸上都带着对陌生人毫不设防的笑容。这种笑容用来迎接老友或情人可能更适合。迪基心情好时，这是他的标志性笑容。汤姆现在心情也很好，身处巴黎，坐在著名的咖啡馆里，想着自己明天往后一直可以拥有迪基·格林里夫这个新的身份。那些精致的袖扣，白色真丝衬衫，甚至迪基穿旧的衣物——带铜扣的棕色旧皮带，棕色旧皮鞋——就是《潘趣》杂志广告上那种一辈子都穿不坏的鞋子，那件芥末色、口袋松垂的旧长款毛衣，现在这些东西都成了他的，而他也钟情于它们。还有那支刻着金色姓名缩写的黑色钢笔和已经用得很旧的古驰鳄鱼皮钱包，钱包里面还有大量现金。

第二天下午，一个法国姑娘和一个美国小伙邀请他去克勒贝尔大街参加一个派对。他和这两人是在圣日耳曼大道一家咖啡西餐厅里闲聊认识的。这个派对上有三四十人，参加者大多是中年人，他们在这所寒冷而庄重的大房子里拘谨地四处站立着。汤姆总结出来，在欧洲冬天暖气不足，就好比夏天喝马提尼酒不加冰，都是时尚标志。在罗马时，他最后搬到一家价格更高的酒店，本想住得暖和些，结果却发现更冷。根据阴郁老派的审美风格，这所房子确实很时尚，汤姆想，派对上有管家和使女，桌子上摆满了用面包片垫底的肉馅饼，切成片状的火鸡肉，带糖霜的花色蛋糕，还有无数瓶香槟。但是沙发套和窗帘都由于用得太久而破旧不堪。他还在大厅的电梯旁发现有耗子洞。在派对上他被介绍认识的客人中，至少有半打伯爵和伯爵夫人。一个美国人告诉汤姆，邀请他参加派对的那对男女即将结婚，不过女方父母对婚事不是太赞同。偌大的房间里气氛有些紧张，汤姆努力对每个人都友好热情，就连那些板着面孔的法国佬，他也笑脸相迎，虽然他能说的法语不外乎是"好极了，不是吗？"他使出了浑身解数，好歹最后博得那位邀请他参加派对的法国姑娘一笑。他觉得自己算是幸运儿，有多少美国人来巴黎不到一个星期就能受邀参加一个法国家庭聚会？汤姆早就听说，法国人不轻易邀请陌生人去他们家里。在场的美国人似乎没有一个认识他。汤姆感到十分自在，比他以前参加过的任何一次派对都自在。他用盼望已久的方式在派对上和人交往，在坐船来欧洲时，他就这样盼望着。现在他已经和过去一笔勾销，那个属于汤姆·雷普利的过去，彻底获得了新生。一位法国女人和两个美国人还邀请他参加他们的派对，但汤姆都婉拒了，用的是同样的托词，"十分感谢，不过我明天就将离开巴黎。"

不能和任何人打得太火热，汤姆心想。说不定他们当中某个人就认识迪基的朋友，而那人也许就在下次的派对上。

十一点一刻，他向女主人和她的父母告辞，他们似乎非常舍不得他走。但他希望在午夜来临前赶到巴黎圣母院，今晚是平安夜。

女孩的母亲又问一遍他的姓名。

"他是格林拉夫先生，"女孩对母亲重复一遍，"迪基·格林拉夫，对吧？①"

"正是。"汤姆笑道。

走到楼下大厅，他忽然忆起弗雷迪·米尔斯在科蒂纳的派对。十二月二日……几乎过去了一个月！ 而他本想写信给弗雷迪，告诉他不去了。不知道玛吉去了没有？弗雷迪发现他既没去又没写信解释，也许会心里犯疑。汤姆希望玛吉至少告诉了弗雷迪事情原委。他必须马上给弗雷迪写信。迪基的通讯簿上有一个弗雷迪在佛罗伦萨的地址。这是个疏忽，但算不上严重，汤姆想。不过这种事今后绝不能再发生。

---

① 法国人有口音，把"格林里夫"念成了"格林拉夫"。

他步入夜色，朝着灯火通明的灰白色调的凯旋门走去。他现在既有孤身一人，又有融入大众的感觉，刚才在派对上他就有这种奇怪的感受，现在身处巴黎圣母院前方场的人群外围，这种感觉又回来了。广场上人山人海，他根本挤不进教堂里。但是数台扩音器能清楚地把音乐传到方场的每个角落。先是他听不懂的法语版圣诞颂歌，然后是"平安夜"，一首庄严的歌曲，接下来又是一首曲调欢快却听不清歌词的乐曲；然后是男声合唱。见身旁的男士纷纷摘下帽子，汤姆也摘掉自己的帽子。他腰杆挺直地站立着，表情冷静，却随时准备对和他打招呼的人笑脸相迎。坐船来欧洲时的那种感觉又涌上心头，并且更加强烈，和善友好，是个绅士，过往经历无任何品德瑕疵。他现在是迪基，好脾气、天真的迪基，冲谁都是一副笑脸，遇到乞讨者，出手就是一千法郎。汤姆正要离去时，一个老乞丐向他要钱。汤姆给了他一张崭新的蓝色千元大钞。老乞丐的脸上顿时乐开了花，向他举帽致敬。

汤姆感到有点饿，他本想饿着肚子上床睡觉。睡觉前，他还打算读一个小时意大利语会话读本。可转念又想到，自己准备增重五磅，因为迪基的衣服穿在他身上显得有些松垮，而且从外貌看，迪基比他更壮实。于是他在一家小吃店前停下来，点了一份长硬皮面包夹火腿的三明治和一杯热牛奶。点牛奶是因为看见吧台上坐在他旁边的那位食客也在喝。牛奶没什么味道，味纯而寡淡，像教堂里的圣饼。

　　他一路悠闲地沿着巴黎南下，在里昂过夜，在阿尔勒也住了一晚，因为他想看看凡·高画画的地方。即使遇到恶劣天气，他也保持一副开心平和的模样。在阿尔勒，正当他在寻找凡·高作画时站立的位置，一阵密史脱拉风①卷来的暴雨将他浇得浑身湿透。他在巴黎买了一本漂亮的凡·高画册，但下雨时他没法拿出来。他不得不往返旅店和现场，比对凡·高当年绘画的遗迹。他游览了马赛，觉得除了卡尼般丽街外，其他都乏善可陈。此后他乘火车一路向东，分别在圣特罗佩、戛纳、尼斯、蒙特卡洛各待上一天。这些地方他都听过，如今亲身探访感到格外亲切。虽说这些城市在十二月份都是彤云密布，在小镇芒顿的跨年夜也无热闹的游客，但他依然游兴不减。汤姆在脑海中设想各种场景，那些穿晚礼服的男男女女，沿着蒙特卡洛赌场宽阔的台阶拾级而下；身着亮丽泳装，如杜飞水彩画中人物般光鲜亮丽的游客走在尼斯盎格鲁大道的棕榈树下。他们当中有美国人、英国人、法国人、德国人、瑞典人和意大利人，有的神情失望，有的吵吵嚷嚷，有的言归于好，还有的是杀人凶手。而蔚蓝海岸则在所有景点中最令他心潮澎湃。海岸线并不长，不过是环地中海的一小段，却像珠子一样穿起了一连串精彩的地

_____

　　① 地中海北岸的一种干冷西北风或北风。

名——土伦、弗雷瑞斯、圣拉斐尔、戛纳、尼斯、芒顿，最后是圣雷莫。

一月四日回到罗马时，他发现有两封玛吉的来信。第一封信上说，她打算三月一日离开现在的住处。她的书初稿尚未完成，但她准备将四分之三的稿件连同照片寄给那位对她的设想很感兴趣的美国出版商，她曾在去年夏天和他联系过，当时他就很感兴趣。她还写道：

我何时才能再见到你？在度过一个糟糕的冬天后，我害怕在欧洲再过一个夏天，所以我打算三月初回家。是的，我**想家**了，这是**真话**，也是最终的决定。亲爱的，如果我们能同船返回，那就太好了。有这个可能吗？我不抱希望。你今年冬天没想过回美国暂住几日吗？

我打算将行李（八个旅行箱，两个大行李箱，三箱书还有一些零碎的杂物）从那不勒斯通过海运寄回国，然后去罗马。如果你有心情，我们还可以去海边看看，逛逛马尔米堡、维亚雷焦这些我们喜欢的景点，做最后一游。我现在没心情去关心天气，我知道天气一定很**糟糕**。我不会要你送我去马赛坐船回国，但如果我从热那亚坐船，你会去送我吗？？？你是怎么想的？……

第二封信语气更加收敛了些。汤姆知道是什么原因：他近一个月没给她寄过明信片了。她这样写道：

我改变主意，不去里维埃拉了。或许是潮湿的天气打消了我的雄心，也可能是因为我的书稿。总之，我准备去那不勒斯换一班更早班次的船回美国——二月二十八日的"宪法号"。上了船就等于回到美国了：美国食物、美国人、用美元买饮料和赛马彩票——亲爱的，很遗憾不能再见到你。我从你的沉默中推断，你还是不想见我，所以你也别再想了，就当我们已经分手了。

我当然还想能和你重逢，在美国也好，在其他任何地方也好。你会心血来潮在二十八号之前来蒙吉贝洛一趟吗？你一定知道，我非常欢迎你。

一如既往的玛吉

又：我现在都不知道你还在不在罗马。

汤姆都能想象到玛吉写信时眼里的泪花。他心一软都想给她写一封善解人意的回信，告诉她自己刚从希腊返回，问她收没收到他的两张明信片？不过转念一想，为了安全起见，还是让她蒙在鼓里回美国吧。他还是没有给玛吉回信。

现在唯一令他有些担心的，当然也谈不上太担心，就是在他租到公寓前，玛吉有可能来罗马找他。如果她逐一排查酒店，肯定会找到他。但要是他租到公寓，她就再也找不到他了。有钱的美国人不必登记住址，虽说根据规定，更换地址要去警局备案。汤姆曾和一个住在罗马的美国人聊过，此人在罗马有一套公寓，他说他从不去备案，也没碰到过麻烦。如果玛吉突然来罗马，汤姆的衣柜里还挂着自己的许多衣服。他本人唯一改变的，不过是头发颜色，但这可以用太阳晒的作为借口。他其实并不担心。一开始汤姆逗乐似地用眉笔修饰自己的眉毛——迪基的眉毛比他长，且眉尾上翘；他还在鼻尖扑了点粉，好让鼻子显得更长、更尖，但后来他又放弃这些化妆，因为太过做作，反而容易引起注意。汤姆觉得，装扮成他人，最重要的是要将他的气质、性情体现出来，抓住与其相配的面部表情，其他倒是其次。

一月十日，汤姆给玛吉写了一封信，说他在巴黎独自住了三周，现在回到了罗马。信上还说，汤姆一个月前已离开罗马，说是要去巴黎，再经由巴黎回国。不过他告诉玛吉，在巴黎没遇见汤姆。他还说自己正在罗马寻租公寓，等找到后会立刻告诉她地址。他还热情地感谢玛吉寄来的圣诞包裹，里面是一件玛吉亲手织的红色 V 领带条纹的白色毛衣。十月份时，她还亲自在迪基身上试过这件毛衣的大小。包裹里还有一本十五世纪绘画作品的画册，和一个皮革剃须用品包，开口处刻有迪基的姓名首字母缩写 H.R.G.。包裹是一月六日寄到的，这也是汤姆现在写信的原因——他不希望玛吉以为他还没收到包裹，整个人消失得无影无踪，然后开始寻找他。他在信中问玛吉，有没有收到他从巴黎寄给她的包裹？他估计路上可能有些耽搁，对此他表示歉意。他是这么写的：

我又开始跟着迪马西奥画画了，感觉非常愉快。我也很想你，不过你若是能坚持配合我的试验，我宁愿再坚持几周不和你见面（除非你真的会在二月份回家，我有点不太相信！），到时你可能不想再见我了。请代我向吉奥吉亚夫妇和法斯多问好，如果他还在的话。也代我向管码头的皮耶托……

这封信是模仿迪基一贯心不在焉、略带忧郁的语调写的，谈不上热不热情，内容也空洞无物。

其实他在皇家大道靠近宾西恩门附近的一栋公寓大楼里找到一套公寓，并签了一年合同。不过他并不打算常住罗马，更不想在罗马过冬，只是在外漂泊这么多年后，他想要一个家，一个根据地。罗马很时尚，是他新生活的一部分。今后在马洛卡、雅典、开罗或其他任何地方，他都可以骄傲地对人说："是的，我住在罗马。我在那里拥有一所房子。"全世界和房子搭配的动词都是"拥有"。在欧洲拥有一套公寓就像在美国有一个车库那样自然。他还想把公寓装饰得尽可能典雅，虽说他巴不得见过这所公寓的人越少越好。他讨厌有电话，哪怕电话号码在黄页上查不到。不过他又觉得电话带来的安全性毕竟大于可能招致的风险，所以还是装了一台。这套公寓有一个大客厅，一个卧室，一个会客厅、厨房还有浴室。公寓配有家具，风格略显华丽，不过倒和周围体面的邻里环境和他向往的体面生活正好相匹配。房租冬季是每月一百七十五美元，含取暖费，夏季是一百二十五美元。

玛吉欣喜若狂地回了一封信，说她刚收到巴黎寄来的一件美丽的真丝衬衣。她感到万分惊喜，衣服也很合身。玛吉还说，她邀请法斯多和切吉一家来她家共进圣诞大餐，火鸡无可挑剔，还有什锦肉汤，李子布丁，吧啦吧啦一大堆吃的，唯独缺了他。玛吉还问他正在做什么，又在想什么？现在快乐些了吗？还说如果他能在这几天把地址发过来，法斯多回米兰时会顺路去看看他。要不就请他在美国运通留言，告诉法斯多在哪能找到他。

汤姆猜想玛吉现在心情这么愉快，主要是她以为汤姆已经从巴黎回国了。和玛吉的信同时寄来的还有普西的来信，说帮他在那不勒斯卖出三件家具，共得了十五万里拉，帆船也找到买主了，是蒙吉贝洛一个名叫阿纳斯塔西奥·马蒂诺的人，他答应一周内付定金，但房子可能要等到夏天才能出手，那时美国游客才会纷至沓来。付给普西先生不到百分之十五的佣金后，汤姆共获得二百一十美元。为了犒赏自己，他晚上去一家夜总会，享用了一顿大餐。他坐在点着蜡烛的双人桌前，虽然独自一人，却举止优雅。像这样独自进餐、独自看戏的生活，他丝毫不介意，反而可以令他集中精力扮演好迪基·格林里夫。他像迪基那样，将面包掰开吃，也像迪基那样，左手使叉。他看着周围的桌子和助兴的舞者，目光深邃温和，有些怔怔出神，以至于侍者不得不对他说了好几遍话，才唤起他的注意。餐厅里有人向他挥手，汤姆认出他们是在巴黎庆祝平安夜时认识的一对美国夫妇。他挥手回应。他还记得他们的姓氏，叫索德斯。此后整晚他没再朝他们望，但他们先离开，顺道走过来和他打招呼。

"你一个人就餐？"男的问，他看起来有些微醺。

"是啊。每年我都和自己单独吃一顿，"汤姆说，"某个纪念日。"

索德斯不明所以地点点头。汤姆看出来，他是那种美国小镇上的人，在谈话时不会巧妙机灵地应对，一旦看到大城市气派、庄重、纸醉金迷的生活和华丽的服饰，就会手足无措，虽说华服只穿在另一个美国人身上。

"您说您住在罗马，对吗？"索德斯太太问，"瞧，我们把您的名字都忘了，但却记得我们在一起过的平安夜。"

"格林里夫，"汤姆答道，"理查德·格林里夫。"

"对，对，想起来了，"她松了口气说，"你在这儿有一套公寓？"

看样子她想记下他的地址。

"我暂时还住在酒店，不过我打算等装修完毕后，就搬到公寓去。我住在伊利西奥酒店，你们可以给我打电话啊。"

"我们会的。再过三天我们才会动身去马洛卡。三天时间很充裕了。"

"很高兴在这儿见到你们，"汤姆说，"晚安！"

这对夫妇离开后，汤姆又独自一人，陷入凝神遐思中。他想，他应该用汤姆·雷普利这个名字开一个账号，时不时往里面存一百美元。迪基·格林里夫有两个账户，分别在那不勒斯和纽约，每个账户各有五千美元。他也许应该往雷普利那个账户上存数千美元，再将卖家具所得的款项也存进去。毕竟，他现在得同时照管两个人。

15

汤姆游览了罗马的卡比多山和博格塞公园，去古罗马广场好好逛了逛，还和一位邻居老大爷学了六节意大利语课，因为汤姆看见他家窗户上贴着授课广告。汤姆用一个假名和老人交往，学完第六课，他觉得自己意大利语已经达到迪基的水平了。他现在还能一字不差地复述迪基以前用意大利语讲过的几个句子，并且知道它们都讲错了。比如，有一天晚上，在吉奥吉亚旅店，他们在等玛吉时，迪基说了一句："Ho paura che non c'e arivata, Giorgio"（我怕她不来了）。在意大利语中表示担忧情绪，应该用虚拟式，所以应该说成"sia arrivata"（可能不来）。迪基说意大利语从不会用虚拟式，所以汤姆努力模仿这一点，避免自己说意大利语时，用正确的虚拟式。

汤姆为客厅买了深红色天鹅绒窗帘，因为他不喜欢公寓原来的窗帘。他曾问过西格诺拉·布菲，这套公寓的托管人的老婆，能不能替他找一个能做窗帘的女裁缝。西格诺拉·

布菲说这活她自己就能做。她只要两千里拉，连三美元都不到。汤姆最后硬塞给她五千里拉。他还买了一些小物件点缀房子，不过他从不邀请别人来做客。唯一的例外就是他在格雷克咖啡馆遇到一位年轻的美国小伙子。这个小伙子长得讨人喜欢，但不机灵。当时他问汤姆从咖啡馆去威斯汀精品酒店怎么走。酒店正好在汤姆回家的路上，于是他邀请小伙子上去喝一杯。汤姆只打算在他面前显摆一小时，此后就再不相见。他也确实这么做了，让小伙子品尝白兰地佳酿，带他在公寓里四处看看，聊聊在罗马生活的乐趣。小伙子第二天就启程去慕尼黑了。

汤姆刻意回避那些住在罗马的美国人，因为他们会邀请他参加各种派对，那样的话，他就得回请他们。不过他倒是乐意在格雷克咖啡馆或者马古塔大街的学生餐厅，和美国人、意大利人闲聊。他只对一个名叫卡里诺的意大利画家说过他叫迪基。他们是在马古塔大街一家酒店里认识的。汤姆告诉他，他也从事绘画，师从一位名叫迪马西奥的画家。假如今后警方调查迪基在罗马的行踪，这或许要过很长时间，届时迪基早已失踪许久，而他又变回雷普利了，这位画家可以证明一月份时迪基·格林里夫确实在罗马画画。画家卡里诺表示从未听说过迪马西奥，不过通过汤姆绘声绘色的描述，估计他今后再也忘不了这个名字了。

汤姆虽然独自生活，但一点也不孤独。这种感觉就像在巴黎过平安夜时的心情，仿佛觉得所有人都在注视你，全世界都是你的观众，必须时刻留神，稍有闪失就会招致灾难性后果。不过汤姆自信不会犯任何错误。这种境遇令他的生活变得纯粹，同时蒙上一层诡异而美妙的氛围。汤姆心想，一个好演员在台上表演一个自认非他莫属的重要角色，估计也是他现在的心情。他既是他自己，又不是他自己。他毫无内疚感，感觉自由自在。但是对自己任何一个动作，他都细加自省，刻意控制。不过他不再像以前那样，扮演迪基数小时，就感到很疲劳。他现在独处时的那种放松感也没有了，从早晨起床刷牙开始，他就变成了迪基。刷牙时，右肘部向外突出；用餐时，用勺子在蛋壳内挖出最后一口蛋白；选领带时，无一例外地将从衣架上取下的第一条领带放回去，选择第二条。他甚至还照着迪基的手法画了一幅画。

到了一月底，汤姆估计法斯多已经来过罗马并回去了，虽然玛吉近期的来信并未提及此事。她还保持一周一封信的频率，通过美国运通转交给他。在信上，她问迪基需不需要袜子和围脖，因为她除了写书，时间还很宽裕，可以替他织。她还写一些村子里他们都认识的人的趣闻轶事，目的是不让迪基误以为她对他思念成疾。但事实是，她现在深陷相思之苦，绝不甘心二月份回美国前，不亲眼见迪基一面，做最后一搏。虽然汤姆至今未回过信，但他思忖，接下来长信、袜子、围脖都将接踵而至。玛吉的这些信令他恶心，他连碰都不想碰，匆匆一览后，就撕碎了直接扔进垃圾桶里。

最后他提起笔，写了一封信：

我觉得暂时不会在罗马租公寓了。迪马西奥要去西西里住上几个月，我也许和他一起去，也许去别处。我没有明确的计划，不过这倒也好，可以随心所欲，即兴行事。

千万别给我寄袜子之类的，玛吉。我什么都不需要。祝愿你在蒙吉贝洛一切好运。

　　他订了一张前往马洛卡的车票——先坐火车去那不勒斯，然后在一月三十一日晚从那不勒斯坐船去帕尔马。他从罗马最名贵的古驰皮具店买了两个行李箱，其中一个是柔软的羚羊皮大号行李箱，另一个是设计简洁的褐色帆布行李箱，但背带是棕色真皮的。两个箱子上都刻有迪基姓名的首字母。他把自己原来两个行李箱中较旧的那个扔了，另一个放在公寓的壁橱里，里面装着自己原来的衣服，以备急用。但汤姆不担心会有紧急情况出现。汤姆每天都关注报上有关圣雷莫沉船的报道，不过看来这艘船还没被人发现。

　　一天上午，汤姆正在公寓整理行李箱时，门铃响了。他原以为是有人上门推销商品，或者按错了门铃。他没有在门上标识自己的姓名，因为他告诉房屋监护人，他不想接待顺访之客。门铃又响了一声，汤姆还是充耳不闻，依旧漫不经心地整理自己的行李箱。他喜欢整理物品，有时他会花上一整天甚至两天时间，满心喜悦地把迪基的衣服整理好，放进行李箱里。整理时看到漂亮的衬衫或外套，他会在镜子前试穿。敲门声传来时，他就站在镜子前，试穿迪基的一件蓝白相间、饰有海马图案的运动衫，以前他从未穿过这件衣服。

听到门铃声，汤姆首先想到的是，法斯多来了。法斯多可能在罗马到处找他，想给他一个意外惊喜。真是愚蠢，他暗想。他朝门走去时，两只手冒着冷汗。他觉得头晕目眩。该死，要是晕过去就太可笑了。一头栽倒在地，被人发现躺在地板上，那就完了。想到这里，他紧张地用双手猛地拽开房门，不过他也只是把房门打开一个缝隙。

"你好！"一个美国人的声音从半黑的楼道传来，"是迪基吗？我是弗雷迪！"

汤姆朝后退一步，把房门打开。"他——你不进来说话吗？他暂时不在，一会儿就回来。"

弗雷迪·米尔斯走了进来，四处看了看。他那丑陋的、长雀斑的脸朝各个方向呆头呆脑地瞧了瞧。汤姆很好奇，他是怎么找到这里来的。他边想边迅速把手上戴的迪基的戒指褪下来，放进口袋。还有什么不妥之处？他朝房间各个角落望望。

"你和迪基住一块吗？"弗雷迪睁着一双死鱼眼问，表情既愚蠢又吓人。

"噢，不。我只过来待几个小时。"汤姆边说边顺手将身上的海马衬衫脱下来。他里面还穿着一件衬衫。"迪基出去吃午餐了，我记得他说是去奥特罗餐馆。他最晚三点左右会回来。"一定是布菲家的人放他进来的，并告诉他格林里夫先生住在哪扇门里，还说他在家，汤姆想。弗雷迪也许说他是迪基的老朋友。现在当务之急是赶紧把弗雷迪弄出这间房子，并且不能在楼下撞上布菲太太，因为她每次都会像唱歌一样和他打招呼，"早安，格林里夫先生。"

"我们在蒙吉贝洛见过，对吧？"弗雷迪问道，"你是汤姆吧？我以为你会去科蒂纳玩。"

"我没去成，谢谢。在科蒂纳玩得怎么样？"

"玩得很开心。迪基怎么也没去？"

"他没给你写信吗？他决定在罗马过冬，他说给你写过信了。"

"我一个字也没收到——除非他寄到我在佛罗伦萨那个住址。不过我冬天在萨尔斯堡，他有我在那里的地址。"弗雷迪半坐在长餐桌旁，摆弄着绿色丝质桌布。他笑着说，"玛吉对我说，迪基搬到罗马去了，但除了可以通过美国运通转交之外，她没有迪基在罗马的任何地址。我运气好到爆棚，才找到这里。昨天晚上我在格雷克咖啡馆遇见一个人，他正好知道迪基的地址。这到底——"

"哪个人？"汤姆问，"是个美国人吗？"

"不，是个意大利家伙，一个小伙子。"弗雷迪低头看汤姆的鞋。"你这双鞋和迪基跟我的那款鞋一模一样。很耐穿吧，我那双是八年前在伦敦买的。"

他说的是迪基的棕色皮鞋。"我是从美国买的，"汤姆说，"你要来一杯吗，还是去奥特罗餐馆找他？你知道那个餐馆的位置吗？你在这儿干等也没意思，因为迪基午饭一般会吃到三点。我马上也要出去。"

弗雷迪朝卧室方向走去，在房门前停下脚步。他看见了床上的行李箱。"迪基是要出远门，还是刚回来？"弗雷迪转身问汤姆。

"他要出远门。玛吉没告诉你吗？迪基要去西西里待一阵子。"

"什么时候走？"

"明天出发。或者今天深夜，我也不太清楚。"

"迪基最近是怎么回事？"弗雷迪皱着眉头问道，"他为什么要过这种与世隔绝的生活？"

"迪基想今年冬天好好用功一番，"汤姆不假思索地答道，"他想要一个人静一静。不过据我所知，他和大家的关系都还不错，包括玛吉。"

听了这话，弗雷迪笑了，用手解开轻便大衣的扣子。"他让我空等几次了，看来是不想和我好好处了。你确信他和玛吉关系还很好？我从玛吉那儿听说，他们吵了一架。也许就因为这件事，他们才没去科蒂纳。"弗雷迪期待地看着汤姆。

"你说的这件事，我不太清楚。"汤姆走到壁橱去取外套，也是向弗雷迪暗示，他马上要出门。接着他又适时想起来，假如弗雷迪认得迪基的外套，那么他一定会认出来和他身上这条裤子搭配的灰色法兰绒外套是迪基的衣服。于是汤姆伸手去取他自己的外套，并从壁橱最左边取下他自己的大衣。大衣肩膀处衣挂形成的印记，显示这件大衣好像挂在那里好几个星期了，事实上它也确实挂了有这么久。汤姆转过身，发现弗雷迪正盯着他左手腕上那条纯银的识别手环。这是迪基的手环，但汤姆从未见他戴过。他是在迪基的饰物盒里发现的。弗雷迪的表情好像是对这个手环似曾相识。汤姆若无其事地穿上大衣。

弗雷迪现在用另一种神情看着他，带着一丝惊诧。汤姆知道弗雷迪在想什么。他的身体变得僵硬，察觉到了危险。你还没有走出险境，他对自己说。你还没有走出这个房间。

"你要走了，是吧？"汤姆问。

"你肯定住在这里，是不是？"

"不！"汤姆笑着否认。弗雷迪鲜艳浓密的红头发下那张丑陋的、长满雀斑的脸庞死死地盯着汤姆。要是他们下楼时别碰到布菲太太就好了，汤姆暗想。"我们走吧。"

"看来迪基把他的珠宝一股脑全给你了。"

汤姆顿时语塞，连一句玩笑话也想不出来。"噢，只是借来戴着玩，"汤姆声音低沉地说，"迪基戴腻了，他要我拿去玩玩。"汤姆本意是指那个手环，但是他现在打的领带的银质领带夹上也刻有字母G。这个领带夹是汤姆自己花钱买的。汤姆现在能明显感受到弗雷迪身上升起的敌意，就如同他的身体正散发热能，穿过整个房间朝他袭来。弗雷迪是个雄性动物，要是遇见他认为是个同性恋的男子，只要时机恰当，就像眼下这样，他会恨不得上去打他一顿。汤姆有点害怕弗雷迪的眼神。

　　"我是要走了。"弗雷迪站起身来，脸色铁青地说。他走到门口，将宽阔的肩膀转过来，问道，"是英吉尔特拉边上那个奥特罗餐厅吗？"

　　"是的，"汤姆说，"迪基应该一点前就到了。"

　　弗雷迪点点头。"很高兴再次见到你。"他明显不悦地说，然后关上门。

　　汤姆低声咒骂一句。他轻轻地打开门，听见弗雷迪鞋子踩在楼梯上发出的急促的踏踏声。汤姆想看看弗雷迪出去时有没有碰到布菲家的人。果然他听见弗雷迪用意大利语说"早安，太太。"汤姆将头探过螺旋式楼梯向下望。在往下三层的地方，他瞥见弗雷迪的大衣衣袖。他正用意大利语和布菲太太交谈。布菲太太的声音听起来更清楚一些。

　　"……只住着格林里夫先生，"她说，"不，只住一个人……哪位先生？不，先生……我想他今天一整天都没出门，不过可能是我弄错了！"她笑道。

汤姆把楼梯栏杆当作弗雷迪的脖子，狠命地拧着。接着汤姆听见弗雷迪上楼的脚步声。汤姆退回到屋内，关上房门。他可以继续坚称不住在这里，说迪基在奥特罗餐厅，或者说他不知道迪基人在哪儿；但事到如今，弗雷迪见不到迪基是不会轻易罢休的，或者弗雷迪会拖着他下楼去问布菲太太他到底是谁。

弗雷迪在敲门。门把手在转动。门锁着。汤姆抄起一个厚重的玻璃烟灰缸。烟灰缸太大，他一只手抓不住，只能握住边沿。他只有两秒钟时间考虑：难道没有其他办法了吗？尸体怎么处理？他没时间再想了，这是唯一的解决之道。他用左手开了门，右手拿着烟灰缸往后举，准备狠狠砸下去。

弗雷迪进门来，说道："听着，你可不可以告诉——"

烟灰缸的弧状边沿正中弗雷迪的印堂。弗雷迪一脸茫然。随后他双膝一弯，像一头被铁锤砸中眉心的公牛。汤姆将门踢上，再用烟灰缸边沿重重地朝弗雷迪的后颈砸去。他反复砸了多次，因为心中总是害怕弗雷迪是在装死，冷不丁就会伸出一只巨型胳膊箍住他的双腿，将他摔倒。汤姆对着他的头又砸一下，血流了出来。汤姆暗自咒骂一句。他跑到浴室，取了一条毛巾垫在弗雷迪脑袋下面。他又摸了一下弗雷迪的脉搏，微弱地跳动一下，但仔细一摸又没了，好像他的手指摁停了他的脉搏。过了片刻，脉搏彻底摸不到了。汤姆仔细聆听门后的动静，脑海中浮现出布菲太太站在门前的样子，脸上带着因为不好意思打扰他而挤出的尴尬笑容。但门口一点动静也没有。汤姆想，刚才无论是用烟灰缸砸弗雷迪还是弗雷迪倒地，都没有发出很大的声音。他低头看着弗雷迪山躯般庞大的尸体躺在地板上，瞬间感到一丝恶心和无助。

现在才十二点四十分，离天黑还有好几个小时。他不知道还有没有人在等弗雷迪。说不定现在就在楼下某辆汽车里等。他翻了翻弗雷迪的口袋，掏出一个钱包，在大衣内侧上方口袋里有一本美国护照。一些意大利和其他国家的硬币。一个钥匙包，其中一个钥匙环上挂着两把菲亚特汽车钥匙。他翻开皮夹找驾照，还真找到了。驾照上写得很详细，车子是一辆一九五五年产菲亚特一四○○型敞篷汽车。如果这辆车停在附近，他就能找到。他翻了弗雷迪的每一个口袋，就连黄皮马甲口袋都翻了，却没找到一张停车券。他走到临街的窗前，差点笑了出来，事情原来如此简单：在马路正对面就有一辆黑色敞篷汽车。他虽然没有十足的把握，但基本能确定车内没有人。

他突然知道自己下一步该怎么做了。他开始收拾房间，从酒柜里拿出杜松子酒和苦艾酒，再一想，又拿出佩诺茴香酒，因为后者酒味更浓烈。他把酒瓶放在长条形餐桌上，用高脚杯调制了一杯加了冰块的马提尼鸡尾酒。他先喝了一点，好让杯口有饮过的痕迹，然后将一部分酒倒入另一个杯中，举着杯子来到弗雷迪跟前，用弗雷迪那软绵绵的手指压了压杯子，再拿回到桌上。他看了看弗雷迪的伤口，发现伤口已经不再流血，或许是流得越来越慢，反正没有渗穿毛巾，沾染到地板。他拖着弗雷迪的尸体，将它靠着墙壁，直接用酒瓶灌了一些杜松子酒到弗雷迪的喉咙里。酒下去得并不顺畅，大部分都淌到胸前衬衫上。但汤姆觉得意大利警察估计不会做血液测试，来判断弗雷迪的醉酒程度。汤姆心不在焉地看了看弗雷迪松弛、污秽的面孔，胃里一阵作呕地痉挛。他立即移开视线，绝对不能再看到那张脸。他的头开始嗡嗡作响，仿佛马上要晕过去。

汤姆踉跄地穿过房间，走到临街的窗前，心想现在自己要是晕过去，那就好玩了。他皱着眉头看着楼下那辆黑色敞篷轿车，深深吸了一口新鲜空气，告诉自己，现在不会晕过去。他非常清楚接下来该做什么。最后一刻，为他们俩准备佩诺茴香酒，用另外两个印有他们指纹的杯子盛茴香酒。烟灰缸必须是满的。弗雷迪抽切斯特菲尔德牌香烟。然后是亚壁古道。再找一处坟墓后面黑暗的空地。亚壁古道有长长的一段路没有街灯。弗雷迪的钱包必须消失。目标只有一个：制造一起抢劫案。

汤姆还有数小时的余裕，但他却一直将现场布置妥当后才罢手。十几根点过的切斯特菲尔德牌香烟，还有数量相仿的点过的"巧击"牌香烟，都被掐灭在烟灰缸里。一杯佩诺茴香酒打碎在浴室地砖上，但只清理了一半污迹。虽然汤姆已经把现场布置得十分逼真，他却假想能再有几个小时的时间进行清理——假如弗雷迪的尸体晚上九点被发现，而警方十二点时觉得他值得讯问一番，因为有人可能正巧知道弗雷迪今天去拜访迪基·格林里夫先生了。如果那样的话，他八点之前就必须将一切全部清理干净。根据他编的供词，弗雷迪原本打算七点就离开他的公寓（事实上他也确实七点前就走了）。迪基是个非常爱整洁的人，哪怕喝了点酒，而现在房子这么乱，只是因为乱有乱的好处，能帮他自圆其说。他必须相信自己。

明天上午十点半，他将按原计划前往那不勒斯和帕尔马，除非警方由于某种原因将他扣留。万一明天早晨他在报上看到弗雷迪的尸体被发现，而警方又没有设法联系他，汤姆想，那么他将主动向警方报告弗雷迪在他家一直待到傍晚时分，这样做会显得他心里没鬼。但他又突然想到，法医能发现弗雷迪中午就死了。现在还是大白天，他没法将弗雷迪的尸体弄出去。他现在唯一的希望是，弗雷迪的尸体由于隔了太长时间才被发现，以致法医已经没法判断他死于何时了。他必须在没有任何人发现的情况下，设法将尸体弄出去——譬如他可以若无其事地将弗雷迪的尸体当作醉汉那样扶下楼——如果成功的话,即使他一定要做说明,他可以说弗雷迪下午四点或五点就离开他家了。

汤姆惴惴不安地等了五六个小时,才等到天完全黑下来。他一度都快等不下去了。地板上的尸体像一座大山!他根本不想杀他! 弗雷迪和他那些龌龊、下流的怀疑,完全是没有必要的。汤姆坐在椅子边上,瑟瑟发抖,将手指关节掰得咯吱作响。他想出去走走,又怕留尸体单独在屋里。如果他和弗雷迪待了一下午,聊天喝酒,一定会闹出很大动静。想到这里,汤姆打开收音机,调到某个播放舞曲的频道。他自己喝一杯应该不妨事,反正在杜撰的情节里,他也喝了酒。于是他用冰块又调制了双份马提尼。他并不想喝,但还是一饮而尽。

酒一下肚,更强化了他原先的想法。他站在原地低头看弗雷迪高大壮硕的身躯,裹在轻便大衣里,蜷缩在他脚下。尸体虽然很碍眼,但他现在既没力气也没心情去整理它。他心想,弗雷迪的死是多么倒霉,多么愚蠢,多么难看,多么危险,多么毫无必要! 他死得真惨、真冤。不过弗雷迪也有可恨之处。一个自私、愚蠢的家伙,居然怀疑自己的挚友——迪基当然算得上他的挚友——性偏差,并看不起他。想到"性偏差"这个词,汤姆不禁笑了。连性都没有,哪来的偏差? 他看着弗雷迪的尸首,恶狠狠地低语道:"弗雷迪·米尔斯,你死于自己那肮脏的想法。"

16

汤姆最后还是等到了将近八点，因为七点左右是楼内进出人的高峰时间。七点五十分时，他下楼转了转，确信布菲太太没在大厅来回走动，并且她的房门也没开。他也弄清楚了弗雷迪的车内没有其他人，因为下午三四点钟时他实在忍不住，下去看看那辆车子到底是不是弗雷迪的，顺便把弗雷迪的轻便大衣扔到车后座上。回到楼上后，他跪下来，将弗雷迪的一只手臂搭在自己脖子上，咬紧牙关把他抬起来。他踉跄着，将弗雷迪松垮垮的躯体往自己肩膀上猛地提了提。下午早些时候，他试着举过弗雷迪，想看看自己有没有这个力气，当时他感觉弗雷迪的重量压得他在房间里几乎迈不开步子。现在弗雷迪的重量没有变化，区别在于他知道自己现在必须把弗雷迪的尸体弄走。他让弗雷迪的双脚拖着地，这样能减轻一些重量，并设法用胳膊肘合上房门，开始下楼。一层楼梯刚下到一半时，他停了下来，因为听见二楼有人正走出房间。他一直等到那人下到一楼，出了大门，才又重新缓慢地摇晃着往下走。他把迪基的一顶帽子戴在弗雷迪头上，用来遮掩血迹斑斑的头发。借着在刚才一小时里喝的杜松子酒和茴香酒的酒劲，汤姆如愿以偿地达到理想的醉酒状态，他自认为可以无动于衷且平稳地移动，胆子也大到有些鲁莽的程度，敢闯闯险关而不退缩。第一道险关，也是最危险的，就是还没走到弗雷迪的车子前，他先累倒在地。出门前他曾发誓，下楼时绝不停下来休息。他确实没有停下来休息。除了刚才那个人之外，再没人从房间里出来，也没人从大门进来。在楼上的几个小时里，汤姆内心纠结地把可能发生的一切情况都设想了一遍，他到楼下时布菲太太或她丈夫正好出来怎么办；他晕了过去，和弗雷迪一起被人发现倒在地上怎么办；不得不把弗雷迪放下来休息后，再也抬不起来怎么办？他反复地想象这些可能性，在楼上自己的房间里痛苦地走来走去——结果下楼时却什么意外都没发生，一切出奇地顺利，反而令他觉得犹如神佑，虽然肩膀上的负担很沉。

他透过临街的玻璃门向外望。街面上一切正常：一名男子在对面的人行道上行走，不过话说回来，人行道上总是有人在走路啊。他用一只手把玻璃门打开，再用脚使劲将门向边上一踢，把弗雷迪的尸体拖出门。在通过两扇门中间时，他换了一下肩膀，将脑袋从弗雷迪身下移过来。一瞬间，他心中涌起一股自豪感，很得意自己居然有这么大的力气。不过没多久，换过来的那只放松的手臂疼得他步履蹒跚。这只手臂累得连圈住弗雷迪的力气都没有。他只有咬牙坚持，摇摇晃晃地走下大门前的四级台阶，一屁股靠到门口的石头端柱上。

人行道上一名朝他走来的男子放慢脚步，像是要停下来，不过又走过去了。

汤姆心想，要是有人走过来询问情况，他就朝着对方的脸哈一口酒气，那人就什么都明白了。该死的行人，该死的行人，该死的行人。他跌跌撞撞地走过马路牙子时，暗自在心里詈骂。这些无辜的行人。现在一共有四个。不过只有两个人看了他一眼，汤姆想。他停了一下，让一辆车先过。接着他又快走几步，深吸一口气，将弗雷迪的头和半边肩膀从打开的车窗里塞进去，同时让自己的身体倚住弗雷迪，好歇一口气。他朝四下张望，先瞟了瞟对面马路的路灯灯光，又瞟了瞟他所住的公寓楼投下的黑色阴影。

就在这时，布菲家的小儿子从家里跑到人行道上，不过他没有朝汤姆的方向张望。过一会儿，一名男子横穿马路，走到离弗雷迪车子一码的地方。他略带惊讶地匆匆扫了一眼弗雷迪弯曲的身形，这个姿势现在看起来很自然，汤姆想，就仿佛弗雷迪将身子探进车里，和车里的人在说话。不过要是看他自己的表情，可就不那么自然了，汤姆对此心知肚明。不过这就是在欧洲的好处，人人都不爱管闲事，不愿对他人出手相助。这要是在美国——

"我能帮你吗?"一个人用意大利语问道。

"不,不,谢谢,"汤姆带着酒兴,用意大利语欢快地答道,"我知道他的住处。"他用英语又咕哝一句。

这个路人点点头,笑了笑,又继续赶路。他是个穿薄大衣的男子,又高又瘦,没戴帽子,蓄着胡子。汤姆希望他没记住自己,也没记住这辆车。

汤姆将弗雷迪拽到车门处,拉进来,放到座位上。自己再绕到车子另一侧,将弗雷迪拉到副驾驶的座位上。接着他戴上那副刚塞进大衣口袋里的棕色皮手套,将车钥匙插进仪表盘,车子顺从地发动起来。他们出发了。车子沿着山路往下开到威尼托大街,经过美国图书馆、威尼斯广场、墨索里尼过去发表演讲的阳台、恢弘的埃玛努埃尔纪念碑、古罗马广场、罗马斗兽场、可惜这一路壮观的美景,弗雷迪已经无福消受。弗雷迪在他身旁像是睡着了,这情景就好比一同出游时,你有时候想替对方介绍风景,他却睡着了。

终于来到了亚壁古道。古道在稀疏的路灯柔和的灯光照耀下,显得苍茫古旧。在还不算太黑的天空映衬下,可以看见道路两旁隆起的一座座黑色的坟包。四周还是比较黑。眼前只有一辆车往这个方向来。在一月的夜晚,天黑以后,一般没有人愿意开车走这条荒凉不平的道路,或许情侣除外。前方来车驶过去了,汤姆开始寻找合适的地点。弗雷迪怎么也该躺在一座好看的坟墓后面，他想。前方有一处地点，在马路旁，附近有三四棵树。树后面肯定有坟墓，或者残存的坟墓。汤姆将车停在路旁，熄灭了车灯。他停了片刻，朝着笔直空荡的道路的两边尽头望了望。

弗雷迪的尸体还像橡胶娃娃那样绵软。怎么没有尸僵发生？他现在粗暴地拖着弗雷迪的尸体，任凭他的脸在泥土里剐蹭，绕过最后一棵树，来到一座不过四英尺高的残墓后方。这座墓有一道边沿参差不齐的弧形墓墙，墓主很可能是位古罗马贵胄，完全对得起弗雷迪这个猪猡了，汤姆心想。汤姆咒骂弗雷迪死沉沉的尸首，突然抬腿朝他下巴踢了一脚。他现在累得快哭出来了，不愿再瞧弗雷迪一眼，可是要想彻底摆脱这个人，似乎又遥遥无期。还有那件该死的大衣！汤姆返回车里去取大衣。他走回来时发现，地面又干又硬，应该不会留下脚印。他把大衣丢在尸体旁边，迅速转过身，拖着蹒跚、麻木的双腿，走回车里，调转车头，驶回罗马。

他一边开车，一边用戴手套的手将车门外侧的指纹抹去。汤姆认为车门外侧是他戴手套前唯一用手碰过的地方。他把车子拐向通往美国运通所在的大街，就在佛罗里达夜总会对面。他把车子停好，下了车，钥匙插在仪表板里。弗雷迪的钱包还在他的口袋里，但里面的意大利里拉已经转到他自己的钱夹里，还有一张面值二十元的瑞士法郎和几张奥地利先令的纸币,他在公寓里已经烧掉了。这会儿汤姆将钱包从口袋里掏出来,途经一处下水道格栅时,顺势将钱包丢了进去。

汤姆在走回家的路上想,只有两件事情有破绽:按照常理,劫匪会将弗雷迪那件马球外套顺手拿走,因为那是件名牌货,另外那本美国护照也还在大衣口袋里。不过不是每个劫匪都按常理行事,尤其是一个意大利劫匪,汤姆想。同样,也不是每个谋杀犯都按常理出牌。他的思绪又转回到刚才和弗雷迪的交谈。"……是个意大利家伙,一个小伙子……"肯定有人跟踪过他,汤姆想,因为他从未告诉任何人他的住址。这毕竟是见不得光的事。或许有两三个跑腿小孩知道他住哪里,不过跑腿小孩不可能光顾格雷克咖啡馆这种地方。想到这里,他不寒而栗起来,身子瑟缩在大衣里。他脑海中浮现出一张黑黢黢的年轻脸庞,正气喘吁吁地尾随他一直到公寓大楼,抬头目视他走进房间,点亮灯光。汤姆弓着身子,快步走开,像是在逃避一个狂热变态的追求者。

17

　　第二天早晨八点不到，汤姆就出门买了一份报纸。什么相关新闻也没有。人们可能好多天也不会发现他，汤姆想。不大可能有人会去他弃尸的那个无名残墓附近转悠。汤姆心理上对自身安全不太担心，生理上却非常难受。他宿醉，是那种可怕的、阵阵袭来的宿醉。这种感觉令他做任何事情都半途停下来，甚至连刷牙的时候都要停下来看看他的火车票，到底是十点半还是十点四十五发车。是十点半发车。

　　九点时他已经一切就绪，穿戴整齐，大衣和雨衣也摆在床上。他甚至还告诉布菲太太，他要出门至少三周，甚至更长时间。汤姆觉得，布菲太太举止正常，也没有提到昨天来访的那位美国客人。汤姆试图想找点和昨天弗雷迪问话有关的话题来探探布菲太太的底，但又实在想不出什么可谈的，于是决定作罢，让一切顺其自然。反正现在一切都好。汤姆想从宿醉中摆脱出来，恢复神志，因为他最多只喝了三杯马提尼和三杯佩诺茴香酒。现在的宿醉主要是心理作用，因为他想装作昨天和弗雷迪喝得酩酊大醉，所以才有宿醉的感觉。虽然现在不需要他继续假装下去，但他还是不自觉地继续在装。

电话铃响了。汤姆拿起话筒，阴沉地说道，"喂。"

"格林里夫先生吗？"一个意大利人的声音传过来。

"是我。"

"这里是第八十三警局。您是不是有个美国朋友叫弗莱德-德里克·米-莱斯？"

"弗雷德里克·米尔斯？是的。"汤姆说。

电话那边用急促、紧张的声音告诉他，弗莱德-德里克·米-莱斯的尸体今天上午在亚璧古道被发现。米-莱斯先生昨天曾拜访过他，有没有这回事？

"是的，确有此事。"

"他是什么时候来的？"

"中午时分过来的——大约五六点钟走的，我不是很确定。"

"您能拨冗回答一些问题吗？……不，不用您来警局。我们派人去您家。今天上午十一点钟方便吗？"

"如果可以的话，我很乐意配合，"汤姆用应对这种场合恰如其分的兴奋语调回答道，"不过问话的人能不能现在过来？因为我十点钟必须出门。"

对方咕哝一声，表示不一定能赶过去，但会尽力早点过去。如果他们十点前没到的话，请他务必先不要出门。

"好吧。"汤姆勉强表示同意，挂上电话。

真该死！这样一来，他就会错过火车和轮船了。他现在只想出去，离开罗马，离开他的住处。他把要和警察说的话又过了一遍。其实非常简单，他都练烦了。就是把实际情况胡扯一通。他们在一起喝酒，弗雷迪告诉他在科蒂纳怎么玩的。他们聊了许多事，然后弗雷迪就走了。走的时候，弗雷迪有点喝多了，但是兴致很好。他不知道弗雷迪离开后去了哪里。他猜弗雷迪晚上还有一个约会。

汤姆走进卧室，往画架上放上一张他几天前开始画的画布。调色板上的颜料还是湿的，因为他把调色板放在厨房一个装了水的平底锅里保湿。他又加了点白色和蓝色颜料，开始继续画灰蓝色的天空。整幅画作还是延续迪基褐红和洁白的风格——景致就是窗外罗马的屋顶和墙壁；只有天空例外，因为冬季罗马的天空阴沉沉的，就连迪基也只好把天空画成灰蓝色，而不是蓝色。汤姆对着画作做蹙眉状，这也是迪基绘画时常见的神态。

电话铃声又响了。"真该死！"汤姆咕哝着，走过去接。"喂！"

"喂！是法斯多！"电话那头说，"怎么样了？"接着传来一阵熟悉的、爽朗的年轻人笑声。

"哦，法斯多！我很好，谢谢！抱歉，"汤姆继续用迪基那心不在焉的声音笑着说，"我正在用功画画——真用功。"汤姆现在用的声调是精心设计过的，既像刚失去挚友后迪基的声音，又像某个普通上午正沉湎于绘画中的迪基的声音。

"你能不能出来吃午餐？"法斯多问，"我坐下午四点十五分的火车去米兰。"

汤姆装作像迪基那样叹口气，说道，"我正要出发去那不勒斯。是的，马上出发，二十分钟后吧！"他想，如果他现在可以摆脱法斯多，他就不必让法斯多知道警察打过电话。关于弗雷迪的消息至少要到中午或晚一点才会出现在报纸上。

"可是我人就在这里！ 在罗马！ 你家在哪里？我在火车站！"法斯多开心地笑着说。

"你从哪儿知道我的电话号码？"

"啊，是这样的。我打电话到查号台，他们说你没把号码公开，但我对查号台的小姑娘编了一个长长的故事，说你在蒙吉贝洛中了彩票。我也不知道她信不信，反正我讲得煞有介事。一幢房子、一头奶牛、一口井，还有一台冰箱。她挂了我三次电话，但最后还是把号码给我了。就这样，迪基，你现在在哪儿？"

"我在哪儿并不重要。如果不赶火车的话，我想和你吃午饭，但是——"

"这样也行，我可以帮你提行李！告诉我你在哪儿，我坐出租车去找你！"

"时间太紧了。要不我们半小时后在火车站见面怎么样？我坐十点半的火车去那不勒斯。"

"没问题！"

"玛吉怎么样？"

"啊——她爱死你了，"法斯多大笑道，"你到了那不勒斯，和她见面吗？"

"恐怕不会。我们几分钟后见，法斯多。动作快一点，再见！"

"再见，迪基，再见。"他挂了电话。

等到法斯多今天下午看到报纸，就会知道他为什么爽约了。要不然，法斯多还以为他俩走岔了。不过法斯多很可能中午就会看到报上的消息，汤姆想，因为意大利报纸会把这件事大大渲染一番——一个美国人在亚壁古道被谋杀。和警方会面后，他将乘坐另一趟火车去那不勒斯——四点之后的火车，到时法斯多就不在火车站了——他到那不勒斯后，再等下一班轮船去马洛卡。

他只企盼法斯多别故技重施，从查号台把他的地址套出来，然后四点之前就过来了。他不希望法斯多在这里撞见警察。

汤姆将两只行李箱塞进床底下，将另一个行李箱放进壁橱，合上壁橱门。他不想让警察以为他即将离城。但他何必如此紧张呢？警察现在手上很可能什么证据都没掌握。或许弗雷迪的某个朋友知道他昨天去见迪基了，不过也就仅此而已。汤姆拿起画笔，在盛放松节油的杯子里蘸蘸。为了麻痹警察，他在等待时故意画了几笔画，使自己看起来并没有因为弗雷迪的死讯感到太难过；虽然他穿着出门的衣服，但是之前他就说过他准备出门。他会表现得只是弗雷迪的普通朋友，并不是密友。

布菲太太十点半让警察进了门。汤姆从楼梯往下看，望见了他们。他们并没有停下来问布菲太太任何问题。汤姆走回自己房间。房间里还有刺鼻的松节油味。

一共来了两名警察：其中岁数大一点的穿着警官制服，年轻点的警察穿着普通警服。岁数大的警察彬彬有礼地和他打招呼，并要求看他的护照。汤姆拿出护照，这位警官目光锐利地将汤姆和护照上迪基的照片做了对比，此前从未有人这么仔细地比对过。汤姆抱着臂膀准备迎接考验，但是什么也没发生。警官微微躬身，微笑着把护照还给他。他是个小个子中年男人，和千千万万其他意大利中年男人一样，长着粗壮的灰黑眉毛和胡子，看起来并不特别聪明，但也不笨。

"他是怎么死的？"汤姆问。

"被人用重物击中头部和颈部，"警官答道，"遭到抢劫。我们认为他当时喝醉了。他昨天下午离开你家时，喝醉了吗？"

"呃——有点儿。之前我们一直在喝酒。我们喝的是马提尼和佩诺茴香酒。"

警官在记录本上记下这些事情，以及汤姆说弗雷迪在他家待的时间段——大约从中午十二点到下午六点。

那位年轻的警察相貌英俊，面无表情，背着双手在屋内溜达。他弯腰看着画架，神情轻松，像是在博物馆里独自欣赏名画。

"你知道他从你家离开后，要去哪里吗？"警官问道。

"我不知道。"

"你觉得他当时能开车吗？"

"噢，是的。我觉得他应该可以开车，否则我就会陪他一起走了。"

警官又问了一个问题，汤姆假装没听明白。警官换了措辞，又问了一遍，并和年轻警察相视一笑。汤姆挨个瞥了他俩一眼，目光中微微带着愤恨。警官想知道他和弗雷迪的关系如何。

"就是普通朋友，"汤姆说，"算不上很亲密。在此之前，我有两个月没有见过他了，也没收到他的来信。今天早晨听到噩耗，我很难过。"汤姆故意显出焦急的神情，以弥补自己词汇的贫乏。他觉得这招奏效了。他觉得这番问讯非常草率，他们很快就会离开。"他是什么时候遇害的？"汤姆问。

那位警官还在本子上记录着。他扬起粗壮的眉毛。"显然就在离开你家之后不久。法医确信，他的死亡时间至少有十二小时，甚至更长。"

"那他何时被发现的？"

"今天凌晨时分，被一个过路的工人发现的。"

"天啊！"汤姆喃喃地说。

"他昨天离开时，一点都没提去亚壁古道游玩的事？"

"没有。"汤姆说。

"昨天米-莱斯先生走后，你在做什么？"

"我就待在家里。"汤姆摆了一个双手摊开的姿势，这也是在模仿迪基。"小睡一会儿，然后八点或八点半，下楼走了走。"昨晚大约八点四十五分左右，同楼一个汤姆不知道姓名的男子，看见汤姆回来，他们还打招呼了。

"你是一个人下去散步吗？"

"是的。"

"米-莱斯先生是独自离开这里的吗？他会不会去见某个你认识的人？"

"不，他没这么说。"汤姆不知道弗雷迪在旅馆是否有朋友，或是和朋友住在其他地方。汤姆希望警方不要找弗雷迪那些也认识迪基的朋友，来和他对质。现在他的姓名——

理查德·格林里夫将会出现在意大利的报纸上，汤姆想，还有他的住址。他又得搬家。真是糟糕透顶。他暗自咒骂一声，那位警官注意到他这个动作，但这更像是对弗雷迪悲惨命运发出的不平之鸣，汤姆想。

"就这样吧——"警官笑着合上记事本说道。

"您觉得会是——"汤姆搜肠刮肚想表达小流氓这个词，"有暴力倾向的男孩干的吗？有什么线索吗？"

"我们正在检查汽车，看看能不能发现指纹。凶手可能是搭他顺风车的人。汽车今天早晨在西班牙广场附近被人发现。到了今天晚上，我们可能会有一些线索。十分感谢，格林里夫先生。"

"不客气！如果还需要我进一步帮忙——"那位警官在门口转过身。"万一还有其他问题的话，这几天我们可不可以来找您？"

汤姆迟疑了一会儿，"我计划明天动身前往马洛卡。"

"但是我们可能会问您，嫌疑人会是什么样的人？"警官解释道，"你也许能告诉我们嫌疑人和死者的关系。"他边说边做着手势。

"好吧。不过我和米尔斯没那么熟。他在罗马有比我更亲近的朋友。"

"是谁？"警官合上门，又拿出记事本。

"我不知道，"汤姆说，"我只知道，他在这里肯定有几个朋友，比我更了解他。"

"很抱歉，但我们仍希望这几天能找到您。"他语气平静地重复一遍刚才的话，好像汤姆只能照办，哪怕他是美国人。"确定您可以离开时，我们会尽快通知您的。如果您已经制定旅行计划，我感到很抱歉。也许您现在取消还来得及。再见，格林里夫先生。"

"再见。"他们关上门后，汤姆还站在那儿。他可以搬到旅馆去，只要告诉警方哪家旅馆即可，汤姆想。他不想弗雷迪的朋友或迪基认识的人，在报上看到地址后找到这里。他试着站在警方的立场来评估自己目前的举动。他们现在还没有怀疑他。在得知弗雷迪的死讯时，他并未表现出惊恐的样子，不过这也从一个侧面印证了他和弗雷迪不是太熟。对，现在形势还不算太糟，除了他必须随叫随到。

电话铃响了，汤姆不想去接，因为他觉得电话是法斯多从火车站打来的。现在是十一点零五分，开往那不勒斯的火车已经发车了。电话铃声停止后，汤姆拿起话筒，给英吉尔特拉酒店打电话。他订了一个房间，说半小时后到；接着他又给警察局打了个电话——他记得是第八十三警局——结果费了将近十分钟的口舌，因为警察局居然找不到认识或关心理查德·格林里夫先生的人。最后他只好留言，说如果要找理查德·格林里夫先生，请去英吉尔特拉酒店。

不到一个小时，他就来到英吉尔特拉酒店。看着他的三个行李箱，两个迪基的，一个他自己的，他沮丧万分；本来他整理这些行李是另有安排，没想到却成了现在这个局面！

他中午时出去买报纸。各大报纸都刊载了这条消息：美国人在亚壁古道遭谋杀……美国人弗雷德里克·米尔斯昨晚在亚壁古道惨遭谋杀……亚壁古道美国人谋杀案毫无线索……汤姆一字不漏地读着。看来至少目前确实毫无线索，没有痕迹，没有指纹，没有嫌疑人。但每份报纸都刊登了理查德·格林里夫的姓名，并公布了他的地址，说那儿是最后见到弗雷迪的地方。然而没有一家报纸暗示理查德·格林里夫有作案嫌疑。报上说米尔斯生前喝了好几样酒，并用典型的意大利报道风格臆断一番，从苏格兰威士忌、白兰地，到香槟和格拉巴酒，唯独漏了杜松子酒和佩诺茴香酒。

午餐时间，汤姆一直待在酒店里，在房间里来回踱步，心情压抑，有身陷牢笼之感。他打电话联络罗马那家卖给他船票的旅行社，想要取消行程。旅行社说只能退给他百分之二十的票钱。而且五天之内都没有再开往帕尔马的客轮。

下午两点钟左右，他的电话急切地响起来。

"喂。"汤姆用迪基焦躁不安的语调说道。

"是我，迪克，我是范·休斯敦。"

"哦——"汤姆说话的口气好像认得他，但这个字眼却没有传达过分的惊讶或热情。

"你还好吧？好久没联系了。"对方沙哑、紧张的声音问道。

"是啊，没错。你在哪儿？"

"我在哈塞拉酒店。正在和警方一起检查弗雷迪的行李箱。听着，我要见你。弗雷迪昨天到底怎么啦？昨天晚上我找了你一晚上，你知道吗，因为弗雷迪按理说应该六点就回来。可是我没有你地址。昨天到底怎么啦？"

"我也想知道怎么回事！弗雷迪六点左右从我这里走的。我们俩喝了不少马提尼，不过他看上去能开车，不然我肯定不会让他走。他说他的车子停在楼下。我不知道后来具体发生了什么事情，或许他给人搭顺风车，结果那些人开枪打死他。"

"可是弗雷迪不是被枪打死的。我想得和你一样，一定有人强迫他往市郊开，或者杀了他后开过去，因为前往亚壁古道，要横穿整座城市。而哈塞拉酒店离你住的地方，只隔几条马路。"

"弗雷迪以前晕厥过吗？开车的时候？"

"听着，迪基，我可以见你吗？我现在有空，只是今天暂时不能离开酒店。"

"我也不能离开酒店。"

"哦，那就这样好了，你留个便条，说你去哪儿，然后就过来吧。"

"不行，范。警察半小时后还要来，我得待在这里。你再稍晚点给我打电话，好吗？也许我今天晚上可以和你见面。"

"好吧。那我什么时候给你打电话合适？"

"六点左右。"

"好的，振作点，迪基。"

"你也一样。"

"再会。"电话那头有气无力地说道。

汤姆挂断电话。范说到最后，听上去都快要哭了。"喂。"汤姆拨电话给饭店总机，留言说除了警察，谁的电话都不要接进来，并说警方让任何人都不要接近他。一个都不准。

果然整个下午电话铃都没响。八点左右，天黑了，汤姆下楼去买晚报。他在酒店面积不大的大堂四下张望，并朝大堂的酒吧里望了望，酒吧的门正对着大厅。他想知道范是不是找到这里。他做好了一切心理准备，甚至都想好万一玛吉坐在这里该怎么办；可是连一个警方密探模样的人都没有。他买了晚报后，在几条街之外，找了一家小餐馆，开始读报。这个案子还是一点线索也没有。他从报上得知，范·休斯敦是弗雷迪的密友，二十八岁，和弗雷迪一道从奥地利来罗马度假。他们这次行程的终点本来是佛罗伦萨，两人都在那里有住所。警方已经侦讯了三个意大利青年，两个十八岁，一个十六岁，怀疑他们"犯了命案"，但后来这三位年轻人都被释放了。当汤姆读到米尔斯那辆"时尚的菲亚特1400敞篷车"上没发现新留下的和有用的指纹时,他松了一口气。

汤姆慢慢地品尝煎小牛排,时不时抿一口葡萄酒,目光却将各大报纸临排版前放上去的最新新闻扫了一遍。没有关于米尔斯案的进一步消息。但在最后一份报纸的最后一页,他读到下面的文字:

圣雷莫附近深海发现一艘带血迹的沉船

他快速地浏览了一遍,内心的恐惧感较之拖着弗雷迪的尸体下楼或接受警方问讯更甚。哪怕仅仅只读了新闻的标题,已经像是报应来了,噩梦成真。新闻对沉船做了详细的描述,一下子把当时的场景又带回眼前,迪基坐在船首油门杆旁,迪基朝他微笑着,迪基的尸体在水里渐渐沉没,只剩下一串串水泡。新闻说,船上的污迹很有可能是血迹,但这尚不肯定。新闻也没说警方或其他任何人将会对此事件有何行动。但警方将来肯定会调查的,汤姆想。船主很可能会告诉警方船只是哪天失踪的。警方接着顺藤摸瓜,排查当天各旅馆的住宿情况。说不定那位意大利船主还记得,是两名美国人租的船,最后他们连人带船都没回来。如果警方肯下工夫,去查查事发时几家旅馆登记住宿的情况,理查德·格林里夫这个名字一定会很醒目地映入眼帘。当然，如果那样的话，失踪的人就成了汤姆·雷普利。那天汤姆·雷普利可能被谋杀了。汤姆的思绪朝几个方向发散：假如他们搜寻迪基的尸体并找到了，怎么办？他们现在会认为尸体是汤姆·雷普利的。迪基会被怀疑犯下谋杀罪。同理，迪基也被怀疑谋杀了弗雷迪。一夜之间，迪基将会成为"杀人狂"。另一方面，那位意大利船主也有可能记不住船是哪天失踪的。就算记住了，警方也不一定会去核查旅馆。意大利警方不一定会对此事过于上心。一切都是也许。

汤姆将报纸折叠起来，结账走了出来。

他问酒店的前台有没有给他的留言。

"有的，先生。这个，这个和这个——"酒店前台人员像玩扑克牌的人打出一手同花顺那样，将留言一一摊在柜台上。

有两条留言来自范，一条来自罗伯特·吉尔伯森（迪基的通讯录里难道没有罗伯特·吉尔伯森这个人吗？查查看），一条是玛吉留的。汤姆拿起来仔细阅读上面的意大利文：舍伍德小姐下午三点三十五分来过电话，她会再次打过来，这是从蒙吉贝洛打过来的长途。

汤姆向前台接待员点点头，将留言全部拿走。"十分感谢。"他不喜欢接待员在柜台后面的那副表情。意大利人就是好奇心重！

上楼后，他略向前倾地蜷着身子，坐在摇椅上，吸烟沉思。他在努力盘算，自己现在如果什么都不做，照理会发生什么，如果自己主动出击，又会导致什么新情况。玛吉很有可能会来罗马。她显然会向罗马警方要他的地址。如果她过来，他将不得不以汤姆的身份见她，并让她相信迪基只是外出一小会儿，就像他和弗雷迪说的那样。万一他失败……汤姆紧张地搓着手掌。他一定不能和玛吉见面，这点至关重要。尤其是现在，沉船事件正在发酵。如果他见了玛吉，一切将变得不可收拾！一切就全完了！如果他能静观其变，很可能什么事都没有。此时此刻，就是因为沉船事件和悬而未决的米尔斯·弗雷迪谋杀案叠加在一起，才造成现在的小危机，让局面变得困难。但只要他坚持不懈，对每个人都见机行事，那就什么事都不会有。以后又会一帆风顺的。他会远走高飞，去希腊，去印度、斯里兰卡，去某个遥远的地方，那儿不会有旧友找上门来。他原来的想法真愚蠢啊，居然想待在罗马！他可以去中央火车站，或者去卢浮宫看展览啊。

他打电话到火车站，询问明天开往那不勒斯的火车，有四五班。他把所有班次的时间都记下来。五天后才有船从那不勒斯到马洛卡，这段时间他得在那不勒斯消磨时光。他现在需要的是警方解除对他的扣留。如果明天什么事都没发生，他就能重获自由。他们不能只是因为需要偶尔盘问一下，就无缘无故地永远扣留一个人。他开始觉得自己明天会获得自由，他重获自由是非常顺理成章的事。

他又拿起电话，告诉楼下的前台接待员，如果舍伍德小姐再打电话过来，他现在可以接她电话了。如果玛吉再打电话来，他想，他用两分钟就可以让她相信一切正常，弗雷迪谋杀案和他一点关系都没有，他搬到旅馆住是为了躲掉陌生人打过来的骚扰电话，但警方还是能联系上他，以便让他指认抓到的任何嫌疑人员。他还会告诉玛吉，他明天或后天就要飞往希腊，因此她不必来罗马了。他想，其实他可以从罗马乘飞机去帕尔马。他以前根本没想到这点。

他躺在床上，累了，但不准备脱衣服。因为他预感今晚还会有事情发生。他还在专心想着玛吉。他设想此时此刻，玛吉也许会坐在吉奥吉亚酒店，或者待在米拉马雷酒店的酒吧里，慢慢地品尝"汤姆柯林斯"鸡尾酒，内心还在犹豫是否该再次打电话给他。他能想象玛吉现在的样子，双眉紧蹙，头发蓬乱地思索着在罗马发生的事情。她一定是在独酌，不会和任何人说话；他看见她起身回家，拿着手提箱搭明天中午的巴士；他假想自己站在邮局前面的马路上，冲她大喊不要去，试图阻拦巴士，但它还是开走了……

这场幻境最后旋转着消失在一片黄褐色之中，蒙吉贝洛沙滩的颜色。汤姆看见迪基朝他笑着，穿着他在圣雷莫时穿的那件灯芯绒外套。外套湿乎乎的，领带滴着水。迪基弯腰摇着他的身体。"我游回来了!"他说,"汤姆,醒醒! 我没事! 我游回来了! 我还活着!"汤姆扭动身子,想摆脱迪基。他听见迪基朝他大笑,迪基的笑声爽朗愉快、中气十足。"汤姆!"迪基的音色醇厚、丰富,是他无论如何也模仿不出来的。汤姆站起身来,觉得自己的身子像灌了铅一样,动作迟缓,像是努力从深水里立起来。

"我游回来了!"迪基的声音在汤姆的耳朵里大声回荡着,好像从一段长长的隧道传过来。

汤姆朝房间四周环视,在落地灯黄色的光影里寻找着迪基,在高大的衣柜黑暗的角落里寻找着迪基。汤姆觉得自己眼睛睁得溜圆,惊恐万状。虽然他明白自己的恐惧毫无根据,但他还是四处寻找迪基,窗户半拉的窗帘下面,床肚底下的地板。他挣扎着从床上起来,摇摇晃晃地走过房间,打开一扇窗户,然后是另一扇。他觉得自己被人下了迷药。肯定是有人在我酒里放了东西,他突然冒出这个念头。他在窗户底部跪下来,呼吸着冷空气,竭力与昏沉沉的感觉抗争,好像自己要不使出浑身解数,这种感觉会将他吞没。最后他走进浴室,将脸在脸盆里浸湿,昏沉沉的感觉总算渐渐消除了。他知道自己没被下药。他只是一时让思绪失控,头晕脑涨而已。

他站直身子,冷静地解下领带。他按照迪基的方式来行动,脱掉衣服、沐浴、穿上睡衣、躺到床上。他试着去想,如果迪基是他的话，现在会想什么。他一定会想他的母亲。她最后一封信里附了几张照片，照片上她和格林里夫先生坐在客厅喝咖啡。这场面让汤姆回忆起那天晚上他和格林里夫夫妇晚餐后喝咖啡的情景。格林里夫太太说，这些照片都是格林里夫先生抓拍的。汤姆开始构思写给他们的下一封信。他们很高兴他现在信写得更勤了。他必须在信上让他们对弗雷迪案放心，因为他们也知道弗雷迪。格林里夫太太还在一封信里提到过弗雷迪。但汤姆一边构思信的内容，一边留意电话铃声，这让他的注意力无法集中。

18

　　他醒来后想到的第一件事就是玛吉。他拿起电话问前台，玛吉夜里有没有打电话过来。没有。他有可怕的预感，觉得玛吉正在来罗马的路上。想到这里，他迅速跳下床。可是在完成例行的梳洗沐浴时，他的想法又发生了变化。他干嘛要这么担心玛吉？他对玛吉一直能应付裕如。况且，她不可能在五点或六点前赶到这里，因为从蒙吉贝洛到罗马的首班车中午才发车，而她不大可能坐出租车去那不勒斯。

　　也许他今天早晨就可以获准离开罗马。十点钟他要打电话到警局问个究竟。

　　他点了拿铁咖啡和面包卷送到房间，还有晨报。奇怪的是，报上没有一则关于米尔斯谋杀案或圣雷莫沉船的报道。他又感到蹀躞和恐惧，这种恐惧感和昨晚臆想迪基站在房间里时令他害怕的感觉一模一样。他把报纸扔到椅子上。

　　电话铃声响了，他应声跃起。打电话来的不是玛吉就是警察。

"喂？"

"喂。楼下有两位警察要见您，先生。"

"好的，请他们上来。"

没多久他就听见外面走廊的地毯上传来脚步声。仍是昨天那位年长的警官，但带来一位不同的年轻警员。

"早上好，先生。"那位警官微微鞠躬，彬彬有礼地和他打招呼。

"早上好，先生，"汤姆说，"你们有什么新发现吗？"

"没有。"警官用疑问的口气道。他接过汤姆递过来的椅子坐下，打开棕色皮革公文包。"有件事想和您核实一下。您有一位美国朋友叫托马斯·利普利吗①？"

"没错。"汤姆说。

"你知道他现在在哪里吗？"

"我想他应该一个月前就回美国了。"

警官参阅了一下他的文件。"好的。不过这还有待美国移民署确认。瞧，我们现在正在找托马斯·利普利。我们认为他可能已经死亡。"

"死亡？为什么？"

警官的嘴唇隐藏在铁灰色的浓密胡须后面，每说一句话，嘴唇就一抿，像是带着笑意。这笑意昨天也让汤姆有点

① 此处意大利警官发音不够标准。

走神。"你十一月份和他去圣雷莫玩了一趟，是吧？"

看来他们已经查过酒店的住宿名单了。"是的。"

"你最后一次见到他是什么时候？是在圣雷莫吗？"

"不是，我在罗马还见过他呢。"汤姆记得他对玛吉说过，他从蒙吉贝洛回罗马后还要帮迪基安顿下来。

"那你最后一次见到他是什么时候？"

"我记不清具体哪一天了。大概是两个月前。我想我曾收到他从热那亚寄来的一张明信片，上面说他准备回美国。"

"你想？"

"我记得我收到过，"汤姆说，"你们为什么认为他死了？"

警官满腹狐疑地看着带表格的文件，汤姆瞥了眼那位年轻的警员，只见他双臂交叉地靠在写字台旁，面无表情地盯着自己。

"你和托马斯·利普利在圣雷莫驾船出游过吗？"

"驾船出游？在哪里？"

"你们没开小艇在港口附近转转吗？"警官语气平静地看着他继续问道。

"我想我们是这么干过。是的，我记起来了。不过那又怎样？"

"因为现在发现一艘沉船，上面的污渍怀疑是血迹。这艘小艇是十一月二十五日失踪的。当时这艘出租小艇没有返回码头。十一月二十五号,你是不是和利普利先生在圣雷莫?"警官的眼睛一直注视着汤姆。

汤姆被警官温和的目光触怒了。他觉得这是个圈套。但汤姆竭尽全力让自己的举止表现正常。他想象自己灵魂出窍,旁观眼前这一幕。他甚至改变了一下自己的站姿,将一只手搭在床尾,这样显得更放松一些。"不过我们驾艇出游时一切正常,没发生任何意外。"

"你们把小艇开回来了吗?"

"当然。"

警官继续盯着他。"十一月二十五号之后,我们在所有旅馆都再也查不到利普利先生的住宿信息。"

"是吗? ——你们找了多久?"

"虽然尚未查遍意大利的每个小村庄,但主要大城市的旅馆我们都查过了。我们发现十一月二十八日到三十日,你在哈塞拉酒店有住宿记录。那么——"

"汤姆和我在罗马不住在一起——我是指雷普利先生。那段时间他去了蒙吉贝洛,在那里待几天。"

"那他来罗马住在哪里?"

"住在一家小旅馆。我不记得叫什么名字,我也没去找过他。"

"那你在哪里?"

"你是指什么时候？"

"十一月二十六号和二十七号。就是你们刚从圣雷莫回来时。"

"在马尔米堡，"汤姆答道，"我顺路在那里待了一阵子。我住在一家提供膳宿的小旅店。"

"哪一家？"

汤姆摇摇头。"我记不起名字了。反正是一家小旅店。"毕竟，他想，反正玛吉可以证明汤姆离开圣雷莫后，曾活生生地出现在蒙吉贝洛，所以警方又何必要调查二十六号和二十七号迪基·格林里夫住在哪家旅店呢？汤姆在床边坐下来。"我不明白你们为什么认为汤姆·雷普利死了？"

"我们是觉得，肯定有人在圣雷莫死亡，"警官答道，"有人在小艇上被杀死了。正因为如此，小艇才被凿沉，目的是为了掩盖血迹。"

汤姆皱起眉头。"那些肯定是血迹吗？"

警官耸耸肩。

汤姆也耸耸肩。"在圣雷莫，那天有好几百人租汽艇。"

"没有那么多。大概三十个。真的，可能就是这三十人中的一个——或者十五组人中的一组。"说完他笑了笑。"我们并不掌握所有这些人的姓名，但我们觉得是托马斯·利普利先生失踪了。"警官的目光转向房间的一隅，脑子里可能又想起什么事情，汤姆从他脸上的表情得出这样的判断。还是他正享受椅子边上电暖气带来的暖意？

汤姆不耐烦地再次跷起二郎腿。现在这个意大利家伙脑子里怎么想的已经很清楚了：迪基·格林里夫两次身处谋杀案现场或现场附近。那位下落不明的托马斯·利普利十一月二十五日和迪基曾驾艇出游。以此类推——汤姆皱着眉头，坐正身子。"你的意思是，你不相信我十二月一日左右在罗马见过汤姆·雷普利？"

"不，不，我没这么说，真的没有！"警官连忙安抚道，"我只想了解一下，从圣雷莫回来后，你和利普利先生的行程，因为我们现在找不到他了。"说着他又笑了，灿烂的笑容具有示好性质，露出一嘴黄牙。

汤姆怒气冲冲地耸耸肩，心情却放松下来。显然目前意大利警方还不打算公然指控他这位美国公民犯有谋杀罪。"很抱歉我无法确切地告诉你们汤姆现在在哪里。你们为什么不去巴黎或热那亚查查？他一般住在小旅馆。他对小旅馆有偏爱。"

"你收到过他从热那亚寄来的明信片吗？"

"没有，我没收到过。"汤姆说。他用手捋捋头发，就像迪基有时生气时做的那样。他现在感觉好多了，于是又把注意力放回装扮成迪基这件事上，在地上走了一两个来回。

"你认识托马斯·利普利的朋友吗？"

汤姆摇摇头。"不认识，我和汤姆都不太熟，至少我们认识的时间并不长。我不知道他在欧洲有没有很多朋友。我记得他说他在法恩莎有个熟人。在佛罗伦萨也有。但我都不记得他们的名字了。"如果这个意大利佬认为他是故意保护汤姆的朋友免受警方问讯，就让他这么想去吧，汤姆思忖。

"好的，我们会去查查。"警官道。他把文件收好。他在文件上做了很多记录。

"趁着你们还没走，"汤姆用他一贯的拘谨而又坦诚的语气问道，"我想问问我何时能离开罗马。我打算去西西里，如果可以的话，我很想今天就出发。我准备住在帕勒莫的帕尔马酒店。你们要找我，轻易就能找到。"

"帕勒莫，"警官重复了一遍，"可以，可能会行得通。我可以用一下这里的电话吗？"

汤姆点燃一根意大利香烟，听警官向一个名叫奥利西奥的警察局长请示。警官不带感情地汇报说，格林里夫先生不知道利普利先生的下落。格林里夫先生认为，他可能回美国了，或者去了法恩莎或佛罗伦萨。"法恩莎，"他又认真地说了一遍，"就在博洛尼亚附近。"等警察局长听明白后，警官又说格林里夫先生今天想去帕勒莫。"好的，好的，"警官转身笑着对汤姆说，"可以了，你今天可以去帕勒莫。"

"太好了，谢谢！"他把两位警察送到门口。"如果你们知道汤姆·雷普利的下落，请也告诉我一声。"汤姆诚恳地说。

"那当然，我们一定会通知你，先生。再见。"

等警察走后，汤姆吹着口哨将拿出去的衣物又重新放进行李箱。他很得意自己刚才随机应变，将马洛卡换成西西里，因为西西里还在意大利境内，而马洛卡在境外。如果他继续待在意大利，警方让他自由活动的可能性就更大一些。他是突然想起汤姆·雷普利的护照上并没有在圣雷莫—戛纳之旅后再次进入法国的记录，才想起这个说辞的。他记得他曾告诉玛吉，汤姆·雷普利要去巴黎，然后从巴黎回美国。如果警察问玛吉，汤姆·雷普利从圣雷莫回来后，是否回过蒙吉贝洛，她也许会顺带提及他后来去巴黎了。而万一他必须变回汤姆·雷普利，并且向警方出示护照，他们会发现他从戛纳回来后，就没再入境法国。不过对此他可以解释说，他在告诉迪基后又改变了主意，决定继续留在意大利。这不是什么大不了的事。

汤姆整理到一半时，突然站直身子。这一切会不会是个圈套？他们放他去西西里，表面上装作不怀疑他，其实暗地里在放长线钓大鱼？那个警官是个狡猾的混蛋。他说过一次他的名字，叫拉维利还是拉维雷利？不过就算放长线，又能钓到什么大鱼呢？他已经明白无误地告诉他们自己的去向。他也不打算逃避什么。他只想离开罗马，想得快发疯了！他把最后几样东西扔进行李箱，啪地一声合上盖子锁好。

电话铃又响了! 汤姆拿起话筒。"喂?"

"噢,迪基!——对方上气不接下气。"

是玛吉,现在就在楼下,他从声音能听出来。他慌忙换成汤姆的声音,"你是哪位?"

"是汤姆吗?"

"玛吉! 你好啊! 你在哪儿?"

"我就在楼下。迪基在吗? 我能上来吗?"

"你可以五分钟之后上来,"汤姆大笑道,"我还没穿好衣服呢。"前台人员向来会将访客带到楼下一个小隔间打电话,他想。他们应该不会听见电话内容。

"迪基在吗?"

"暂时不在。他半小时前刚出去,不过随时可能回来。你要是想找他,我知道他去了哪儿。"

"他去哪儿了?"

"在第八十三警察局。不,对不起,我说错了,是八十七警察局。"

"他有什么麻烦吗?"

"没有,就是接受讯问。警察要他十点到。要我把地址给你吗?"他后悔自己刚才用汤姆的声音接电话,他本可以扮作用人、迪基的朋友,什么人都可以,然后告诉玛吉迪基已经出门好几个小时了。

玛吉咕哝一声。"不,不了。我还是等他吧。"

"地址找到了!"汤姆像是真找到似地说道,"佩鲁贾大街二十一号。你知道那地方吗?"汤姆自己也不知道警局在哪儿,但他想把玛吉引向美国运通办事处的相反方向。他离开罗马前,想去美国运通取信件。

"我不想去,"玛吉说,"我想上来陪你一起等他,好吗?"

"恩,是这样——"他朗声笑道,是玛吉真切熟悉的汤姆标志性的笑声。"我正在等一个人,他随时会到。是一次工作面试。关于工作的。你信不信,不靠谱的老雷普利居然要上班了。"

"哦。"玛吉的语气表明她对此事毫无兴趣。"那么,迪基到底怎么啦?他为什么要上警局谈话?"

"噢,就是因为他那天和弗雷迪喝了几杯。你看报了吗?报纸将这个案子的重要性渲染了十倍,就因为条子们一点线索都没有。"

"迪基在这里住多久了?"

"这里?噢,才刚住了一晚。我之前一直在北部,听说弗雷迪这事后,才来罗马看他。要不是警察,我根本找不到迪基。"

"你还说呢!我拼命去警察局找人!我担心死了,汤姆,他至少可以打个电话给我——打到吉奥吉亚旅馆或其他什么地方——"

"你来罗马我真是太高兴了，玛吉。迪基见到你一定会乐开花了。他生怕你看了报纸上的消息后会有什么想法。"

"噢，是吗？"玛吉不相信地问，但声音听起来很开心。

"你到安吉洛酒吧去等我好吗？就在旅馆前通往西班牙广场台阶的那条路上。我看能不能五分钟后溜出去和你喝杯酒或咖啡，怎么样？"

"好的。可是旅馆内就有酒吧。"

"我可不想让未来的老板撞见我在酒吧里。"

"那好吧。是在安吉洛吗？"

"你一定能找得到。就在酒店正前方那条街上。再见。"

打完电话，他继续将行李整理完。除了衣柜里的大衣，其他东西他全部整理好了。他打电话给前台，说准备结账，并要求派人来给他提行李。然后他将一堆行李整齐地交给门童，自己从楼梯下楼。他想看看玛吉是否还在旅馆大堂等他，或是又在打其他电话。刚才警察来的时候，她肯定还没到，汤姆想。从警察走后到玛吉来，中间隔了差不多五分钟。他戴了顶帽子以遮盖已经变淡的头发，穿上新风衣，并换上汤姆·雷普利那副腼腆的、略显惊恐的表情。

玛吉不在大堂。汤姆付了账，前台又交给他一封留言：范·休斯敦来过这里。这封留言是范亲笔写的，写于十分钟前。

等了你半个钟头。你难道不出来走走吗？他们不让我上去。打电话到哈塞拉找我。

范

也许范和玛吉会撞上。如果他俩认识的话，现在说不定一起坐在安吉洛酒吧里呢。

"如果再有人找我，请告诉他们我离开罗马了，好吗？"

"好的，好的，先生。"

汤姆走向门外等候他的出租车。"我要去美国运通。"他告诉司机。

司机没有走安吉洛酒吧所在的那条街。汤姆松了口气，暗自庆幸。他最庆幸的是，自己昨天紧张得不敢待在公寓里，选择来旅馆住。若还住在公寓，他就没法摆脱玛吉。她会从报上查到地址。到时候，即使他还耍今天同样的花招，玛吉也会坚持要上楼来等迪基。他真是太走运了！

他在美国运通收到三封信，其中一封是格林里夫先生写来的。

"今天过得如何？"递给他信的那位意大利姑娘问道。

她一定看过报纸了，汤姆想。他对着那张天真好奇的脸蛋笑了笑。姑娘名叫玛利亚。"挺好的，谢谢。你怎么样？"

他转身准备离开时，突然想到他今后绝不能用美国运通罗马办事处作为汤姆·雷普利的通信地址，因为有两三个办事员已经认得他了。目前他用美国运通那不勒斯办事处作为汤姆·雷普利的收信地址，虽然他从未在那里取过任何邮件，或者请别人通过该地址转交过任何东西，因为他觉得汤姆·雷普利不会收到什么重要的物件，就连格林里夫先生也不会再给他来一封信，训斥他一番。等避过这阵风头，他就会去美国运通那不勒斯办事处，用汤姆·雷普利的护照去取邮件，他在心里这么盘算着。

他现在虽然不能用美国运通罗马办事处作为汤姆·雷普利的通讯地址，但他还得随身携带证明自己是汤姆·雷普利的护照和衣物以应付紧急情况。比如今天早晨玛吉打电话时，他就得变回汤姆·雷普利。玛吉差一点就把他堵在屋里了。只要警方对迪基·格林里夫的清白抱有怀疑，以迪基的身份离开意大利将会是自杀行为。而万一他不得不变回汤姆·雷普利，雷普利的护照不会显示他曾离开过意大利。如果他要离开意大利——让迪基完全摆脱警方——他必须以汤姆·雷普利的身份离开，再以汤姆·雷普利的身份进来，然后等警方的调查结束，他再变回成迪基。这是可行的。

这个办法似乎既简单又安全。他需要做的就是熬过这几天。

19

轮船缓慢地尝试着靠近帕勒莫港。白色的船首轻轻掠过浮在水面上的橘子皮、稻草和破烂的水果筐。汤姆感觉自己就像这艘船一样，缓缓靠近帕勒莫。来帕勒莫前，他在那不勒斯待了两天，当地报纸对米尔斯案没有什么新鲜的报道，对圣雷莫沉船事件更是只字未提。在他看来，警方也没有试图接近他。但也许他们只是不想费事在那不勒斯找他，汤姆想，他们说不定直接候在帕勒莫的旅馆里。

不过不管怎样，码头上没有警察在等他。汤姆刚才窥探过了。他买了几份报纸，带着行李坐出租车径直前往帕尔马酒店。酒店大堂里还是没有警察。这个大堂老旧俗艳，内部四周矗立着大理石廊柱和巨大的棕榈树盆栽。前台人员告诉他预订的房间号，并将钥匙交给带他去房间的门童。汤姆如释重负，走到邮件收发柜台，大胆地询问有没有给理查德·格林里夫先生的留言。柜台人员说没有。

汤姆听了松了一口气。这表示连玛吉的留言也没有。玛吉现在肯定去过警察局找迪基了。坐船来的路上，汤姆设想过重重可怕的可能性：玛吉坐飞机赶在他之前到了帕勒莫；玛吉在帕尔马酒店留言，告诉他乘下班轮船来帕勒莫；甚至他在那不勒斯上船时，还四下留意过玛吉是否也在同一艘船上。

现在他开始认为，经过这次风波之后，玛吉或许对迪基彻底死心了。或许她认定迪基在刻意躲避她，只想单独和汤姆在一起。或许这个想法早就在她那笨脑袋瓜里成型了。当天晚上，汤姆放了满满一浴缸温水，好好地泡个澡，将两只胳膊蘸满了肥皂沫。洗澡的时候，他还在考虑要不要给玛吉写一封信，助长她这种想法。作为汤姆·雷普利应该写这封信，他心里想。这封信的重点就在于时机。他要对玛吉说，一直以来他都表现得小心翼翼，在罗马和她打电话时，他也不想把一切和盘托出。不过现在，他觉得玛吉应该能明白过来了。他和迪基两个人在一起很快乐。事情就是这么简单。想到这里，汤姆忍俊不禁，咯咯笑出声来，最后不得不捏住鼻子潜到水里，才将笑声止住。

亲爱的玛吉，他会这么说，我写这封信给你，是因为我觉得迪基不会给你写信，虽然我多次让他给你写信。你是个好人，不应该被蒙在鼓里这么长时间……

想到这里，他又忍不住笑出声来，然后又刻意去想一个尚未解决的小问题，让自己冷静下来：玛吉大概也会告诉意大利警方，她在英吉尔特拉酒店和汤姆·雷普利说过话。警方估计想知道，他到底去哪了。现在警方可能在罗马找他。警方早晚会到迪基这里来找汤姆·雷普利。这是新出现的危险——譬如，假如他们根据玛吉的描述，认定他就是汤姆·雷普利，而不是迪基，然后把他脱光了搜身，结果在他身上发现他和迪基两人的护照。不过什么叫以身试险？只有以身试险才有意思呢。他放声大唱：

> 爸爸不赞成，妈妈不赞成，
> 可是我和你，还要在一起

他一边擦干身体，一边在浴室引吭高歌。他用迪基响亮的男中音唱着，虽然他从未听迪基唱过歌。他相信迪基一定对他现在缭绕回荡的歌声十分满意。

他穿上衣服，外面套上那件新的抗皱旅行西装，出门去黄昏的帕勒莫街头散步。城市广场对面是他在书上读到过的诺曼风格的天主教大教堂。他记得一本旅游指南里说，这座教堂是英国大主教沃尔特·密尔建造的。南边是叙拉古港，历史上罗马人和希腊人曾在这里打过一场大海战。狄奥尼西奥斯之耳。陶尔米纳。埃特纳火山。西西里真是个大岛，对他来说是那么新奇。恺撒的重镇！曾被古希腊人统治，又遭到诺曼人、撒拉逊人入侵！明天他才开始正式游玩，但此刻他已经领略到这座岛屿的辉煌壮丽，他驻足凝视眼前高耸巍峨的大教堂时心里这么想着。他好奇地看着教堂正面积满灰尘的拱形门脸，设想自己明天走进教堂，会闻到里面由数不清的蜡烛和千百年来绵延不绝的烟火形成的陈腐而甜美的气味。充满期待！　他突然领悟到，对他来说，内心期待比亲身体验更美好。将来会一直如此吗？夜晚他独自一人，摆弄迪基的物品，把他的戒指戴在自己手指上欣赏，系着迪基的羊毛领带，把玩迪基的鳄鱼皮钱包，这算是亲身体验还是内心期待？

西西里之后是希腊。他绝对要去希腊看看。他会以迪基的身份，带着迪基的钱，穿着迪基的衣服，按照迪基和陌生人交往的方式，去希腊游玩。但他能否以迪基·格林里夫的身份去看希腊？事情会不会接踵而至，阻碍他的游兴——谋杀，嫌疑，各色人等？他本不想去谋杀，但是迫不得已。如果以美国游客汤姆·雷普利的身份去希腊，瞻仰卫城，对他来说毫无吸引力。如果那样，他宁愿不去。他仰望眼前大教堂的钟楼，泪水夺眶而出，赶紧转身走进另一条街道。

第二天早晨，他收到一封信，厚厚的一封信，玛吉写来的。汤姆用手捏着信，笑了。他确定这封信的内容一定如他所料，否则不会这么厚。他边吃早餐边读信，就着新鲜热乎的面包卷和肉桂风味咖啡，细品信中每一行文字。信的内容符合他的设想，也有超出的部分。

……如果你**真的**不知道我去过你住的酒店，只能说明汤姆没告诉你，当然这不影响最终的结局。事情现在一目了然，你在逃避我，不想面对我。你做都做了，干嘛没勇气承认自己离不开你那位狐朋狗友。老兄，我只是觉得遗憾，你过去不敢当面**直接**告诉我。你当我是没见过世面的小镇女孩，不懂这种事？恰恰是**你自己**的所作所为，才是典型的小镇习气。不管怎样，我现在既然跟你挑明说了，你就不要再有心理负担了，堂堂正正地爱人吧。以自己所爱的人为傲不丢人。我们以前不是谈过这个话题吗？

我这次罗马之行的第二大收获就是告诉警方，汤姆·雷普利和你在一起。他们找他快找疯了。（我不知道为什么？他到底干了什么事？）我还竭力用意大利语告诉他们，你和汤姆形影不离，他们怎么还只找到你，没找到**汤姆**？我实在搞不懂。

我已经改了船票，打算三月底回美国。在这之前，我会去慕尼黑看望凯特。今后你我将会分道扬镳。我并不十分难过，迪基老兄。我只是过去错以为你是个敢说敢做的人。

谢谢你给我那些美好回忆。它们现在像是博物馆里的展品，或是封存在琥珀里的玩意，有一点虚幻，正如你一直以来对我的态度。祝你今后一切顺利。

玛吉

嘿！结尾真俗套！酸溜溜的小女孩！汤姆将信折好，塞进外套口袋。他瞥了一眼饭店餐厅的两扇门，条件反射地寻找警察。如果警察认为迪基·格林里夫和汤姆·雷普利结伴出游，他们一定会排查帕勒莫的酒店找汤姆，他想。但他没发现有任何警察盯着他，跟踪他。也许他们把沉船案给结了，因为他们确定汤姆·雷普利还活着。既然这样，干嘛还要继续调查下去呢？也许对迪基涉嫌圣雷莫和米尔斯案的怀疑也相应地烟消云散了。但一切都是也许！

他上楼回到房间，用迪基的赫姆斯牌打字机给格林里夫先生写一封信。在信的开头，他用冷静客观的笔触解释了米尔斯案，因为格林里夫先生很可能还在为这件事担心。他说警方已经结束对他的问询，现在可能需要他指认他们发现的任何嫌疑人，因为该嫌疑人可能是他和米尔斯共同的熟人。

他正在打字时，电话铃响了。电话里传来一个男人的声音，说他是帕勒莫警察局某警长。

"我们正在找托马斯·菲尔普斯·雷普利先生。他和你在酒店里吗？"他问话的语气很客气。

"不，他不在。"汤姆答道。

"你知道他在哪里吗？"

"我认为他在罗马。我三四天前在罗马见过他。"

"我们在罗马没找到他。他如果离开罗马会去哪里？"

"对不起，我对此一无所知。"汤姆说。

"真遗憾，"那名男子失望地叹了口气，"谢谢你，先生。"

"不客气。"汤姆挂了电话，回去继续写信。

汤姆现在模仿迪基枯燥乏味的笔调，比用自己的文风写更得心应手。这封信主要是写给迪基母亲的，告诉她自己现在的日常起居和健康状况都一切正常，并问她有没有收到几周前他从罗马一家古董店买的三联釉彩小屏风。他边写信边考虑怎么应付那个托马斯·雷普利的问题。刚才打电话来的警察语气客气温和，但他不能大意。譬如他不该把汤姆的护照放在行李箱的口袋里，虽然护照外面裹着一堆旧的迪基个人所得税文件，以防止海关检查人员看见。他应该把护照放在新买的羚羊皮箱内衬里，这样即使皮箱被清空，也看不见护照，而万一他自己需要的话，顺手就能掏出来。因为说不准明天他就必须这么做。说不准哪天迪基·格林里夫的身份会比汤姆·雷普利的更危险。

汤姆给格林里夫夫妇的这封信写了半个上午。他觉得格林里夫先生现在对迪基正在失去耐心，与他上次在纽约和汤姆见面时那种不耐烦还不一样，感觉事情变得更严重了。汤姆知道，格林里夫先生认为迪基从蒙吉贝洛搬到罗马纯粹是心血来潮。汤姆本想编一个在罗马学画的理由，在格林里夫先生那里蒙混过关，现在看来失败了。格林里夫先生在信里对这件事完全不以为然，还说泄气的话，认为他现在还在学画简直是自我折磨，因为光凭美丽的风景和换个环境是成不了画家的。汤姆在收到伯克-格林里夫船厂的产品册后表现出来的兴趣，在格林里夫先生那里也没有得到正面回应。总之格林里夫先生的表现和汤姆原先的期望相距甚远： 他本以为能让格林里夫先生对他言听计从；本以为他可以弥补迪基过去对父母的疏忽和冷漠；本以为他可以从格林里夫先生那里再额外要到一笔钱。如今他根本不可能再找格林里夫先生要钱了。

多保重，妈妈（他写道。）注意别感冒。(格林里夫太太说她今年冬天感冒了四次，连圣诞节也是在床上度过的，披着他给她买的那条作为圣诞礼物的粉红色羊毛披肩。）您如果早穿您给我寄来的羊毛袜，就不会像这样感冒了。我一个冬天都没感冒，这在欧洲可是值得吹嘘一番的……妈妈，需要我从这里给您寄点东西吗？我很想给您买点什么……

20

五天过去了，日子过得平静、孤单而惬意。汤姆在帕勒莫到处闲逛，这儿走走，那里看看，有时在咖啡馆或餐馆里坐上一个钟头，读读旅游指南和报纸。一个阴天，他坐马车专程前往佩莱格里诺山，参观美轮美奂的圣罗萨莉亚墓。圣罗萨莉亚是帕勒莫的守护神，她的雕像非常有名。汤姆在罗马时看过雕像的照片，表情恍惚出神，精神病专家好像有一套专门术语来描述这种精神状态。汤姆发现这个陵墓很有意思，看到雕像时，他甚至忍俊不禁，笑出声来。雕像是一尊斜躺的诱人女性胴体，双手抚摸，眼神迷离，嘴唇轻启，除了没有真实的喘息声，其他一应俱全。他想起了玛吉。他还参观了一座拜占庭式宫殿，现在是帕勒莫市图书馆，里面藏有各种画作和装在玻璃箱中的手稿。这些手稿历史悠久，已经发脆开裂。他仔细查看了旅游指南上详细描绘的帕勒莫港的结构地形，用速写临摹了圭多·雷尼①的一幅画作，当然这并没什么特别用意。他还将一栋公共建筑上塔索②题写的长篇铭文背了下来。他写信给纽约的鲍勃·迪兰西和克利奥。在给克利奥的长信里，他向她描述了旅途见闻、各种游兴，形形色色的人物，兴致高涨得像描绘中国的马可·波罗。

但他其实很孤独。这种孤独和在巴黎独自一人时那种感觉还不一样。在巴黎他虽然也是一个人，但他设想即将拥有一个新的朋友圈，并将和新朋友意气风发地开始新的生活，比他以往那种生活更甜蜜美好，更光明正大。可是现在他明白了，那种生活他不可能实现。他必须和人永远保持距离。他也许能树立新的生活标准，养成新的生活习惯，但却永远无法拥有新的朋友圈，除非他去伊斯坦布尔或斯里兰卡这种地方。可是在那些地方就算结识新朋友，又有什么用呢？他现在孑然一身，独自在玩一场孤军奋战的游戏。他潜在的朋友大都会给他带来危险，这点毫无疑问。如果他注定不得不只身浪迹天涯，未必是一件坏事：那样他被发现的几率就会大大降低。不管怎样，这也是事情好的一面，想到这里，他心情好一些了。

他对自己外在的言行举止略加改变，想让自己变得更像一个生活超然的旁观者。他对所有人还是温文有礼，面带微

---

① 圭多·雷尼 (Guido Reni, 1575—1642)，意大利画家，以古典理想主义著称。
② 塔索 (Tasso, 1544—1595)，意大利文艺复兴后期诗人。

笑，包括那些在餐馆朝他借报纸的人和酒店工作人员。但是他的头昂得更高，话说得更少。他身上隐隐有一种悲情。他喜欢自己的这种改变。他把自己想象成一个失恋或遇到严重情感挫折的年轻人，正试图用游山玩水这种文明的方式，修复心灵的创伤。

顺着这个思路，他想到了卡普里岛。虽然现在天气不好，但是去意大利怎能不去卡普里呢。上次和迪基去的时候，仅仅是匆匆一游，反而更加吊起他的胃口。天呐，上次去的时候，迪基那副样子让人烦透了。或许他该忍到夏天再去，汤姆思忖，到夏天警察不会再来找他了。他现在去卡普里的兴致，甚至超过了去希腊看卫城。他只想痛痛快快地在卡普里度假，把和文化有关的玩意扔到一边。他在书上读到过冬天的卡普里：多风，多雨，荒凉。但这有什么关系，卡普里就是卡普里。卡普里有罗马皇帝提比略的行宫，蓝洞，当年的古广场虽然空无一人，但还是广场，连一块铺路的圆石都没变。他今天就可以启程去卡普里。他加快脚步朝酒店走去。游客稀少并没有让蔚蓝海岸失色。或许他可以坐飞机去卡普里。他以前听说，从那不勒斯去卡普里可以坐水上飞机。如果二月份没有水上飞机，他可以包一架。有钱不花干什么？

"早上好！"他笑着问候酒店柜台人员。

"有您的一封信，是急件。"柜台人员说，脸上也带着笑容。

信是迪基存款的那不勒斯银行寄来的，信封内还附了一封迪基在纽约的信托公司的来信。汤姆先读那封那不勒斯银行的信。

尊敬的先生：

纽约温德尔信托公司通知本行，阁下一月份兑领五百美元汇款的收据签名，可能存有疑问。兹将此事紧急通知阁下，以便我行采取必要举措。

本行认为有必要将此事告知警方，但现仍希望阁下自证本行签名鉴定员和纽约温德尔信托公司签名鉴定员的意见是否属实。凡属阁下提供信息，我行皆表示赞赏。本行力请阁下从速与我们联络。

那不勒斯银行总裁

埃米尼奥·迪·布拉干奇　敬上

附注：为确保阁下签名有效性，请从速前往本行那不勒斯办公处，重新签名以作永久归档。本行随信另附温德尔信托公司公函一份。

二月十日，一九——

汤姆又撕开信托公司的来信。

尊敬的格林里夫先生：

本公司签名部上报指出，阁下一月份签收的按月定期汇款收据，第八七四七号，签名无效。此事可能系阁下疏忽所致，兹请阁下亲证汇款签名无误，或系伪造。本公司亦将此事一并通知那不勒斯银行。

随信另附本公司永久签名存档卡一张，请在上面签名后寄回。

尽快与本公司联系为盼。

爱德华·卡瓦那奇秘书　敬上

二月五日，一九——

汤姆舔了舔嘴唇。他要写信给两家银行，汇款悉数收到，没有任何差错。但是这一招能长期把他们瞒过去吗？他从十二月份起，已经签领了三笔汇款。他们会回头一一重新核查签名吗？

汤姆上楼，立刻坐在打字机前。他将一张酒店专用信纸放到打字机滚筒上，呆呆地盯着信纸。他们不会就此罢休，他想。如果这些公司有专门的笔迹鉴定专家组，拿着放大镜仔细研究签名，他们很有可能研判出三笔汇款的签名都是假的。可是那三个签名真的很逼真，汤姆想。只是一月份那笔汇单签得有点快，但即便如此，看上去也还可以，不然他肯定不会寄回去，一定会告诉银行说汇款单遗失，让他们另寄一张过来。大多数伪件都要几个月才会被发现，为什么他们短短四周就发现了疑点？会不会在米尔斯案和圣雷莫沉船事件后，他们正在查他生活的方方面面？他们想在那不勒斯银

行面见他。也许那儿有人见过迪基。一阵可怕刺骨的恐惧感
顺着他的肩膀传递到大腿。一时间他觉得虚弱无助，连走路
的力气都没有。他仿佛看到一群警察围着他，有美国的，也
有意大利的，逼问他迪基的下落，而他却交不出迪基·格林
里夫，也说不出他的下落或证明他还活着。他设想自己在一
群笔迹专家的围观下，想要写下理查德·格林里夫的名字，
却突然崩溃，一个字也写不出来。他把手放在打字机键盘
上，逼自己写信。这封信是写给温德尔信托公司的。

敬启者：

　　贵公司来函所涉本人一月份汇款签名，现答复如下：

　　存有疑异签名确系本人所署，并已全额收到汇款。倘若本人当
初未收到汇款，自当立即通知贵公司。

　　现遵嘱附上签名卡，供贵公司永久存档。

　　　　　　　　　　　　　　　　　　理查德·格林里夫

　　　　　　　　　　　　　　　　　二月十二日，一九——

　　他在信托公司信封的背面试着签了几次迪基的名字，然
后才在卡片上正式写。接着他又给那不勒斯银行写了一封内
容大致相同的信，并保证数日内去银行亲自签名，以作永久
存档之用。他把两封信装进信封时，在信封上写"急件"，
下楼向服务生买邮票寄了出去。

然后他出门散步。刚才想去卡普里岛游玩的兴致现在荡然无存。现在是下午四点十五分。他漫无目的地在街头闲逛，最后在一家古董店橱窗前驻足，凝视了几分钟一幅油画。阴沉的画面上，两个留大胡子的圣徒在月夜走下黑暗的山丘。他走进店里，没有还价就买下这幅画，也不装框，直接卷起来，夹在胳膊下带回酒店。

21

第 83 警局

罗马

尊敬的格林里夫先生：

请速来罗马，就托马斯·雷普利一事接受问询。您的到来将在很大程度上有利于本案的调查，我局将会十分感激。

您一周内如若不来，我局将不得不采取相应措施，势必会对您和我局皆有所不便。

恩里克·法拉拉警长　敬上

二月十四日，一九——

看来警方还在找汤姆。但这也可能表明米尔斯案有进展，汤姆想。意大利警方通常不会用这种语气传唤美国人。信的末尾是赤裸裸的威胁。他们现在肯定知道了假支票的事。

他手里握着信，站在房间里，眼神空洞地环顾四周。他瞥见镜中的自己，嘴角下垂，目光焦虑而恐惧，姿势和表情像是要把内心的害怕与震惊表现出来。镜中的他看起来既六神无主又毫无掩饰，这进一步放大了他的恐惧感。他把信折起来，放到口袋里，接着又从口袋里拿出来，撕成碎片。

他赶紧开始收拾行李，从浴室门后取下浴袍和睡衣，将洗漱用品扔进印着迪基姓名首字母缩写的真皮旅行用品袋里。这个袋子是玛吉送给迪基当圣诞礼物的。突然他停了下来。他必须将迪基的所有物品都丢掉，所有物品。丢在这儿吗？丢在这里吗？还是在坐船回那不勒斯途中丢进水里？

这些确实不好办，但他突然灵机一动，想出回意大利后该怎么办。他绝不去罗马自投罗网，离罗马远远的。他可以直接去米兰或都灵，或者威尼斯附近，再买一辆里程数多的二手车。然后他就可以宣称最近两三个月一直开车在意大利境内漫游。他从未听说警方在找托马斯·雷普利。对，就是那个托马斯·雷普利。

他继续整理行李，心里明白从此就将与迪基·格林里夫这个身份诀别。他痛恨自己不得不重新变回托马斯·雷普利，痛恨自己重新沦为无名小卒，痛恨自己要重新按原来的生活习惯行事。人们都瞧不起他，懒得跟他多啰嗦，除非他摇尾乞怜，像个小丑，给别人逗乐于一时之外，别无他长，一事无成。他痛恨变回原来的自己，这种感觉就好像重新穿回以往沾满油污、皱巴巴的旧衣服，而这种衣服哪怕是新的也谈不上有多好。他的眼泪掉到放在行李箱最上层迪基的蓝白条纹衬衫上。这件衬衫就像当初从蒙吉贝洛迪基的抽屉里拿出来时一样，浆洗得笔挺、干净如新。可是这件衬衫口袋上用红色字母绣着迪基的首字母缩写。他一边整理行李，一边执拗地尽可能把迪基的物品留下来，只要上面没有迪基的首字母缩写，或者别人记不起是迪基的东西。玛吉也许会记得一些，比如那本崭新的蓝色真皮通讯录，迪基只在上面写了几个地址，这很可能就是玛吉送的。不过他以后也不打算和玛吉再见面了。

汤姆在帕尔马酒店结完账，但他还得等第二天才能坐船回大陆。他预订船票时用的是格林里夫的名字，心想这是他最后一次用格林里夫的身份订票了，不过他说不定。他心中还抱着一丝幻想，也许一切麻烦都会烟消云散。仅仅是也许。但是如果就此泄气绝望，也不理性。就算是重新做回汤姆·雷普利，泄气绝望也是不理性的。以前的汤姆·雷普利可并不意气消沉，虽然表面看上去常常如此。难道他没从这几个月的经历中学到点什么吗？轻松快乐，抑郁寡欢，恋恋不舍，若有所思，彬彬有礼，这些外在的东西都可以一招一式地表演出来。

在帕勒莫的最后一天，他一早醒来就冒出一个好主意：他可以用一个化名将迪基所有的衣物寄存在美国运通威尼斯的办事处，将来如果他想或者必须拿回来时，就再去取回来，不然就永久丢弃在那里。想到迪基那些质量上乘的衬衫、装着精致袖扣和带姓名手环的首饰盒，以及各种腕表能安全地寄存在某个地方，而不是丢进第勒尼安海或西西里的某个垃圾箱，他的心里好受多了。

于是他把迪基两个旅行箱上的姓名首字母缩写刮掉，上好锁，连同他在帕勒莫刚刚动笔的两幅油画，一起从那不勒斯寄到美国运通威尼斯办事处。他用了一个叫罗伯特·S·范肖的化名。他留在身边唯一能泄露迪基身份的物品是迪基的几枚戒指。他把它们放到一个难看的棕色小皮盒里。这个小皮盒是托马斯·雷普利的东西，多年来无论旅行或搬家，他都随身携带，里面尽是些有趣的玩意，如袖扣、领针、形状奇特的纽扣、钢笔尖、插了一根针的一团白线。

汤姆从那不勒斯乘火车一路北上，途经罗马、佛罗伦萨、博洛尼亚，然后在维罗纳下车，换乘汽车前往四十英里开外一个名叫特伦托的城市。他不想在维罗纳这样的小城买车，因为申请车牌照时，警方会很容易注意到他。在特伦托，他花了大约八百美元买了一辆奶黄色二手蓝旗亚①。他用护照上登记的托马斯·雷普利的名字买的，并用同样的名字在旅馆登记住宿，以等待车牌照二十四小时后核发。六小时过去了，什么事也没发生。汤姆之前还担心，这家小旅馆

---

① 意大利菲亚特集团旗下豪华汽车品牌。

会认出他的名字，负责核准车牌照的官员也可能会注意到他。但一直到第二天中午，他的车子上了牌照，还是什么事情都没发生。报纸上也没有找寻托马斯·雷普利的消息，或者和米尔斯案以及圣雷莫沉船事件相关的报道。这种局面令他感到诡异，而不是安心高兴，因为一切都显得那么不真实。不过他也开始从回到托马斯·雷普利这个卑微的角色中尝到点乐趣。他变本加厉地表现出雷普利身上原来那些特质，在陌生人面前沉默寡言，低头斜睨时故意加重内心的自卑感。毕竟，任何人都不会怀疑像他这样的人会是谋杀犯，任何人。他唯一可能被怀疑的，就是圣雷莫的那桩，不过警方目前也远没到下定论的时候。重新做回汤姆·雷普利还有个好处，就是减轻他内心因为愚蠢地、没有必要地杀死弗雷迪而产生的负疚感。

他想径直去威尼斯，但决定还是先在车上睡一晚，亲身体验一下准备对警方撒的谎：最近几个月都把车停在乡间路上过夜。他把车开到布雷西亚附近，在后排座上睡了一晚，睡得浑身难受发麻。凌晨时分，他爬到前排，由于颈部痉挛，开车时几乎无法自如地扭头。不过这样反而更有真实感，在对警方编故事时更有底气，他想。他买了一本北意大利旅行指南，按照日期在上面做了详细的标记，还故意将页脚折叠，在封面上踩几脚，把书的装订散开，让它在比萨那页一分为二。

第二天他在威尼斯过夜。此前，汤姆对威尼斯一直有种孩子气的逆反抗拒心理，认为它盛名之下，其实难副。他觉得去威尼斯的都是多愁善感之辈或者从美国来的游客。威尼斯最适宜度蜜月的情侣，他们可以充分享受无法到处行走的不便，只乘坐贡多拉，以每小时两英里的速度慢悠悠地在河上飘荡。到达之后，他才发现威尼斯比他想象的大得多，到处都是意大利人，和其他地方的意大利人别无二致。他发现他可以不必借助贡多拉，只走狭窄的街道和桥梁，步行游遍整座城市。大型摩托艇构成的公共交通系统和地铁一样高效快捷。市内的各条运河气味也不难闻。威尼斯的旅店可选择面极广，既有他听说过的格里提、达涅利这样的著名酒店，也有背街的破旧小旅社和膳宿公寓。汤姆设想自己找了一个这样远离闹市的小旅店，住上几个月，没有警察和美国游客，不被人注意。最后他选择了里亚托桥附近一家名叫康斯坦察的旅馆。这间旅馆中等档次，介于豪华酒店和破旧旅社之间，干净整洁，价钱不贵，去各个著名景点也方便，正适合他汤姆·雷普利。

汤姆在酒店房间里盘桓了好几个小时，将那些熟悉的旧衣服从箱子里一件件拿出来，然后踱步来到窗前，望着暮色四合的大运河出神。他在脑海中设想即将与警方对话的场景：怎么了，反正我什么都不知道。我确实在罗马见过他。舍伍德小姐可以作证……我本人当然是汤姆·雷普利（说到这儿他可以假装干笑一声）现在这些乱七八糟的事把我彻底搞糊涂了！　……圣雷莫，是的，我记得啊。我们在海上玩了一个钟头，之后就把船还回去了……是的，离开蒙吉贝洛后，我就回罗马了，但我在罗马只住了几个晚上。最近一段日子我一直在意大利北部漫游……他现在在哪里，我不太清楚，但我三周前见过他……汤姆从窗前起身，面带笑容，换了件适合晚上的衬衫和领带，出门找了一家不错的馆子就餐。一定要找一家不错的，他想。哪怕是身为汤姆·雷普利，也可以偶尔犒劳下自己。他的钱夹里装的全是一两万里拉的长纸币，撑得钱夹都没法合拢。离开帕勒莫前，他用迪基的名字兑现了一千美元的旅行支票。

　　他买了两份晚报，夹在胳膊下，通过一座小拱桥，穿过一条宽不足六英尺的窄巷，巷子两旁全是皮具店和卖男士衬衫的店铺。店铺橱窗点缀着闪闪发光的珠宝盒，汤姆觉得这些盛满项链和戒指的珠宝盒像是从童话世界变出来的。威尼斯没有汽车，这一点汤姆很喜欢。没有汽车让城市更显得人性化，他想，街道像血管，人像血液，向四处流淌。走上另一条街道时，他开始往回折返，并再次穿过宏伟的圣马可广场。到处都是鸽子，有的在空中飞，有的在商店灯光下——到了夜晚鸽子还在游人脚边散步，仿佛它们也是观光客，虽然这儿就是它们的家。咖啡馆的桌椅从拱廊摆至广场，使得行人和鸽子都不得不从窄小的过道中间穿行。广场的四周全是留声机播放的喧嚣刺耳的音乐。汤姆想象夏天时这儿的景象，艳阳高照，广场上到处都是人。人们一把一把地将谷粒扬到空中，鸽子扑扇着翅膀俯冲觅食。汤姆拐到另一条光线昏暗的街道。这条街上全是餐馆。他选了一家实惠体面的，屋内是褐色木墙，铺着白色桌布。汤姆根据经验判断，这种餐馆注重菜品质量，而不是只做游客的生意。他就座后，拿出一份报纸。

终于来了，第二版上有一则短新闻映入眼帘：

警方正全力搜寻失踪美国人迪基·格林里夫，
此人系遭谋杀的弗雷迪·米尔斯的朋友
在西西里度假后至今下落不明

汤姆俯身全神贯注地读这则新闻，内心却升起一股无名火，他怪警方愚蠢低效，怪报纸在这件事上浪费篇幅。报道中说，迪基是死者米尔斯的密友，米尔斯三周前在罗马被谋杀。据悉，迪基乘船从帕勒莫去那不勒斯后即告失踪。罗马和西西里两地警方都在调查此案，寻找迪基。报道最后称，罗马警方曾就托马斯·雷普利失踪一事讯问过迪基·格林里夫，雷普利也是迪基的密友，已经失踪逾三个月。

汤姆放下报纸，下意识地表演起一般人在报上读到"本人"失踪消息时会有的惊惧。他没有注意到侍者递过来的菜单，直到菜单碰到他的手。现在该是他去警察局当面陈述的时候了，他想。如果他们没有掌握任何不利于他的证据——又能对汤姆·雷普利采取什么不利的行动呢？——他们不太可能去核实他何时买的车。其实读到这则消息，他反而松了一口气，因为这表明警方没有注意到他在特伦托车辆登记处买车的事。

他慢慢地进餐，心情不错。餐后他点了杯意式浓缩咖啡，边抽烟边翻阅北意大利旅行指南。现在他又有了新的主意。比如，他干嘛要注意报纸上这么小的一则新闻？再说，只有这一家报纸刊登。不，他不应该这么急着去警察局，应该再等等，等到两三家报纸报道或者某家大报刊登消息也不迟。估计不久就会出来大篇幅的新闻：如果迪基·格林里夫还不现身，警方就会怀疑他是谋杀弗雷迪·米尔斯的凶手，可能连汤姆·雷普利也一起杀害了，现在畏罪潜逃。玛吉也许会告诉警方，两周前她和汤姆·雷普利在罗马交谈过，但警方仍未见到他。他翻阅旅行指南，目光扫过里面呆板的文字和数据，脑中却在加紧思索。

他想起玛吉，此时此刻她大概正在收拾蒙吉贝洛的屋子，整理行装，准备回国。她一定看到报上关于迪基失踪的消息，并在内心责骂他，汤姆想。她还会给迪基的父亲写信，说汤姆·雷普利把迪基带坏了，这么说还是最轻的。格林里夫先生或许会因此来一趟。

可惜现在他无法以汤姆·雷普利的身份去安抚玛吉和格林里夫先生，然后再假扮成活泼热情的迪基·格林里夫，在警方面前把这个小小的谜团解开。

或许他可以把汤姆这个角色扮演得更夸张一些，表现得更低调、更羞怯，甚至可以戴一副角质眼镜，让嘴角流露出忧伤、卑微的味道，这样能和迪基的焦躁明显区分开，因为他即将面对的警察里，有些人可能见过他以迪基·格林里夫的身份出现。他在罗马见到的那个警察叫什么来着？罗瓦西尼？汤姆决定用棕红色染发剂将头发再染一下，这样比他正常的头发颜色还要更深一些。

最后他第三遍浏览报纸，看看还有没有米尔斯案的消息。什么也没有。

22

第二天早晨，全国最大的报纸终于出了长篇报道，但只用了一小段篇幅叙述托马斯·雷普利失踪的事，并露骨地表示理查德·格林里夫"涉嫌参与"米尔斯谋杀案，除非他能主动站出来澄清怀疑，否则就会被认定"畏罪"潜逃。报上还提到了支票签名造假的事。文章写到，理查德·格林里夫最后一次与外界联络，是他给那不勒斯银行的信件，信上宣称支票签名属实，并非伪造。但是那不勒斯的三位笔迹鉴定专家中，有两位确信格林里夫先生一月份和二月份的签名确系伪造，与美国银行看法一致，后者曾将格林里夫先生签名的影印件寄给那不勒斯银行。文章最后用略带戏谑的口吻结尾："谁会自己伪造自己的签名？这位美国富家子是在替某位朋友打掩护吗？"

去他们的，汤姆想。迪基自己的笔迹就经常变。他曾看过迪基在同一份保单上的签名就有所不同，在蒙吉贝洛他还亲眼见过迪基在自己眼前变换笔迹。就让他们折腾去吧，有本事把近三个月迪基签字的东西都找出来，看看能研究出什么结果！这帮家伙显然没发现从帕勒莫发出的那几封信上的签名也是伪造的。

现在他唯一关心的事，就是警方是否掌握了确切证据，表明迪基和米尔斯谋杀案有关。不过他也说不好是不是真的很在意这件事。他在位于圣马可广场一个角落的书报摊上买了《今日风采》和《时代》两份周刊。虽说是周刊，但这两本杂志的尺寸和通俗小报差不多，里面全是照片，内容从谋杀到坐旗杆①不一而足，不管发生在哪里，只要耸人听闻就好。可是这两份杂志却对迪基·格林里夫失踪事件只字未提。也许下周才会有，汤姆想。反正它们绝不可能搞到他的照片。玛吉在蒙吉贝洛给迪基照过相，但从未给汤姆照过。

那天上午在威尼斯闲逛时，他在一家卖玩具和恶作剧道具的店铺买了几副有框眼镜，都是平光镜片。他参观了圣马可大教堂，在里面四下张望，却什么也没看见。这不是镜片的问题，而是他心不在焉，脑子里光想着必须立即去警察局亮明身份。这事拖得越久，对他越不利。从大教堂出来，他问一名警察，最近的警察局在哪里。他问的时候一脸忧伤，心情很不好。倒不是害怕，而是重新做回托马斯·菲尔普斯·雷普利是他这辈子最伤感的事情之一。

---

① 坐在旗杆上以锻炼忍耐力，是盛行于 20 世纪 20 年代末美国社会的一项时尚行为。

"你是托马斯·雷普利？"警长漫不经心地问道，好像汤姆是一条迷路的狗，现在又被人找到了。"我可以看一下你的护照吗？"

汤姆把护照递给他。"我不知道到底出了什么事，但我在报上看到消息说我失踪了——"汤姆故意用设计好的煞有介事的紧张口吻说道。其他警察面无表情地站在四周，盯着他看。"到底发生了什么事？"汤姆问警长。

"我给罗马打电话问问。"警官拿起桌上的电话筒，语气淡定地说。

打给罗马的电话占线了几分钟，接通后警官用不带感情的语气对那边的某个人说，美国人托马斯·雷普利在威尼斯。两人讲了一番无关紧要的话后，警官对汤姆说，"他们想让你去罗马，你今天能去吗？"

汤姆皱了皱眉头。"我现在没有去罗马的计划。"

"那我来跟他们说。"警官和气地说，又拿起电话。

这次的内容是安排罗马警察来见汤姆。身为美国公民还是要有一点架子的，汤姆想。

"你住在哪家旅馆？"警官问。

"住在康斯坦察。"

警官在电话中把汤姆的旅馆名告诉了罗马那边。放下电话后，他彬彬有礼地告诉汤姆，罗马警方的一名代表将于今晚八时后抵达威尼斯来见他。

"谢谢。"说完汤姆转身背对着这位埋头填表的警官。这种场景真可谓波澜不惊。

从警察局回旅馆后，汤姆待在房间里没有出门，安静地思索、阅读，并对自己的外表做进一步的修饰。他思忖他们还会派上次在罗马和他见面的那位警官过来，他的名字叫什么来着，罗瓦西尼警长之类的。他用铅笔将眉毛描得深一些。整个下午，他穿着那件棕色花呢西服在床上滚来滚去，甚至故意从上面拽了一粒纽扣下来。迪基的衣着向来整洁，所以雷普利必须邋遢一些，以示分别。他没有吃午餐，倒并不是不想吃，而是想继续减轻体重，把过去为假扮成迪基增加的体重减回去。他还想比过去的自己更瘦一些。他自己护照上的体重是七十五公斤，迪基七十六公斤，两人身高相同，均是一米八七。

晚上八点半时，电话铃响了。酒店前台接线员说罗瓦西尼警长在楼下。

"请让他上楼。"汤姆说。

汤姆走到刚才就准备好的椅子旁，将椅子拉到离落地灯的光圈稍远一点的地方。他刻意摆放了房间物品，给人感觉过去几个小时他一直在看书消磨时间——落地灯和一盏小台灯都开着，床罩也不平整，几本书封面朝下散落着，写字台上还有一封开了头的信，是写给多蒂姑妈的。

警长敲了门。

汤姆慵懒地打开房门。"晚上好。"

"晚上好。鄙人是罗瓦西尼·德拉·波利西亚·罗马拉警长。"警长满面笑容,亲切随和,丝毫看不出惊诧狐疑的样子。跟在他身后的是另一位高个子、不说话的年轻警察——不是另一位,汤姆突然反应过来,他还是随警长去罗马公寓调查他的小警察。警长坐到汤姆递过来的椅子上,坐在灯下。"你是理查德·格林里夫先生的朋友?"他问道。

"是的。"汤姆坐到另一张椅子上,这是把扶手椅,他可以将身子蜷缩起来。

"你最后一次是在何时何地见到他的?"

"最后一次见他是在罗马,我们简单打个照面,当时他正要去西西里。"

"他去西西里后,你收到过他的来信吗?"这位警长从棕色公文包里拿出本子,边问边记。

"没有,没收到过他的来信。"

"啊——哈。"警长说,他一直低头看卷宗,不怎么看汤姆。最后他友善又好奇地抬起头来。"你在罗马时,不知道警方在找你吗?"

"不知道,我对此一无所知。我也不知道为什么被传失踪。"他故意扶了扶眼镜,望着警长。

"我稍后再做解释。格林里夫先生在罗马没告诉你,警方想找你谈谈?"

"没有。"

"这就怪了。"他小声地说，顺手又做了记录。"格林里夫先生知道我们想找你。格林里夫先生不是太合作。"他笑着对汤姆说。

汤姆让自己的表情显得严肃专注。

"雷普利先生，从十一月底至今，你在何处？"

"我一直在旅行，大部分时间在意大利北部旅行。"汤姆故意把他的意大利语说得结结巴巴，错误百出，并且在口音上刻意和迪基区分开来。

"具体在哪里？"

"米兰，都灵，法恩莎——比萨——"

"我们已经查过米兰和法恩莎的旅馆了。你是和朋友住一起吗？"

"不，我——经常睡在车里。"显而易见，自己没什么钱，汤姆想，而且也是那种只要有旅行指南和一册但丁或斯隆在手，就可以对付一晚的人，无需住在豪华酒店里。"对不起，我没去更新居留巨（许）可证，"汤姆故作内疚地说，"我误以为这没什么大不了的。"其实汤姆心里清楚，来意大利的游客几乎从不费心去更新居留许可证，有人入境时宣称只打算待几周时间，最后住上数月之久。

"是居留许可证，不是居留巨可证。"警长语气温和地纠正汤姆的发音，像父亲对孩子一样。

"谢谢。"

"请出示一下你的护照。"

汤姆从西服内兜里掏出护照。警长仔细端详护照上的照片，汤姆趁机装出照片上那种略显不安的表情，嘴唇微微分开。照片上的他没戴眼镜，但发型相同，而且领带也和现在一样，打着松松的三角结。警长又看了看打了钢印的入境许可，次数不多，只占了护照的前两页，页面也没盖满。

"你是十月二日入境的，中间和格林里夫先生短暂地去了一趟法国旅行，对吧？"

"没错。"

警长笑了，是那种典型意大利式笑容，双膝前倾。"太好了。这下解决了一件重要的事——圣雷莫沉船之谜。"

汤姆皱着眉头。"什么之谜？"

"圣雷莫附近发现一艘沉船，上面有一些被认定是血迹的污渍。而你在圣雷莫游玩后不久就不见了，所以我们顺理成章地认为——"他摊开双手大笑道，"我们本以为，应该问格林里夫先生关于你的下落，我们也确实问他了。船失踪那一天，你们正好在圣雷莫。"说到这里，他又笑了。

汤姆假装没觉察到警长笑的意思。"难道格林里夫先生没告诉你们，从圣雷莫回来后，我去蒙吉贝洛了。我去帮他处理——"他停顿片刻，斟酌一番用词，"一些杂事。"

"很好！"罗瓦西尼警长笑着说。他舒服地松开外套的铜纽扣，用一根手指前后摆弄他挺括、粗壮的八字胡。"你也认识弗雷德–德里克·米莱斯吗？"

汤姆情不自禁地松了口气，因为沉船事件显然告一段落。"不认识。我只见过他一次，当时他正好从蒙吉贝洛的公交车上下来。此后我再也没见过他。"

"是吗。"警长边说边记，他沉默了一会儿，好像觉得有点离题，但还是笑着说了出来。"噢，蒙吉贝洛，那是个美丽的村子，不是吗？我妻子娘家就在那里。"

"的确很美！"汤姆愉悦地附和道。

"真的，我和我妻子在那儿度的蜜月。"

"村子美极了，"汤姆说，"谢谢。"他接过警长递来的一支"国民牌"香烟。汤姆觉得这或许是某种礼貌的意大利式的间歇。接下来肯定还要谈及迪基的私生活、伪造支票签名以及其他事情。汤姆费劲地用意大利语严肃地说，"我在报纸上得知，假如格林里夫先生不出面澄清的话，警方将怀疑他涉嫌弗雷迪·米尔斯谋杀案。你们真的觉得他有嫌疑吗？"

"啊，不，不，不！"警长连忙否认，"但现在当务之急是他必须站出来！他干嘛要躲我们？"

"我也不知道。像你说的——他不太配合，"汤姆语气凝重地说道，"我们在罗马见面时，他也没有主动告诉我，警方正在找我。不过即便是现在，我也不相信他会杀死米尔斯。"

"可是——瞧，在罗马，有人声称看见米莱斯先生的汽车曾停在格林里夫所住公寓的马路对面，车旁站着两个人，都喝醉了，也或许是——"警长故意停顿一下，看着汤姆。"其中一人已经死亡，另一人在车旁扶着他，所以两人看上去都像是醉了。但我们现在无法判定被扶的那人是米莱斯先生，还是格林里夫先生，"他又补充道，"但如果找到格林里夫先生，我们至少可以向他求证，当时他是否醉得需要米莱斯先生搀扶。"他哈哈大笑。"这可不是件开玩笑的事。"

"是的，我明白。"

"对于格林里夫先生现在的下落，你一无所知？"

"确实一无所知。"

警长陷入沉思。"据你所知，格林里夫先生和米莱斯先生从未有过口舌之争？"

"从未有过，不过——"

"不过什么？"

汤姆语速缓慢地叙说，缓慢得恰如其分。"弗雷迪·米尔斯原本邀请迪基参加一个滑雪聚会，迪基后来爽约了。我知道后很惊讶。他也没告诉我具体原因。"

"我也听过那次滑雪聚会，地点在科蒂纳。你确信这件事不涉及女人？"

汤姆很想趁机发挥一下他的幽默感，但他还是假装经过深思熟虑才回答，"我觉得和女人无关。"

"那个女孩是什么情况，舍伍德小姐？"

"这个不能排除，"汤姆说，"但我觉得可能性不大。我也许不太适合回答格林里夫先生的私人问题。"

"格林里夫先生从未和你谈及过他的罗曼史？"警长用拉丁民族那种一惊一乍的语调问道。

其实还可以继续兜圈子，汤姆想。玛吉的话也会成为佐证，可以想象当被问及关于迪基的问题时，她会有什么样的反应。最后意大利警方将永远搞不清楚迪基的情感生活。其实他自己何尝不是一笔糊涂账呢。"没有谈及过，"汤姆说，"有关他最私密的个人生活，他没和我说过。我只知道他很喜欢舍伍德小姐。"他又补充一句，"舍伍德小姐也认识弗雷迪·米尔斯。"

"那他俩有多熟？"

"这个嘛——"汤姆沉吟着，好像关于这个问题真能说出一番道道来。

警长凑了过来。"你和格林里夫先生在蒙吉贝洛曾住在一起，所以只有你能告诉我们格林里夫先生的人际关系。这些信息至关重要。"

"你们为什么不去问问舍伍德小姐呢？"汤姆问道。

"我们在罗马和她交流过——就在格林里夫先生失踪前。我是准备再找她聊聊，等她到了热那亚，准备回国的时候。她现在在慕尼黑。"

汤姆等待着，沉默不语。警长也在等待着，等汤姆说出更多有价值的内容。汤姆现在感觉很轻松，情况的发展符合他当初最乐观的估计：警方手上不掌握任何对他不利的证据，对他也毫无疑心。汤姆突然觉得自己真的清白无辜，底气也更足了。他觉得，他就像他的旧行李箱那样清白，那个被他小心翼翼刮去"帕勒莫车站行李寄放证明"贴纸的旧行李箱。他用标准雷普利式诚挚、认真的口吻说道，"我记得舍伍德小姐有次在蒙吉贝洛说过，她不去科蒂纳参加滑雪聚会了，可后来她又改变主意了。我不知道什么原因。不知道这件事能否说明——"

"可是她没去科蒂纳啊。"

"她是没去，但我想主要原因是格林里夫先生不去。舍伍德小姐非常喜欢格林里夫先生，而且她本来以为会和他同去，所以他不去，她也就不想去了。"

"你觉得米莱斯先生和格林里夫先生为舍伍德小姐吵过架吗？"

"我不知道，不过有这种可能性。我知道米尔斯先生也很喜欢舍伍德小姐。"

"啊——哈。"警长皱着眉头，竭力想理出个头绪来。他抬头看了看年轻的警察，显然他一直在旁边听着，但从他面无表情的样子来看，他也没什么可说的。

从他刚才的描述来看，迪基是个爱吃醋的家伙，不想让玛吉去科蒂纳玩，因为她也很喜欢弗雷迪·米尔斯，汤姆想。一想到居然有人——尤其是玛吉这样的人——喜欢有双死鱼眼的莽汉甚于喜欢迪基，汤姆就不由得笑了。他把这个笑点化作不理解的表情。"你们认为迪基是在逃避，还是恰巧一时联系不到他？"

"噢，不，这个案子太复杂了。首先，是支票的问题。你或许从报上得知这件事了。"

"对支票的事情，我不是太清楚。"

警长向他解释了一番。他知道支票的日期，也知道哪几个人认为支票签名是伪造的。他还说，格林里夫先生否认那些是假签名。"可现在银行想针对伪造签名的事和他面谈，同时罗马警方也希望当面再和他谈谈有关他朋友的谋杀案，他却突然消失……"警长摊开双手。"这只能说明他在躲避我们。"

"你们没想过有人把他杀了吗？"汤姆柔声问道。

警长耸了耸肩，动作很夸张，坚持了近十五秒钟。"我不这么看。事实不像这个样子。不太像。我们用无线电设备检查了所有离开意大利的大小客轮。除非他坐小船——而且是渔船那样的小船离开，否则他肯定还藏匿在意大利。当然他也可能在欧洲其他地方，因为我们通常不会登记出境者的姓名，而且格林里夫先生也有数天的空隙安排离境。不管怎么说，他肯定在东躲西藏。反正他的行为有很大嫌疑，其中肯定有蹊跷。"

汤姆严肃地盯着警长。

"你以前有没有亲眼见过格林里夫先生签那些汇单？尤其是一月和二月的？"

"我见过他签收一份汇单，"汤姆说，"不过那可能是十二月份。一月份和二月份我没有和他在一起。——你们真的觉得是他杀死米尔斯的吗？"汤姆故意装出不可思议的样子问道。

"他无法证明自己不在现场，"警长答道，"他说米莱斯先生离开后，他去散步了。但是没有人可以作证。"他突然伸出手指，指着汤姆。"并且——我们从米莱斯先生的朋友范·休斯敦那里获悉，米莱斯先生在罗马费了很大力气才找到格林里夫先生——感觉好像格林里夫先生在有意躲他。格林里夫先生或许生米莱斯先生的气，但范·休斯敦说，米莱斯倒是对格林里夫一点也不生气！"

"是这样啊。"汤姆说。

"就是这样。"警长笃定地说，眼睛盯着汤姆的双手。

也许这只是汤姆主观臆断，觉得警长在盯着自己双手看。汤姆已经重新戴上自己的戒指，难道警长在戒指上发现什么端倪？汤姆大胆地将手伸到烟灰缸前，将香烟捻灭。

"就这样吧，"警长起身说道，"谢谢你的配合，利普利先生。你是我们能找到的为数不多的几位透露了一些格林里夫先生私生活的人。他在蒙吉贝洛的那些熟人都避而不谈。意大利人就这德性。害怕警察。"他咯咯笑道。"希望下次找你问询时，能更容易些。这段时间，请多在城里，少去乡下。当然，如果你在乡下待上瘾了，那就算了。"

"我确实是！"汤姆语气恳切地说，"在我看来，意大利的乡村是全欧洲最美的。不过要是需要的话，我可以待在罗马，和你们随时保持联系。我现在和你们一样，非常想找到我的朋友。"他说得十分恳切，像个毫无心机的人，忘记迪基现在涉嫌谋杀。

警长递给他一张名片，和他点头告别。"十分感谢，利普利先生。晚安！"

"晚安。"汤姆说。

那名年轻的警察出去时，向他敬了个礼。汤姆点头回礼，关上房门。

他感觉要飞起来了——像一只小鸟，张开翅膀，飞出窗外！ 一群白痴！ 只会围着真相打转，却永远猜不出来！永远猜不着迪基之所以躲避假签名的问题，是因为这个迪基也是假的！ 他们只推测也许是迪基·格林里夫杀死了米尔斯，还算有点头脑。但现在真迪基已经死了，而死人是不会开口说话的，所以他，汤姆·雷普利现在安全了！ 他拿起电话。

"请给我接威尼斯大酒店，"他用汤姆·雷普利的意大利口音说道，"请帮我接餐厅——我订一张九点半的桌子。谢谢！ 雷普利先生，雷——普——利。"

今晚他要美餐一顿，欣赏大运河的月下美景，贡多拉慵懒地载着度蜜月的情侣在河上飘荡，船夫和船桨的黑影投射在洒满月光的河面上。他突然胃口大开，想吃些昂贵美味的菜肴，只要是酒店的特色菜，雉鸡胸、鸡胸肉之类的，先来一道奶油焗通心粉，再来一杯上好的意大利红酒，边吃边憧憬着未来，并计划下一步去哪儿。

换衣服时，他想出一个好主意： 他得有一个指名给他的信封，信封外注明数月后方可打开，里面是一份迪基签名的遗嘱，声明财产和收入全部赠予他。这个主意现在看起来是可行的。

23

亲爱的格林里夫先生:

在目前的情势下,我想如果我写信告诉您一些有关理查德的事情,您应该不会见怪——是的,看来我算是最后见到他的人了。

当时大概是二月二日左右,我在罗马的英吉尔特拉酒店最后一次见到他。正如您所知,当时距离弗雷迪·米尔斯之死刚过了两三天。我发现迪基的情绪低落紧张。他说等警方结束有关米尔斯之死的问询后,他会即刻动身前往帕勒莫。他渴望离开是非之地,这点可以理解。但需要告诉您,同时也让我担心的是,在他外表紧张的背后,隐藏着某种抑郁消沉。我感觉他要做出一些疯狂的举动——对他自己。我也知道他不想再见到玛吉·舍伍德小姐。假如舍伍德小姐由于米尔斯的事情,从蒙吉贝洛来罗马看他,他也不想再见她。我竭力说服他见舍伍德小姐一面。我不知道他们后来见面没有。玛吉特别会安慰人,您也许有所耳闻。

其实我想说的是,我感觉理查德有可能会自杀。到我写这封信时为止,他依旧不知所踪。当然我希望您收到这封信时,他已经和您联系过了。毫无疑问,我坚信理查德和弗雷迪之死没有关系,无论是直接的还是间接的。但是迪基肯定受到此事的惊吓，接踵而至的警方问讯，又令他惶惑不安。给您写这封令人压抑的信，我感到十分难过。但愿这一切都是虚惊一场，迪基只是暂时躲起来（依他的性格，这也是可以理解的），等这些不愉快的事过去。但随着时间的流逝，我愈发感到不安。我觉得有义务写信告知您……

威尼斯

二月二十八日，一九——

亲爱的汤姆：

　　谢谢你的来信。你真是个好人。我已经书面答复了警方的问询，他们派了一个人和我见面。我不去威尼斯了，不过还是谢谢你的邀请。我准备后天去罗马见迪基的父亲。他从美国飞过来了。是的，我的看法和你一致，给他写信是个好主意。

　　我被这件事搞得晕头转向，现在又染上了类似波状热，或是德国人称之为"焚风症"的病症，必须整整卧床四天，不然我现在已经在罗马了。所以请原谅这封回信写得语无伦次、意志消沉，配不上你亲切的来信。不过我想说的是，我坚决不赞同你认为迪基会自杀的观点。他不是那种人。我知道你听了要说，人总是说一套，做一套之类的话。对迪基来说，其他事情或许如此，但是自杀他绝不会。他可能在那不勒斯某条僻巷被谋杀——甚至在罗马就遇难了，因为谁也说不准他离开西西里后，到底去没去罗马。我也可以想象他为了逃避那些责任而**躲藏**起来，我认为他现在就是在这么做。

　　我很高兴你认为假签名是个错误，我是指银行方面的错误。我的看法和你一致。自十一月份以来，迪基变化很大，因此签名也很可能会发生改变。让我们一起祝愿你收到这封信时，事情会有转机。我收到格林里夫先生的电报，说他要来罗马，所以我得养足精神好见他。

很高兴现在总算知道你的地址了。再次对你的来信、建议和邀请表示感谢。

祝好

玛吉

另：忘了告诉你一个**好**消息。有个出版商对我写的《蒙吉贝洛》感兴趣！他说得看完全部书稿后，才能签合同。不过这已经很令人鼓舞了。我现在只盼着赶紧完工！

玛吉　又及

慕尼黑

三月三日，一九——

看来她打定主意，准备和自己改善关系，汤姆想。她也很可能在警察跟前改变口风，说了一些关于他的好话。

迪基失踪事件在意大利报章上激起轩然大波。不知是玛吉，或其他什么人，还给记者提供了照片。《时代》周刊登载了迪基在蒙吉贝洛驾船航行的照片，《今日》周刊上是迪基坐在蒙吉贝洛海滩和吉奥吉亚露台上的照片，一张迪基和玛吉勾肩搭背、面露微笑的合影，配的文字是"失踪的迪基和被谋杀的米尔斯的共同女友"。这家周刊甚至还刊载了一张迪基父亲赫伯特·格林里夫先生的颇为正式的照片。汤姆轻易就从报上得知玛吉在慕尼黑的地址。《今日》周刊在过去两周里，对迪基的人生进行了连续报道，称他在校期间就叛逆，还大肆渲染他在美国的社交生活和来欧洲学习艺术的过程，把他描述成了埃罗尔·弗林①和保罗·高更②的混合体。这家图片周刊总是宣称所登皆为警方最新报告（其实警方一无所获），外加记者在本周随心所欲编造的一些推论。最热门的一个是，迪基和另一个女孩私奔了——这个女孩可能签收了他的汇款单——两人现在隐姓埋名在大溪地、南美洲或墨西哥过着逍遥日子。警方还在罗马、那不勒斯、巴黎三地搜寻，但仅此而已。有关杀害弗雷迪·米尔斯的凶手，依旧毫无线索，至于在迪基住所前，到底是迪基扶着米尔斯，还是米尔斯扶着迪基，更是提都没提。汤姆不明白报纸为什么不报道这件事。很大可能是他们不敢写，怕被控诽谤罪。汤姆很满意媒体形容他是失踪的迪基·格林里夫的"挚友"，自告奋勇提供知道的有关迪基性格和生活习惯等一切信息。并且他也和其他人一样，对迪基的失踪困惑不解。"雷普利先生是一位在意大利的美国游客，经济条件优越，"《今日》周刊这样写道，"他现在居住在威尼斯一栋俯视圣马可广场的宫殿里。"汤姆最喜欢的就是这段文字。他把这段

---

① 澳大利亚演员，歌手，代表作《侠盗罗宾汉》。
② 法国后印象派画家，和凡·高、塞尚并称为后印象派三大巨匠。

话剪了下来。

汤姆此前真没想到自己居住的酒店居然是"宫殿"，不过这栋建筑确实符合意大利人所谓"宫殿"的标准——一栋具有两百多年历史的二层楼房，样式庄重，大门正对着大运河，只有坐贡多拉才能抵达，门前有宽阔的石阶延伸到河岸。铁门需要一把长达八英寸的钥匙方能开启。另外，铁门后面的普通房间门也配了硕大的钥匙。汤姆出入经常走的是较为随意的、对着圣斯皮里迪奥内小径的"后门"，除非他请人来访时想显摆一番，才让他们乘坐贡多拉从正门进来。后门高十四英尺，和将宫殿与外面的街道隔开的石墙一样。走进石门，迎面是一个已经荒芜却仍有绿意的花园。花园里有两棵嶙峋的油橄榄树和一个鸟浴盆，是一个裸体的小男孩手拿一个宽浅盘子的古代雕像。这是一个典型威尼斯式宫殿里的花园，有些破败，又得不到修缮，但是风韵犹存，因为两百多年前兴建时，在当时堪称惊艳。房间内部与汤姆心目中理想的单身男士住宅完全吻合，至少在威尼斯是这样：楼下是黑白相间、棋盘式的大理石地面，从门厅一直延伸到各个房间；楼上是粉白的大理石地面，家具根本不像家具，更像是双簧管、八孔直笛、古大提琴演奏出来的一曲十六世纪音乐的化身。他有自己的用人——安娜和乌戈，一对年轻的意大利夫妇。他们以前给一位旅居威尼斯的美国人当过仆人，能分辨出血腥玛丽鸡尾酒和冰镇薄荷酒，会把大衣柜、五斗橱和椅子的雕花表面擦得锃亮，在朦胧生辉的灯光照耀下，像是活物一样，会随着周围的人走动而相应移动。这所房子里唯一能够依稀辨别出现代特征的就是浴室。汤姆的卧室里摆放着一张巨大无比的床，宽度比长度还要长。汤姆用一套一五四〇年到一八八〇年期间的那不勒斯全景画装饰他的卧室，这些画作是他在一家古董店淘的。他花了一周多时间心无旁骛地装饰自己的住处。和在罗马时不同，他对自己的装潢品味十分自信，他在罗马的公寓并未反映出他的品味。现在他觉得自己无论在哪一方面都更加自信。

这种自信甚至促使他给多蒂姑妈写了一封信。信写得平和、亲昵、宽容，这种语气他以前从来不想用，也用不来。在信里，他询问了多蒂姑妈一向自鸣得意的健康，问候了她在波士顿那势利刻薄的小圈子，向她解释自己为什么喜欢欧洲，打算再住上一段日子。他觉得自己写得文采斐然，颇为得意，把其中的精彩部分又抄写一遍，放进桌子里。这封信是他某天早餐后，穿着在威尼斯定做的崭新的真丝晨衣，坐在卧室里写的。写信时，他时不时凝望窗外的大运河，和河对岸圣马可广场上的钟楼。写完信后，他又煮了点咖啡，然后在迪基的赫麦斯打字机上，开始草拟迪基的遗嘱。遗嘱上写道，迪基在数家银行的收入和财产全数赠予汤姆，遗嘱签名是罗伯特·理查德·小格林里夫。汤姆觉得最好不要在遗书上写见证人，免得银行或格林里夫先生本人节外生枝，问谁是证人。虽然汤姆也想过编造一个意大利名字，万一他们问起，就说是迪基将此人找来作证的。不过汤姆还是想用一份无证人的遗嘱赌一把。迪基的打字机倒是需要修理一番，打出的花体字像手写体一样有特点，他听说全手写的遗嘱无需证人。签名倒是一点问题没有，和迪基护照上细长的连笔签名一模一样。最后在遗嘱上签名前，汤姆练习了半个钟头。然后放松放松双手，在一张小纸片上先试签一下，再在遗嘱上正式签，整个过程一气呵成。他认为这个签名能经受住任何质疑。汤姆又把一个信封放进打字机下，在抬头打上"敬启者"，并注明到今年六月份方能拆阅。他把信封塞进旅行箱侧袋里，仿佛他将它放在那里已有一段时间，而且搬进这栋房子时也懒得把它拿出来。忙完这一切，他把赫姆斯打字机装进机箱带下楼，丢进运河的一个小支流，这条支流窄得走不了船，从他的正面屋角流到花园围墙。他很高兴终于扔了打字机，虽然过去有些舍不得。也许冥冥之中他知道要用这台打字机来写迪基的遗嘱或其他相当重要的东西，所以才保留至今。

汤姆以迪基和米尔斯共同朋友的身份焦急地关注意大利报纸和《先驱论坛报》巴黎版上有关格林里夫和米尔斯案的进展。到三月底，报纸纷纷表示迪基可能已经死亡，凶手是伪造他签名的某个人或某一伙人。罗马一家报纸说，那不勒斯某专家声称，从帕勒莫发出那封陈述没有假签名事实的信件，上面的签名也是假的。而其他报纸并不持相同论调。某位警方人士——不是那位罗瓦西尼警长——认为一些有案底的人和格林里夫先生"过从甚密"。这些人有渠道接触到银行的信函，并敢于假冒回信。"现在的谜团，"借用那位警方人士的原话，"不光是冒名顶替者到底是谁，还有他是如何搞到那封信的，因为据酒店门房回忆，他亲手把这封挂号信交给格林里夫先生。门房还说，格林里夫先生在帕勒莫一直是独自一人……"

更接近答案了，但还是没有完全猜中。但汤姆读到这条新闻时还是惊讶得愣了好几分钟。他们只差一步并能查明真相。保不准今天、明天或后天，就有人想通这一步。抑或是他们已经知道答案，只是为了麻痹自己故意引而不发——那位罗瓦西尼警长隔几天就给他发一封信，通报搜寻迪基的最新进展——准备等证据确凿后再将他一举捉拿归案？

这么一想，汤姆觉得自己正被人监视跟踪，尤其是他穿过那条长长的狭窄小径回住处的时候。圣斯皮里迪奥内小径说白了就是两道竖墙之间的一条巷子，没有店铺，光线也不好，只能看清沿街连绵的房屋门脸和上锁的意式高门，这些大门和四周石墙齐平。如果他在这儿受到攻击，将无处可逃，也没有哪扇门可以躲进去。汤姆也说不清到底谁会攻击他。他觉得警方肯定不会。他现在害怕的是某种萦绕脑际的无名无形的东西，有点像复仇女神。他只有在喝了几杯鸡尾酒壮胆后，走圣斯皮里迪奥内小径才心里不发虚，一路吹着口哨昂首前行。

他有选择性地参加鸡尾酒会，在搬进这所住宅后的头两个月里，只参加了两场鸡尾酒会。他与人交往也小心谨慎，这里面还有一段小插曲，发生在他找房子的第一天。一名房产租赁中介拿着三把大钥匙带他到圣斯蒂法诺教区看房子。他原以为这是所空房子，结果发现里面不仅有人住，而且正在举办鸡尾酒会。女主人坚持要汤姆和房产中间人留下来喝一杯，以弥补自己的疏忽给他们造成的不便。原来她一个月前准备将房子租赁出去，后来又改变主意不出远门了，但却忘了通知房产中介商。汤姆留下来喝了一杯，还保持他一贯内敛、客气的举止，和鸡尾酒会上所有客人都打了个照面。汤姆估摸这些人绝大多数都是来威尼斯过冬的游客，他们非常期盼新来者，这从他们对他热烈的欢迎和自告奋勇帮他找房子的态度就能看出来。当然他们从名字得知他就是大名鼎鼎的汤姆·雷普利，而认识格林里夫令他的社交知名度大到令汤姆自己都惊讶的程度。显然他们打算邀请他四处参加派对，向他问这问那，恨不得把和格林里夫案有关的一切细节从他嘴里套出来，给他们枯燥乏味的生活增加点刺激。汤姆的举止既克制又友好，和他的身份非常相符——一个天性敏感的年轻人，对浮华的社交圈还不太适应，在迪基的问题上，只是焦急地关心朋友的遭遇。

这次威尼斯社交场上的首秀让他收获了三家出租房的地址（其中一家就是他现在住的）和两个鸡尾酒会的邀请。其中一个鸡尾酒会的女主人拥有贵族头衔，叫罗波塔（蒂蒂）·德拉·拉塔-卡西戈拉亲王。汤姆其实根本没心情参加这些酒会。他总像隔着一团迷雾在看人，与人交流也缓慢而费劲。他经常要别人把话重复一遍。他觉得很没意思。不过这样倒是可以作为一种练习，他这样安慰自己。人们问他那些幼稚的问题（"迪基酒量大吗？""他和玛吉在谈恋爱，对吧？""你觉得他到底去哪里了？"），都可以作为今后迪基父亲和他见面时那些更具体问题的热身练习。收到玛吉来信十天后，汤姆开始不安起来，因为格林里夫先生还没从罗马给他写信或打电话。有时，汤姆甚至惊恐地臆想，会不会警方告诉格林里夫先生，他们在引诱汤姆·雷普利露出马脚，让格林里夫先生先别和汤姆联系。

汤姆每天都去邮箱看一眼，盼着能收到玛吉或格林里夫先生的来信。他已经把房子收拾好了，准备他们的到来。他们可能会问的问题，他也已经准备好了答案。汤姆觉得现在就像演出前大幕尚未拉开时漫长的等待。也有可能是格林里夫先生恨死他了（更别提有可能是在怀疑他），所以压根不想理他。或许玛吉也在这当中煽风点火。反正他得等*事情*主动发生，现在还不能出门旅行。汤姆很想去旅行，盼望已久的希腊之行。他买了一本希腊的旅行指南，并且把希腊诸岛上的旅行线路都规划好了。

到了四月四日早晨，他接到玛吉的电话。她到了威尼斯，人在火车站。

"我马上过去接你！"汤姆兴奋地说，"格林里夫先生跟你在一起吗？"

"没有，他在罗马。我一个人过来的。你不用来接我。我只带了一个小旅行箱。"

"别瞎说了！"汤姆说，拼命想表现一番。"你自己绝对找不到这儿。"

"我能找到。在萨鲁特教堂附近，对吧？我坐摩托艇到圣马可广场，再坐贡多拉过去。"

她既然知道路线，就让她自己来吧。"那好吧，如果你非要坚持的话。"他突然想起来，要在玛吉来之前把房子好好再检查一番。"你吃午餐了吗？"

"还没有。"

"太好了！ 我们一起找个地方吃饭。坐摩托艇时要注意脚下！"

两人挂了电话。汤姆冷静地在屋子里检查起来。他先去楼上两个大房间，再下楼穿过客厅。没有任何迪基的物品。他希望这所房子看起来不那么豪华。他从客厅桌上拿起一个两天前买的银质烟盒，（刻了他的首字母缩写）把它放进餐厅餐柜的最下层抽屉里。

安娜在厨房准备午餐。

"安娜，又有一个人来吃午餐，"汤姆说，"一位年轻女士。"

一听说有客人来，安娜脸上绽放出笑容。"是一位年轻的美国女士吗？"

"是的，她是我的老朋友。午餐准备好了，你和乌戈下午就没事了。剩下的我们可以自己来。"

"好的。"安娜说。

安娜和乌戈每天通常十点来，待到下午两点。汤姆不希望他和玛吉说话时，安娜和乌戈也在场。他俩懂一点英语，虽然不能完整听懂对话，但是如果他和玛吉提到迪基，他们一定会竖着耳朵偷听，这会让汤姆很不舒服。

汤姆调了一批马提尼酒，倒在酒杯里，和餐前开胃薄饼一起用餐盘端到客厅。他听见敲门声，应声把门打开。

"玛吉！很高兴见到你！快请进！"汤姆接过玛吉的行李箱。

"你还好吧，汤姆？天哪！——这些都是你的吗？"她环顾四周，还抬头看看高耸的、镶着花格的天花板。

"这是我租的房子，租金很便宜，"汤姆谦逊地说，"来，先喝一杯，跟我说说有什么新闻。你和罗马的警察谈过吗？"他把玛吉的轻便大衣和透明雨衣放在椅子上。

"谈过了，和格林里夫先生也谈过了。他情绪很低落——这很正常。"玛吉坐到沙发上。

汤姆坐到玛吉对面的椅子上。"警方有什么新的发现吗？有个警察专门负责和我联系，但他从未告诉我什么有价值的消息。"

"他们发现迪基离开帕勒莫前，兑换了一千美元的旅行支票。就在他离开前不久。所以他一定是带着钱去某个地方了，比如希腊或非洲。反正他不可能带着一千美元去自杀。"

"的确如此，"汤姆表示赞同，"这听起来就有点希望了。我在报纸上没看到这条消息。"

"他们估计没有写。"

"是没有写，尽写了一大堆废话，什么迪基在蒙吉贝洛早餐吃什么。"汤姆一边倒马提尼一边说。

"真是糟透了！现在情况有点好转了，不过格林里夫先生刚来时，报纸上的报道是最糟糕的。噢，谢谢。"她感激地接过汤姆递过来的马提尼。

"格林里夫先生现在怎么样？"

玛吉摇摇头。"我为他感到难过。他总是不停地说，要是美国警察来调查这个案子会做得更好之类的话，而他又一点不懂意大利语，所以让情况雪上加霜。"

"那他在罗马做什么？"

"干等。我们这些人又能做什么？我把回国的船票又延期了——我陪格林里夫先生去蒙吉贝洛，我问遍了那里的每个人，当然主要是为了帮格林里夫先生的忙。但他们什么都说不出来。迪基从去年十一月份以后，就没再回去过。"

"没回去过。"汤姆若有所思地呷了一口马提尼。玛吉还是比较乐观，他看得出来。哪怕是现在，她还保持着昂扬的活力，很像女童子军，无论到哪都引人注目，办事风风火火，身体健壮，有一点邋遢。汤姆突然觉得她很讨厌，但却伪装得很好，站起身来，拍了拍她的肩膀，还在她脸颊上爱怜地亲了一下。"也许他现在正在丹吉尔或其他什么地方悠闲地待着，过着赖利①那样的生活，等待这阵风头过去。"

"如果他真那样做，那就太没心没肺了。"玛吉大笑道。

"我以前说关于他抑郁的那些话，不是想吓唬任何人。我只是觉得有义务告诉你和格林里夫先生。"

"我理解你的意思。我觉得你对我们说是应该的，虽然我不认为它是真的。"玛吉咧嘴大笑，目光里流露出的乐观，让汤姆觉得很不理智。

他开始问她一些有关罗马警方看法、他们有何进展（其实目前根本谈不上什么进展）之类敏感而实际的问题，以及关于米尔斯案，她有何消息。玛吉对于米尔斯案也没有新的

---

① 著名间谍人物，007 的原型。

消息，但她确实听说有人那天晚上八点左右，在迪基住宅前看见米尔斯和迪基。她认为报道太夸张了。

"或许当时米尔斯喝醉了，或许迪基只是用胳膊搂住他。那时是晚上，谁能看得清楚？别扯什么迪基杀了米尔斯！"

"警方有没有掌握什么具体线索，表明是迪基杀了米尔斯？"

"当然没有什么线索！"

"那么这些家伙干嘛不脚踏实地去找真正的凶手？同时也查出迪基的下落？"

"可不是嘛！"玛吉语气肯定地附和道，"反正现在警方确信，迪基至少从帕勒莫去过那不勒斯，一名轮船乘务员记得帮他把行李从船舱提到那不勒斯港码头。"

"真的？"汤姆问。他也想起那个轮船乘务员了，一个笨手笨脚的傻瓜，提行李时把他的帆布行李箱夹在一只胳膊下，结果还掉到地上了。"米尔斯难道不是在离开迪基住处后过了几个钟头才遇害的吗？"汤姆突然问道。

"不，法医说这个不能确定。而迪基也没有不在现场的证明，因为他肯定是独自一人，没人能给他作证。迪基真倒霉。"

"警方其实也不相信迪基杀了米尔斯，对吧？"

"他们没公开说，只是有这样的谣传。他们自然不能对一位美国公民轻易下结论，但是如果一直找不到嫌疑人，而迪基又一直躲着——另外迪基在罗马的房东太太说，米尔斯下楼时曾经问她，还有谁住在迪基的公寓里。她说米尔斯当时显得很生气，好像刚和迪基吵过架。她说，米尔斯问她迪基是不是一个人住。"

听到这里，汤姆皱了皱眉。"米尔斯为什么问这个？"

"我也想不通。米尔斯的意大利语也不太好，可能是房东太太听错了。反正米尔斯不高兴这件事，对迪基很不利。"

汤姆扬了扬眉毛。"要让我说，这对米尔斯不利。也许迪基压根没有生气。"他感觉自己极其镇定，因为他看得出来，玛吉丝毫没有觉察到什么。"除非有什么具体的事情发生，否则我现在不是很担心迪基。听起来没什么大不了的。"他给玛吉续了一杯。"说起非洲，警察有没有去丹吉尔附近调查过？迪基以前说过想去丹吉尔。"

"我想他们通知了各地警察加强留意。我觉得他们应该请法国警察来帮忙，法国警察非常善于处理这类案件。当然这不可能实现，毕竟这儿是意大利。"这时玛吉语气里首次表现出惊恐和害怕。

"我们就在家里吃午餐好不好？"汤姆问道，"女佣总是要做午餐的，我们不妨享用一下。"他正说着，安娜走过来说午餐已经准备就绪。

"太好了！"玛吉说，"反正外面正在下小雨。"

"午餐准备好了，先生。"安娜面带笑容地对汤姆说，眼睛却盯着玛吉。

安娜一定是根据报纸上的照片认出了玛吉，汤姆想。"你和乌戈现在可以走了，安娜。十分感谢。"

安娜回到厨房，厨房有一扇门对着客厅的过道，是专供用人用的。汤姆听见安娜在厨房摆弄咖啡机的声音，显然是在拖延时间，想多瞧一眼。

"还有乌戈？"玛吉问，"一共两个用人，不少嘛。"

"噢，这儿一般都是夫妻俩一起帮佣。说来你都不信，这里的房租每月只要五十美元，暖气费另算。"

"简直不敢相信！　这个价格和蒙吉贝洛一样便宜了！"

"就这么便宜。当然暖气费很贵，但我只需对睡觉的卧室供暖，其他房间不用。"

"我觉得这个温度很舒服。"

"你来我就把暖气全部打开了。"汤姆笑着说道。

"发生什么事情了？是哪个姑妈去世，留给你一大笔遗产吗？"玛吉依然故作惊叹地问道。

"不是，这些都是我自己的主意。我就是想好好享受一番，把钱花光为止。我上次和你说的那份在罗马的工作，后来黄了。我现在身上只有两千美元，所以打算把这笔钱花光后回国，从头开始。"汤姆上次在信上对玛吉说，他应聘了一家美国公司在欧洲卖助听器的职位。这份工作我应付不来，而且面试他的人也觉得他不适合。汤姆在信上还告诉她，上次和她通话后一分钟，面试他的人就来了，所以他没能去安吉洛酒吧和她会面。

"以你这种开销，两千美元撑不了多久。"

汤姆心里明白，她这是在探口风，看看迪基是不是给他东西了。"能撑到夏天，"汤姆煞有介事地说，"反正我觉得该享受享受了。几乎整个冬天，我都像个吉卜赛人在意大利穷游，真是受够了！"

"冬天你在哪里？"

"哦，没和汤姆在一起，我是说没和迪基在一起。"他大笑道，心里对自己刚才说漏了嘴颇为紧张。"我知道你肯定以为我们在一起。其实我见迪基的次数不比你多。"

"噢，得了吧。"玛吉拖着调子说道，听起来像是有点醉了。

汤姆又调了两三杯马提尼酒，倒进酒罐里。"除了那次去戛纳，以及二月份在罗马一起待了两天，我根本没见过迪基。"他这个说法有问题，因为在给玛吉的信里，他说从戛纳回来后，"他陪着迪基在罗马待了几日"；现在当着玛吉的面，并且玛吉知道或者以为他和迪基在一起待了这么长时间，汤姆觉得怪难堪的。何况他和迪基的关系可能正好应了她在信中对迪基的指责。他倒酒时咬着舌头，心里暗恨自己懦弱。

午餐的主菜是冷烤牛肉，汤姆很后悔选了这道主菜，因为在意大利市场上，牛肉卖得很贵。进餐时，玛吉继续拷问他，问迪基在罗马时精神状态如何，问得远比任何警察更尖锐。玛吉认定汤姆和迪基从戛纳回来后，在罗马又一起待了十天。她问了一大堆问题，从那位迪基要拜师学艺的画家迪马西奥，到迪基的胃口和早晨的起床时间，不一而足。

"你觉得他对我是什么态度？实话实说，我能挺得住。"

"我认为他不知道该拿你怎么办，"汤姆语气诚挚地说，"我想——呃，这也是人之常情，一个害怕结婚的男人——"

"可我从来没逼他娶我啊！"玛吉抗议道。

"我知道，不过——"汤姆硬着头皮讲下去，这个话题让他觉得酸溜溜的。"这么说吧，他受不了你这样无微不至地关心他。他想和你保持一种更轻松的关系。"汤姆这番话讲了和没讲一样。

玛吉用她一贯迷茫的眼神看了汤姆一会儿，随即又勇敢地振作起来说道，"这些都已经成为过去了。我现在只关心迪基的下落。"

她心中那股因为汤姆整个冬天都和迪基在一起而对他升起的怒火，也已经成为过去了，汤姆想，她一开始就不想接受这个事实，现在接不接受已经无所谓了。汤姆小心翼翼地问道，"他在帕勒莫时，没给你写信吗？"

玛吉摇摇头。"没有，怎么了？"

"我想知道你认为他那时是什么心情。你给他写信了吗？"

玛吉迟疑了一下。"是的——给他写了。"

"是什么样的信呢？我问的意思是，信如果写得不客气，可能当时会对他造成负面影响。"

"噢——不好说是什么样的信。信的语气还算友好吧。我告诉他，我准备回国。"她睁大眼睛看着汤姆。

汤姆饶有兴致地盯着玛吉的脸，看她说假话时那副忸怩不安的样子。那封信的内容很龌龊，在信上她说她已经告诉警方，汤姆和迪基两人关系暧昧，形影不离。"我想那就没什么关系了。"汤姆温和地说，身体向后靠了靠。

两人沉默了片刻，然后汤姆又问了问玛吉的书，找的哪家出版社，她还剩多少工作。玛吉热切地有问必答。汤姆觉得，如果迪基现在能回到她身边，而她的书明年冬天能出版，她会幸福死的，就算死了也值了。

"你觉得我该主动找格林里夫先生谈谈吗？"汤姆问道，"我乐意去罗马——"说到这，他突然想起，真要回罗马，他恐怕就没那么高兴了，因为在罗马有很多人把他当作迪基·格林里夫。"或者他过来一趟也可以。他可以住我这里。他在罗马住哪里？"

"他住在美国朋友家里，一个大公寓，在十一月四日大街，那人名叫诺萨普。我觉得你和他联系是个好主意。我可以把地址写给你。"

"好的。他不喜欢我，对吧？"

玛吉微微一笑。"坦率地说，确实不太喜欢你。我觉得他对你有点苛责。他很可能认为你在迪基身上揩油。"

"其实我没有。我也感到很遗憾，没能说服迪基回国，但我已经把这一切跟他解释过了。我听说迪基失踪后，还给他写了一封信，说尽了迪基的好话。难道那封信一点没起到作用吗？"

"我觉得应该有作用吧，不过——噢，对不起，汤姆！洒在这么漂亮的桌布上！"玛吉打翻了她的马提尼。她笨手笨脚地用餐巾擦拭针织桌布。

汤姆从厨房取来一块湿布。"没事，没事。"他说，边擦边看着实木桌面变得发白。他心疼的不是桌布，而是这张漂亮的桌子。

"真对不起！"玛吉还在不停地道歉。

汤姆恨她。他突然想起在蒙吉贝洛时，见过她的胸罩挂在窗沿上。如果他邀请她今晚留宿，她的内衣就会挂在这里的椅子上。想到这里，他就觉得恶心。他故意隔着桌子向她投去笑容。"我希望你能赏光，在这里住一晚。不是和我住一起，"他笑着补充道，"楼上有两个房间，你可以住其中一间。"

"非常感谢。那我就住这里吧。"她面露喜色地对他说。

汤姆将她安顿在自己的房间里，另外那间房没有床，只有一个长沙发，没有他的双人床睡得舒服。午餐后，玛吉关上房门睡午觉。汤姆心神不宁地在屋内走来走去，心里盘算着自己房间里有没有什么东西该拿走。迪基的护照过去放在旅行箱的衬层，现在他将旅行箱放在壁橱里，他想不起来房间里还有什么东西会成为罪证……可是女人的观察力很敏锐，汤姆想，就算这个人是玛吉。她可能会四下窥探一番。最后他不顾她还在睡觉，跑进房间，从壁橱里把旅行箱拿了出来。地板响了一下，玛吉睡意蒙眬地半睁开了眼睛。

"只是来拿点东西出去，"汤姆悄声说，"抱歉。"他轻手轻脚地走了出去。玛吉也许根本不会记得这一幕，他想，毕竟她都没完全醒过来。

后来，他带玛吉在房子里四处转转，向她展示他卧室隔壁房间书架上的那些精装皮面书。他说这些书是房子里原来就有的，其实都是他自己的，是他在罗马、帕勒莫和威尼斯买的。他记得有十本是在罗马买的，那位和罗瓦西尼警长一起来的年轻警察还凑近看了看这些书，显然想看看书名是什么。但是他想，就算是相同的警察再来一次，也没什么好担心的。他带玛吉看了看正门和门前宽阔的石阶。现在河水水位较低，露出四级石阶，最下面两级石阶上覆盖着厚湿的苔藓。苔藓是长条形丝状，滑溜溜的，附在石阶边缘，像一绺绺深绿色的发丝。汤姆看到石阶就发憷，但玛吉却觉得很浪漫，她俯下身来，看着运河深深的河水。汤姆涌起一股冲动，想把她推进水里。

"我们今晚可以坐贡多拉从这里回来吗？"她问汤姆。

"当然。"他们今晚肯定要出去吃。汤姆想到即将到来的意大利漫漫长夜，心里就害怕，因为他们可能要到十点才吃饭，然后玛吉很可能在圣马可广场喝咖啡，直到凌晨两点。

汤姆抬头看了看威尼斯雾蒙蒙、没有太阳的天空，一只海鸥飞过来，翩然落在运河对岸某户人家的门前石阶上。他在心里盘算，该给哪位新结识的威尼斯朋友打电话，问问五点左右能否带玛吉去喝一杯。他们肯定都乐意结识她。最后他决定去找英国人彼得·史密斯-金斯利。彼得家有一只阿富汗犬，一架钢琴和一个设备齐全的吧台。汤姆觉得去彼得家最合适，因为彼得从不撵人。他们可以在他家一直待到晚餐时间。

24

汤姆七点左右从彼得·史密斯-金斯利家给格林里夫先生打了个电话。格林里夫先生的语气比汤姆预料得要更友善一些。他的声音听起来有点可怜，巴不得汤姆能给他多提供点有关迪基的零碎消息。彼得、玛吉还有弗朗切提斯兄弟——他们是汤姆新认识的、来自的里雅斯特一对讨人喜欢的兄弟——都躲在隔壁房间一字一句地听着，因此汤姆觉得自己表现得肯定比独处时要更好。

"我已经把知道的全告诉玛吉了，"他在电话里说，"所以我现在如果有说漏的，她可以补充。我感到遗憾的是，无法提供一些真正有价值的、对警方破案有帮助的信息。"

"这帮警察！"格林里夫先生粗声粗气地嚷道，"我现在都觉得理查德会不会已经死了。意大利警方可能因为某种缘故，不愿意承认这一点。他们的表现很业余，像一群假扮侦探的老太太。"

格林里夫先生直率地推测迪基可能已经不在人世，令汤姆颇为震惊。"您觉得迪基可能会自杀吗，格林里夫先生？"汤姆平静地问道。

格林里夫先生叹了口气。"我也说不好，我只是觉得有这种可能性。我一直觉得我儿子这个人没定性，汤姆。"

"我的看法恐怕和您一致，"汤姆说，"您想和玛吉说话吗？她就在隔壁房间。"

"不，不说了，谢谢。她什么时候回罗马？"

"我记得她说准备明天回去。如果您想来威尼斯，哪怕只是散散心，欢迎您来我这里住。"

但是格林里夫先生婉拒了汤姆的邀请。汤姆意识到，再劝也没有用。这有点像主动给自己找麻烦，可他又忍不住。格林里夫先生谢谢他打电话来，并礼貌地道了一声晚安。

汤姆回到另一个房间。"罗马那边没有什么新消息。"他沮丧地对屋子里的人说。

"噢。"彼得一脸失望。

"这是电话费，彼得。"汤姆将一千二百里拉放在钢琴盖上。"十分感谢！"

"我有个想法，"佩特罗·弗朗切提斯用他的英式口音英语说道，"会不会是，迪基·格林里夫和一个那不勒斯渔夫或罗马的香烟贩子互换护照，这样他就能过上孜孜以求的宁静生活。后来持迪基护照的那个家伙发现自己在签名造假方面没有想象的那么在行，于是不得不突然消失匿迹，避避风头。所以警方应该找拿不出正确身份证明的人，进而查清此人的真实姓名，最后顺藤摸瓜找到迪基·格林里夫。"

众人听到这番奇谈怪论都大笑起来，汤姆尤其笑得最响。

"这个推论的问题在于，"汤姆说，"许多认识迪基的人，在一月份和二月份都见过他——"

"谁见过他？"佩特罗用他那意大利式挑衅的口吻打断汤姆，由于他是用英语说的，挑衅意味更是加倍。

"我就见过他，我算一个。况且，根据银行的说法，伪造签名早在十二月份就发生了。"

"这也不失为一种推断。"玛吉哑着嘴道，她喝着第三杯，在酒劲作用下乐陶陶的，懒洋洋地靠在彼得的躺椅上。"很符合迪基的行事风格。他很可能在离开帕勒莫后着手干的，就在银行假签名事件之后。我一点也不相信那些是假签名。我觉得迪基变了很多，笔迹变了也很正常。"

"我也是这么想，"汤姆说，"对于伪造签名，银行意见也不一致。美国那边发现疑点，那不勒斯这边就顺水推舟。美国人要是不说的话，那不勒斯的银行永远发现不了。"

"不知道今晚的报纸会有什么新的消息？"彼得颇有兴致地问道，边说边套上他刚才可能因为穿着不舒服而半脱的鞋子，这鞋子外形也像拖鞋。"我现在就出去买报纸吧。"

弗朗切提斯两兄弟中的一个自告奋勇，主动冲出去买报纸。洛伦佐·弗朗切提斯穿了一件粉红色带刺绣的西装马甲，正宗英伦范儿，外面是英国产的西装，脚穿英式厚底皮鞋。他的兄弟装束和他差不多。而彼得正好相反，从头到脚全是意大利式打扮。汤姆早就发现，无论在派对还是在剧院，穿英国式服装的肯定是意大利人，而穿意大利服装的肯定是英国人。

洛伦佐买报纸回来时，又陆续来了几位客人——两个意大利人，两个美国人。大家传阅报纸，针对今天的新闻，又交换意见，讨论一番，谈兴更浓，推断也更愚蠢。今天的新闻是，迪基在蒙吉贝洛的房子卖给了一个美国人，价格是他当初购买时的两倍。房款暂时由那不勒斯一家银行掌管，直到迪基本人来认领。

这家报纸还配了一幅漫画，一个男的跪在地上，朝写字台下面看。他的妻子问，"是领扣掉了吗？"而他回答道，"不，我是在找迪基·格林里夫！"

汤姆听说，在罗马，有的音乐厅也把寻找格林里夫作为桥段，编进小短剧里。

一位刚进门的美国人，叫鲁迪什么的，邀请汤姆和玛吉明天去他住的酒店参加一场鸡尾酒会。汤姆本想婉拒，玛吉却说乐意前往。汤姆没料到她明天还会在这里，因为午餐时，她曾说准备离开。参加那个酒会对他有致命的威胁，汤姆想。鲁迪是个大嗓门的莽汉，衣着花哨，自称是古董交易商。汤姆设法带玛吉离开了彼得的房子，免得她接受更多的邀请。否则她会在这里没完没了地一直待下去。

汤姆请玛吉吃的晚餐共五道菜，吃了很长时间。其间玛吉处于微醺状态，让汤姆很是恼火。不过他还是强忍着，对玛吉善意地回应着。他觉得自己像一只无助的青蛙，被电针每刺一下，就抽搐一下。玛吉扔个球，他就跑去捡起来，玩弄一会儿。他尽说的都是些无用的废话，比如"或许迪基突然在绘画中找到了自我，他像高更那样去了南太平洋某个小岛"。这类话让他自己都觉得作呕。玛吉则会对迪基和南太平洋岛屿浮想联翩一番，伴着懒洋洋的手势。最要命的时刻就要来了，汤姆想：贡多拉之旅。坐贡多拉时，她如果把手放在水里荡来荡去，真恨不得来一条鲨鱼把它们都咬掉。他还点了一份甜点，但已经没肚子装了，可玛吉把甜点全吃光了。

玛吉当然想坐私人贡多拉，而不是像轮渡那样的大贡多拉，能一次将十多个人从圣马可广场载到圣马利亚教堂前的台阶上。于是他们租了一辆私人贡多拉。现在是凌晨一点半。汤姆因为喝多了咖啡，嘴里有点泛苦味，心脏像鸟的翅膀一样扑腾直跳。他觉得自己得到天亮才能睡着。他现在精疲力竭，像玛吉那样慵懒地靠在贡多拉座位上，同时小心翼翼地不让大腿碰到玛吉的腿。玛吉还处在亢奋状态，正自顾自地大谈威尼斯的日出，显然她以前看过威尼斯日出。小船轻轻地摇晃，加上船夫有节奏地划桨，让汤姆微微有些恶心。从圣马可船泊处到圣马利亚教堂前的台阶，这一大片水域在汤姆看起来似乎茫茫无际。

石阶现在被水没得只剩最上面两级，河水刚好冲刷到第三级台阶表面，把苔藓冲得四散开来，看着叫人恶心。汤姆机械地付完船费，站在大门前，突然发觉自己没带钥匙。他环顾四周，想看看能不能从什么地方翻进去，可是站在台阶上，他连窗台都够不着。还没等他开口，玛吉放声大笑起来。

"原来你没带钥匙！站在台阶上，四周是汹涌的河水，你居然没带钥匙！"

汤姆勉强挤出笑容。该死的，他怎么没想起来将那两把一尺多长，像两把左轮手枪一样重的钥匙带在身上？他转过身，对着贡多拉船夫大喊，叫他回来。

"啊！"船夫在水上咯咯笑着，"抱歉，先生，我要回圣马可！我有个约会！"他继续划着船。

"我们没带钥匙！"汤姆用意大利语朝他喊道。

"对不起，先生！"贡多拉船夫回应道，"你们再雇一艘吧！"

玛吉又笑了。"噢，又一艘贡多拉来接我们！难道不是一件美事吗？"她踮着脚站着。

这个夜晚一点也不美妙。天气阴冷，还下起了毛毛细雨。汤姆盼望能来一辆大贡多拉轮渡，却没看到。他只看见一艘摩托艇驶向圣马可码头。摩托艇不大可能特地来接他们，但汤姆还是朝摩托艇大喊。灯火通明、满载游客的摩托艇闷头前行，停靠在横跨运河的木码头旁。玛吉双臂抱膝，坐在最上级台阶，无所事事。最后一艘像渔船的低船身摩托艇减速驶来，船上的人用意大利语喊道："锁在门外啦？"

"我们忘带钥匙了！"玛吉乐呵呵地说。

不过她不想坐船。她说她要在石阶上坐着，等汤姆转个弯去开临后街的门。汤姆说，那样至少得等十五分钟，她很可能会冻感冒。她听了这才上了摩托艇。意大利船主把他们送到最近的圣马利亚教堂的石阶上。他不收任何费用，但接受了汤姆没抽完的一包美国烟。不知道为什么，这天晚上和玛吉一起走过圣斯皮里迪奥内小径，汤姆比独自一人时更加感到恐惧。当然玛吉一点也没有受到影响，一路上说个不停。

25

第二天一大早，汤姆就被砰砰的敲门声叫醒。他抓起晨袍下了楼。送来一封电报。他又不得不回楼上取小费给送电报的人。他站在冰冷的客厅读电报。

改变主意。愿面见汝。

上午十一时四十五分到。

H·格林里夫

汤姆战栗着。这早在预料之中，他想，但没想到他终究还是来了。他感到恐惧。还是这个揭盖子的时候让他害怕？此时天色尚早，客厅显得晦暗阴森。那个"汝"字，给电报增添了一丝诡异的古意。意大利电报里排字错误较多，读起来往往更搞笑。如果电报里署名不是"H"，而是"R"或"D"，不知汤姆会有什么感觉？ [①]

他跑上楼，钻回温暖的床上，想睡个回笼觉，但脑子里一直在想，万一玛吉过来敲门怎么办，因为她很可能听见了刚才巨大的敲门声。不过他最后认定，她睡得很死，没有听见。他设想在门口迎接格林里夫先生，和他紧紧地握手，想象格林里夫先生会问什么问题，可是无奈脑子现在浑浑噩噩，疲惫不堪，让他感到恐惧难受。一方面，他现在太困了，理不出问题和答案；另一方面，他因为心里紧张又睡不着。他想起来煮咖啡，同时叫醒玛吉，这样可以有个人说说话。可是一想到走进玛吉的房间，看到那些内衣、吊袜腰带四处散放，他就受不了。他绝对受不了。

结果是玛吉叫他起床。她告诉汤姆，她在楼下已经煮好了咖啡。

"你怎么看？"汤姆咧着嘴笑道，"今天早晨我收到格林里夫先生的电报，他中午就到。"

"他要过来？你是什么时候收到电报的？"

"今天清晨，如果我当时不是做梦的话。"汤姆找到电报。"在这儿。"

玛吉看了电报。"愿面见汝，"她笑着说，"那好啊。我希望他这次来能有收获。你是下来喝，还是我把咖啡给你端上来？"

"我下来吧。"汤姆边说边穿上晨袍。

---

① H 和 D 是迪基的首字母缩写。

玛吉已经穿戴整齐，她下身穿一条宽松的黑色灯芯绒便裤，上身穿一件罩衫。这条裤子剪裁得非常合身，应该是定做的，汤姆想，和她葫芦般的体型简直是绝配。他俩这顿咖啡一直喝到十点钟，安娜和乌戈带着牛奶、面包卷和晨报来了。然后他们又煮了一些咖啡和热牛奶，一起坐在客厅。今天上午的晨报上没有关于迪基和米尔斯案的消息。有时如果晨报没有报道，晚报就会有，哪怕没有新的消息，也要提醒读者别忘了迪基还是没找到，米尔斯案也还没破。

十一点四十五分，玛吉和汤姆去火车站接格林里夫先生。天又下起雨来，伴着冷风，雨滴打在脸上像冻雨。他们站在火车站的候车厅，目视旅客从大门出来。格林里夫先生终于出来了，他神情严峻，面色发灰。玛吉冲上前去，在他脸颊上亲了一下，他对玛吉笑了笑。

"你好啊，汤姆！"他的声音很真挚，并伸出手来。"你怎么样？"

"我很好，先生。您怎么样？"

格林里夫先生只带了一个行李箱，却仍然雇了一个脚夫提着它。脚夫提着箱子，跟他们一起坐上摩托艇，虽然汤姆说他可以帮格林里夫先生提，也不费什么事。汤姆提议直接去他的住处，但格林里夫先生坚持先去酒店安顿下来。

"我办完住宿登记后，马上就过来。我打算去住格里提大酒店。那儿离你住处近吗？"格林里夫先生问。

"不太近，不过您可以步行去圣马可广场，然后乘贡多拉去我住处，"汤姆说，"如果您去酒店只是办入住手续，我们可以陪您去，然后中午一起吃饭——除非您想单独和玛吉聊一会儿。"他又变回了那个谦退隐忍的雷普利。

"我来这儿主要想和你聊聊！"格林里夫先生说。

"有新消息吗？"玛吉问。

格林里夫先生摇摇头。他向摩托艇窗外看，目光紧张，心不在焉，好像这个陌生的城市让他不得不看，但又没什么值得一看。对于汤姆共进午餐的提议，他没有接茬。汤姆交叠起胳膊，脸上摆出愉悦的表情，也不再主动说话，反正摩托艇的发动机轰鸣声很大。格林里夫先生和玛吉闲聊着他们在罗马的熟人。汤姆判断玛吉和格林里夫先生相处很融洽，虽然玛吉说在罗马之前，她并不认识格林里夫先生。

中午他们去位于格里提大酒店和里阿尔托桥之间一家朴素的餐馆用餐。餐馆的特色菜是海鲜。他们把活的海鲜直接摆放在店内的长条柜台上。其中一个盘子盛的是各种各样的紫色小章鱼，迪基当年最爱吃这个，他们走过时，汤姆对着盘子向玛吉示意道，"真遗憾迪基现在没法享用这些美食。"

玛吉笑得很灿烂。每次要吃饭时，她都很兴奋。

用餐时，格林里夫先生的话多一些了，但还是沉着脸，而且说话时还是环顾四周，好像在盼着迪基随时走进来。没有，警方到现在也没找到能称为线索的东西，他说道，他已经请了一名美国私家侦探过来帮忙廓清迷雾。

听了这话，汤姆倒吸一口凉气——一直以来他心里都隐隐有个疑虑，或者说是幻觉，觉得美国侦探比意大利人更能干——但随即他又觉得即使来了，也无济于事，而玛吉显然也被这个问题戳中，因为她笑容顿失，面无表情。

"这或许是个不错的主意。"汤姆说。

"你觉得意大利警察厉害吗？"格林里夫先生问汤姆。

"呃，我觉得还可以，"汤姆答道，"他们有他们的优势，会说意大利语，可以到处去调查他们觉得有嫌疑的人。您请的侦探会说意大利语吗？"

"这个我还真不知道。"格林里夫先生惶恐地说，好像这是个他本该考虑却疏忽的问题。"这名侦探名叫麦卡隆，据说口碑很好。"

他很可能不会说意大利语，汤姆想。"那他什么时候来？"

"不是明天就是后天。如果他明天能到，我就去罗马和他见面。"格林里夫先生吃完了帕尔马干酪小牛肉。他吃得不多。

"汤姆住的房子很漂亮！"玛吉边说边开始吃她的七层朗姆酒蛋糕。

汤姆朝她望了一眼，淡然一笑。

真正的交锋很可能要等回他住处之后，汤姆想，只剩他和格林里夫先生两人时。他知道格林里夫先生想和他单独谈，所以他建议就在这儿喝咖啡，免得玛吉说回去喝。玛吉喜欢他的咖啡滤壶煮出来的咖啡。不过即便这样，回来后玛吉还是在客厅陪着汤姆和格林里夫先生待了半个钟头。玛吉这个人有些不识趣，汤姆想。最后还是汤姆朝她挤眉弄眼，并朝楼梯望去，她才领会汤姆的意思，用手捂着嘴，说困了，要上楼打个盹。她这个人还是和以往一样，是个没心没肺的乐天派。吃午餐时，她和格林里夫先生说话的神态，就好像迪基肯定没死，格林里夫先生根本无需为此事担心，担心反而对消化不好。她估计还在做梦有朝一日能成为格林里夫先生的儿媳呢，汤姆想。

格林里夫先生站起身，两手插在外套口袋里，在地板上走来走去，像是一名主管正要向速记员口述一封信。汤姆注意到，他对这栋豪宅根本就没有评价，估计都没看。

"唉，汤姆，"他叹了口气，"现在这个结局真奇特，对不对？"

"结局？"

"嗯，你在欧洲住下来了，而理查德——"

"说不定他已经回美国了。"汤姆故作轻松地说道。

"不，那是不可能的。美国的移民部门现在查得很严。"格林里夫先生继续在屋内踱步，并没有看汤姆。"讲真话，你觉得他现在会在哪里？"

"呃，格林里夫先生，我觉得他可能会藏在意大利——如果他不找需要身份登记的旅馆，那将会是很容易的事。"

"意大利有不需要登记的旅馆吗？"

"正式的旅馆一般都要登记身份，但像迪基这样对意大利非常熟悉的人总能想到办法。其实在意大利南方，只要私下给小客栈老板一点钱，哪怕老板知道他就是理查德·格林里夫也没事。"

"你真觉得他会这么做吗？"格林里夫先生突然盯着他，汤姆在他脸上又看到他们第一次见面时那种愁苦的表情。

"不，我只是说有这种可能。我现在也只能这么说了。"他停顿片刻，"对不起，格林里夫先生，还有一种可能性是迪基已经死了。"

格林里夫先生表情没有变化。"因为你在罗马所说的抑郁症吗？他到底跟你说了什么？"

"迪基总是很抑郁。"汤姆皱眉道，"米尔斯的事情对他打击很大。他是那种极其讨厌被曝光的人，尤其和暴力案件沾边的曝光。"汤姆舔了舔嘴唇。他真的在费尽心机地说这些话。"他确实说过，如果再发生一件倒霉事，他就真要疯了。他确实也束手无策。而且我第一次发现他对绘画失去兴趣，或许只是暂时的，但此前我一直以为无论发生什么事，都动摇不了迪基对绘画的热情。"

"他真的这么看重绘画吗？"

"是的，他很热爱绘画。"汤姆语气肯定地说。

格林里夫先生将目光再次转向天花板，手背在身后。"遗憾的是，我们现在找不到那个迪马西奥先生。他或许知道一些事。我觉得理查德和他一起去西西里了。"

"这个我就不知道了。"汤姆说。他心里明白，这件事格林里夫先生肯定是听玛吉说的。

"如果真有迪马西奥这个人的话，那他现在也失踪了。我倾向于认为，迪马西奥这个人是迪基杜撰的，目的是想让我相信他正在学画画。而且警方在各种身份目录里，也没找到叫迪马西奥的画家。"

"我从未见过迪马西奥，"汤姆说，"迪基提到过他几次。我从未怀疑过他的身份，我的意思是，怀疑过真有这个人。"说到这里，他笑了。

"你刚才说什么来着，'再发生一件倒霉事'，他还遇到什么事情了？"

"呃，当时在罗马我不知道。但现在回想起来，我明白他的意思了。警察肯定问过他关于圣雷莫沉船的事。他们没告诉您吗？"

"没有。"

"警察在圣雷莫发现一艘船，被人凿沉了。据说船失踪的那天，迪基和我也在圣雷莫，而且我们也划过同类型的船，就是那种供租赁用的小摩托艇。船被凿沉了，上面有些污迹，警方觉得像是血迹。他们发现沉船事件正好在米尔斯案之后不久，当时他们没和我联系上，我正在外面旅游。他们找到迪基，问我在哪里。我现在反应过来了，迪基当时一定以为，警察怀疑他杀了我！"汤姆大笑着说道。

"我的天呐！"

"我只知道这些，因为一个警长数周前来威尼斯就这件事问过我。他说他之前已经问过迪基了。奇怪的是，我当时并不知道警察在找我——虽说不是很投入，但却一直在找——直到来威尼斯看报纸才知道这件事。于是我去当地警察局表明了身份。"汤姆还带着微笑。他几天前刚下定决心，如果见到格林里夫先生，不管他听没听说过圣雷莫沉船事件，他都要说出这件事，这总比格林里夫先生从警方那里知道要好一些，况且警方还会告诉格林里夫先生自己曾和迪基在罗马待过一段时间，而在这段时间他理应知道警方正在找他。再说，这和他声称的迪基心情抑郁刚好能对上号。

"我不是太明白这些事情的来龙去脉。"格林里夫先生说。他坐在沙发上聚精会神地听汤姆说。

"现在这一切都已经烟消云散了，因为我和迪基都还活着。我跟您说这事的意思是，迪基知道警察找我这件事，因为他们向他打听过我的行踪。警察第一次问他时，他不一定确切知道我在哪里，但他肯定知道我还在意大利。可后来我去罗马看他，他却没有告诉警察和我见过面。他不想表现得那么积极配合，他对这种事毫无兴趣。玛吉在罗马的酒店里告诉我，迪基要去和警察见面，我才知道这事。他的态度就是，让警察自己找，他不想主动去告诉警察我的下落。"

格林里夫先生不住地摇头，是那种慈父式、稍显不耐烦的摇头，仿佛他早就明白这就是典型的迪基式作风。

"我想这就是那个晚上他说'再发生一件倒霉事'的意思。后来我去威尼斯警察局时，有点尴尬。警察可能觉得我是个糊涂蛋，居然不知道他们在找我。可事实是，我的确不知道。"

"嗯，嗯。"格林里夫先生敷衍地听着。

汤姆起身去拿白兰地。

"我恐怕不能同意你关于迪基会自杀的分析。"格林里夫先生说。

"玛吉也不同意这种看法。我只是说，这也是一种可能性。我也不觉得这是最大一种可能。"

"你不觉得？那你觉得最大可能会是什么？"

"他躲起来了，"汤姆说，"给您来点白兰地怎么样？我想这房子肯定比美国的冷。"

"确实冷。"格林里夫先生接过杯子。

"您知道，他有可能在意大利周围的好几个国家，"汤姆说，"他回那不勒斯后，可能会去希腊、法国或其他地方，因为人们只是最近才开始追查他的下落。"

"我知道，我知道。"格林里夫先生疲惫地说。

26

汤姆本希望玛吉忘了那位古董交易商邀请她去参加达涅利大酒店的鸡尾酒会，但玛吉并未忘记。格林里夫先生四点钟左右回旅店休息去了，他一走，玛吉就提醒汤姆五点要去参加那个酒会。

"你真的想去？"汤姆问，"我连那家伙的名字都记不起来了。"

"他叫马洛夫，马——洛——夫，"玛吉说，"我想去。我们可以待短一点。"

那只好这样了。汤姆最讨厌这种抛头露面的事，还不是他一个人抛头露面，而是格林里夫案中的两个主角，像马戏团聚光灯下的一对小丑，同时高调登场。他感觉到了——心里也明白——他俩作为嘉宾，不过是马洛夫借以吹嘘的由头，好告诉大家玛吉·舍伍德和汤姆·雷普利也来参加酒会了。汤姆觉得这次来的真不是时候。而玛吉更是让人无法原谅她的轻佻，居然连一点不担心迪基失踪这种话都能说得出口。汤姆甚至觉得玛吉大口灌着马提尼，是因为这儿的酒水不要钱，好像在他家里就无法畅饮，或是待会儿和格林里夫先生吃晚饭时，汤姆也不会多买几瓶。

汤姆小口啜吸着手中的酒，尽量待在远离玛吉的地方。遇到有人问起时，他只说他是迪基·格林里夫的朋友，和玛吉仅仅是认识而已。

"舍伍德小姐正在我家做客。"他尴尬地笑道。

"格林里夫先生去哪了？你怎么不带他过来。"马洛夫先生魁梧得像一头大象，侧着身子说话，手里拿着香槟杯子，盛着满满一杯曼哈顿鸡尾酒。他穿着一身颜色扎眼的英国格子呢西装，这种款式一定是英国人在很不心甘情愿的情况下，给鲁迪·马洛夫这样的美国人做的。

"我想格林里夫先生在休息，"汤姆说，"我们准备晚点和他一起吃饭。"

"噢，"马洛夫道，"你看今晚的报纸了吗？"他问话的表情客气又正式。

"我看了。"汤姆答道。

马洛夫先生点点头，没再说什么。汤姆心想，如果他说没看晚报，不知马洛夫会告诉他什么鸡毛蒜皮的新闻。晚报说，格林里夫先生已经抵达威尼斯，下榻在格里提大酒店。报上没有提美国私人侦探今天来到罗马，或即将要来，这令汤姆怀疑格林里夫先生关于私人侦探的事是编的。这就像人

天才雷普利 | 301

们随口一说的事情，或者是他自己凭空想象出来的恐惧，没有丝毫事实依据，再过几周，他会为自己当初对这种事信以为真感到羞愧。例如他曾以为迪基和玛吉在蒙吉贝洛发生过关系，或差一点发生关系；又比如他害怕如果自己继续扮演迪基的角色，二月份发生的假签名事件会暴露他，把他毁了，结果什么也没发生，一切安然无恙。最新传来的消息是，美国那边十位专家中有七位表示签名不是假的。如果当初不是他心中臆想出来的恐惧占了上风，他就可以再签一张美国银行寄来的汇款单，并且将迪基·格林里夫这个角色一直扮演下去。汤姆用手托着下巴，心不在焉地听着马洛夫先生说话，后者竭力用故作聪明、煞有介事的腔调，描述他上午在穆拉诺岛和布拉诺岛的历险。汤姆托着下巴，皱着眉头，一边听一边想着自己的心事。关于私家侦探要来的事，在被证明是假消息之前，他应该姑且相信格林里夫先生的话，但绝不能因此方寸大乱，或在瞬间流露出恐惧。

汤姆敷衍地应付马洛夫先生几句，马洛夫先生傻呵呵地笑着转身走了。汤姆用鄙视的眼神目视马洛夫魁梧的背影，意识到自己刚才一直很失礼，现在也谈不上客气，他应该打起精神，因为和这帮捣鼓瓶瓶罐罐、烟灰缸之类二流古董的交易商打交道时，做到彬彬有礼也是一名绅士的分内之事。汤姆见过他们把样品散放在置衣间床上的样子。不过他们确实令汤姆想起当年在纽约时想极力摆脱的那些人，这也正是他不愿和这些人周旋，想逃之夭夭的原因。

再怎么说，玛吉是他留在这里的理由，也可以说是唯一的理由。他在内心责怪她。汤姆又呷了一口马提尼，抬头看着天花板，心想过上几个月，他的神经、他的耐心都会经受磨炼，再和这种人相处，也能忍受了。至少和离开纽约时相比，他已经进步多了，今后还会更进步的。他仰望着天花板，心里盘算着去希腊玩，从威尼斯乘船出发，经过亚得里亚海和爱奥尼亚海，到克里特岛。这是他今年夏天的计划。就选在六月。六月，多么甜蜜温柔的字眼。晴朗、慵懒、阳光普照。可惜他的幻想只持续了几秒钟。这群美国人喧嚣、刺耳的嗓音不断朝他耳朵里灌，像爪子一样挠他肩膀和后背的神经。他不由自主地离开站立的地方，朝玛吉走去。酒会上除玛吉外，只有两个女人，都是可怕的美国商人的悍妻，玛吉怎么说也比她们长得强一些，但玛吉的嗓音更难听，和她们一个类型，只是更难听。

汤姆想劝玛吉一起告辞，但话到嘴边却没说出口，因为在酒会上，男士主动提议离开，实在有些不可思议。于是他闭口不言，只是面带微笑地加入到玛吉的谈话圈子。旁人又给他的杯子续了酒。玛吉正在谈论蒙吉贝洛的生活，还有她写的书。有三个老男人似乎被她迷住了，他们都已经两鬓灰白，满脸皱纹，有些秃顶。

几分钟后，当玛吉自己提出告辞时，马洛夫和他这帮狐朋狗友竭力挽留她和汤姆。他们都有点喝醉了,坚持邀请玛吉和汤姆留下来吃晚餐,并把格林里夫先生叫来。

"来威尼斯干什么——就是图个痛快!"马洛夫先生傻乎乎地说,趁着挽留玛吉之机,故意将她揽入怀里,在她身上乱摸一番。汤姆想幸亏刚才没有吃东西,否则看到这一幕会全吐出来。"格林里夫先生的电话是多少?快给他打电话!"马洛夫先生挤开人群,朝电话走去。

"我想我们还是赶紧离开这里!"汤姆厉声对玛吉耳语道。他用力紧拽着她的胳膊肘,朝门口走去,两人边走边向众人微笑着点头致意,和他们道别。

"出了什么事吗?"他们走到外面的廊厅时,玛吉问汤姆。

"没出什么事。我只是觉得酒会有点变了味。"汤姆说话时故意带着笑容,想要显得轻松些。玛吉虽说有点醉意,但还是能看出来汤姆有心事。他都出汗了。汤姆额头上汗津津的,他用手拭去汗水。"这帮人让我厌烦,"他说,"总是在谈迪基,我们和他们又不熟,我不想和他们聊这种事,他们令我恶心。"

"真是怪事,怎么没有一个人和我谈迪基,连他的名字都没提。我觉得今晚的派对比昨天在彼得家的聚会要好。"

汤姆只是抬头走路,并未答话。这些人正是他鄙夷的阶层,可干嘛要和玛吉说呢,她不也是这个阶层的一员吗?

他们去酒店看望格林里夫先生。现在离晚餐时间还早，于是他们去格里提大酒店附近一家咖啡馆先喝点开胃酒。汤姆为了弥补刚才在派对上的情绪失控，用餐时特意表现得心情愉快，谈笑风生。格林里夫先生情绪也不错。他刚和妻子通过电话，觉得妻子精神好多了。在过去的十天里，她的医生给她尝试了一种新的注射方案，格林里夫先生说，她的反应好像比以前要更好些。

这顿饭吃得很平静，其间汤姆讲了一个温和优雅的笑话，把玛吉逗得哈哈大笑。结账时格林里夫先生坚持买单，并直接返回酒店，因为他说状态还没完全恢复。进餐时格林里夫先生经过斟酌才点了一份意大利面，而且没有吃沙拉，说明他还是有点水土不服，汤姆本想向他推荐一种效果良好的药，在本地任何药房都有售，但格林里夫先生不是那种能给他提这种建议的人，哪怕只有他们两人在场，汤姆也说不出口。

格林里夫先生说他明天就回罗马，汤姆允诺明天九点左右给他打电话，看他坐哪一班火车。玛吉明天和格林里夫先生一起回罗马，她说坐哪趟车都可以。汤姆和玛吉陪格林里夫先生步行回格里提大酒店。格林里夫先生绷着他那张企业家的脸，戴着一顶灰色霍姆堡毡帽，走在路上，浑身一股麦迪逊大街味儿，走在威尼斯狭窄曲折的街道上。到了地方后，他们互道晚安。

"真抱歉没有更多时间陪陪您。"汤姆说。

"我也一样，孩子。后会有期！"格林里夫先生拍拍他的肩膀。

汤姆容光焕发地和玛吉步行回家。一切居然出奇地顺利，他想。一路上玛吉叽叽喳喳说个不停，还咯咯笑着说胸罩的一条肩带断了，必须用一只手托着。汤姆在思考今天下午收到的鲍勃·迪兰西的来信。鲍勃很久以前曾给他寄过一张明信片，后来两人就失去联系。这是他第一次给汤姆写信。他告诉汤姆，几个月前警察就一起个人所得税欺诈案问讯了住在他屋内的所有人。好像是有个造假者利用鲍勃房子的地址来接收支票，而且轻而易举地从邮箱边沿抽走邮差塞进去的信件来获取支票。警察也问了邮差，邮差回忆起信封上收信人的名字叫乔治·麦克艾尔宾。鲍勃觉得这一切太搞笑了。他向汤姆描述了房客们受警方问讯时的反应。现在的谜团是，到底谁拿走了寄给乔治·麦克艾尔宾的信？汤姆收到鲍勃的信后，心总算放了下来。个人所得税欺诈事件在他脑海中一直隐隐不散，因为他知道终究会有一场针对此事的调查。他很高兴现在事情只发展到这一步，并基本到头了。他想警方无论如何也没法将汤姆·雷普利和乔治·麦克艾尔宾联系在一起。何况鲍勃也说了，造假者也没试图兑现这些支票。

到家后，他坐在客厅又读了一遍鲍勃的来信。玛吉上楼整理行装，睡觉了。汤姆也很疲倦，但一想到明天玛吉和格林里夫先生都走了，那种自由感带来的欣喜之情令他简直夜不能寐。他把鞋子脱了，脚搭在沙发上，靠着一个枕头，继续读鲍勃的来信。"警察说有可能是某个外人，时不时过来取信件，因为住他屋子的人，看上去都不像是犯罪分子……"在信里读到这些当年在纽约的熟人，爱德、洛兰，就是那个他出发那天，非要躲在船舱里和他一起走的缺心眼女孩，汤姆心里涌起一种陌生感，一种对他毫无吸引力的陌生感。他们过的是多么乏味暗淡的生活啊，在纽约游荡，进出地铁站，在第三大道的肮脏酒吧里找乐子，看着电视，偶尔腰包鼓一点时，去麦迪逊大道的酒吧或好一点的馆子吃喝一番，这还比不上威尼斯最廉价的路边小餐馆里提供的新鲜蔬菜沙拉，美味的干酪，友善的侍者送来的葡萄美酒。"我真羡慕你现在居然端坐在威尼斯的古老宫殿之上！"鲍勃写道，"你是不是坐过很多次贡多拉？威尼斯的姑娘怎么样？你现在是不是被熏陶得都不想回来跟我们打交道了？你还打算待多久？"

永远，汤姆想。或许他今生都不再回美国了。倒不仅仅是欧洲令他流连忘返，而是像这样的夜晚，无论在这儿还是在罗马，他可以独自一人，这令他很受用。他可以躺在沙发上，翻着地图或旅行指南；或欣赏那些衣服——他自己的和迪基的——用手掌把玩迪基的那些戒指，用手指划过他从古驰专卖店购买的羚羊皮旅行箱。他用一种专门的英国产的皮革敷料，把旅行箱擦得锃亮，不是因为旅行箱旧了，失去光泽，而是为了保养它。他很珍爱这个箱子。他不是一个敝帚自珍的人，只是对少数和他形影不离的物品十分珍惜。这些物品令他获得自尊。它们并不奢华，却质量上乘，上乘的质量代表着热爱。这些物品是他生活的一种提示，告诉他享受这种生活。道理就这么简单。这样不是挺值得吗？至少证明了他的存在。在这个世界上，不是有很多人知道怎样证明自己的存在，即使他们是有钱人。证明自己存在，不需要很多钱，而需要某种程度的安全感。当初和马克·普里明格住一起时，他就想证明自己存在。他欣赏马克的那些藏品，这也是吸引他住到马克家的原因。只可惜那些东西不属于他，而他四十美元的周薪也无法买什么东西，证明自己的存在。即使他省吃俭用到吝啬的程度，也要把人生最美好的岁月搭进去，才能买到心仪的物品。从迪基那里得到的钱财，可以让他重新拾起当年的人生追求。这笔钱可以让他有闲暇游览希腊，如果他有兴趣的话，也可以收藏一些伊特鲁里亚①的陶器（他最近刚读了一本关于这个题材的书，作者是个生活在罗马的美国人），参加并资助一些艺术团体。比如今晚他就可以随心所欲地熬夜读安德烈·马尔罗②的作品，因为明天

---

① 现在存在于意大利中部的古代城邦国家。
② 法国小说家，艺术评论家。

一早不用去上班。他刚买了两卷本马尔罗的《艺术心理学》，正借助一本法语字典，津津有味地读着。他想他还可以小睡片刻，再继续读个痛快，不用顾忌时间有多晚。尽管喝了意式浓缩咖啡，他依然觉得浑身软绵绵的，昏昏欲睡。沙发造型的弧度恰好像一只胳膊，将他的肩膀揽入怀里，比真人胳膊还自然。他决定今晚就睡这里。这个沙发比楼上的沙发舒服多了。过一会儿他上楼取一条毛毯就可以了。

"汤姆？"

他睁开眼睛。玛吉正光着脚下楼来。汤姆坐了起来。玛吉手里拿着他的棕色皮盒。

"我在这里面发现了迪基的戒指。"她气喘吁吁地说。

"哦，是迪基送给我的，要我保管。"汤姆站起身来。

"什么时候给你的？"

"我想是在罗马吧。"他后退一步，踩到自己一只鞋子，顺手将鞋子捡起来，这么做主要是为了故作镇静。

"迪基想干什么？他干嘛要把戒指送给你？"

她一定是想缝胸罩带子，在找针线时发现戒指的，汤姆想。真该死，他当初怎么不把戒指放在其他地方，比如行李箱的衬里？"我也不知道，"汤姆说，"可能是一时心血来潮。你也知道他的为人。他说他如果发生什么意外，这些戒指就给我了。"

玛吉一脸的莫名其妙。"那他当时要去哪儿？"

"去西西里的帕勒莫。"他边说边用双手握着鞋，像是将鞋子的木质后跟作为武器。他脑海里迅速闪出一个念头：用鞋子猛击玛吉，然后从前门把她扔进门口的运河里。他可以说是她踩到滑溜的苔藓上，失足落水。不过汤姆想起来，玛吉水性很好，是不会淹死的。

玛吉低头盯着盒子。"他是要去自杀啊。"

"如果照这么想，确实是这样。这些戒指——他看上去像去寻短见。"

"以前怎么没听你说过这件事？"

"我把这件事忘得一干二净。他给我戒指后，我怕弄丢了，就把它们收起来，从未想过再看看。"

"他要么自杀了，要么就改名换姓——对吧？"

"是这样的。"汤姆神情悲伤但语气坚定地说道。

"你最好把这件事告诉格林里夫先生。"

"好的。我会告诉格林里夫先生和警方的。"

"这么看来，谜题已经解开了。"玛吉道。

汤姆将手中的鞋子像手套那样扭绞，但仍保持刚才的姿势，因为玛吉还在盯着他，虽然眼神很怪异。她还在琢磨这件事。她是故意在骗他吗？她会从这件事中推测出真相吗？

玛吉诚挚地说，"实在难以想象迪基连这些戒指都不要了。"汤姆明白过来她还没参透真相，她的思路在另外一条道上跑。

他松了口气，软绵绵地跌坐在沙发上，假装穿鞋子。"是啊。"他机械地附和道。

"如果不是太晚了，我恨不得现在就给格林里夫先生打电话。他很可能已经睡了，如果我跟他说这件事，他会失眠的。"

由于手指绵软无力，汤姆不得不费力地将另一只鞋穿上。他绞尽脑汁想找点话来说，"对不起，这件事我没早点说，"他深吸一口气，"我以为这不过是——"

"都这个时候了，格林里夫先生还请私人侦探过来，是不是有点可笑？"玛吉的声音有些颤抖。

汤姆看着她。她快要哭了。汤姆明白，这是她第一次正视迪基可能死了，这回大概是真的了。汤姆缓缓地朝她走过去。"对不起，玛吉。很抱歉戒指的事没早告诉你。"他搂住她。由于玛吉靠着他，他只能做出这个动作。他闻到她身上的香水味。估计就是那个斯特拉迪瓦里斯牌香水。"其实这也是我认定他自杀的一个原因——至少有这种可能性。"

"是啊。"她的声音近似哀鸣。

其实她没有哭泣，只是靠在他身上，僵硬地低着头。这样子就像刚得知某人的死讯似的，汤姆想。她确实听到了噩耗。

"来一杯白兰地怎么样？"他温柔地说道。

"不了。"

"来，坐沙发上吧。"他领着她朝沙发走去。

玛吉坐到沙发上，汤姆到房间另一边去取白兰地，倒进两个小酒杯里。待他转过身来，却发现玛吉不见了，只看见她罩衣的下摆和一双光脚消失在楼梯口。

她想一个人待着，汤姆想。他本想拿一杯白兰地给她送上去，继而又打消了这个主意。白兰地对她估计也不起作用。他能理解玛吉现在的心情。他面色凝重地将白兰地端回酒柜，原打算只倒一杯回酒瓶，结果却将两杯都倒进去了，再将酒瓶放回柜子里。

他又坐回沙发上，伸直一条腿，脚悬空着，虚弱得连脱鞋子的力气都没有。他突然想起来，这种虚弱感就和杀死米尔斯以及在圣雷莫除掉迪基后的感觉很像。他刚才差点又开杀戒！他想起刚才脑海里那个冷酷的念头：用鞋跟将玛吉打得失去知觉，不必打得皮开肉绽，熄灭灯后将她从前门拖出房子，这样不会有人看见。他再临时编一套说辞，就说她滑了一跤，他以为她能游回来，就没有跳下去救她或喊人来帮助，他甚至连事后和格林里夫先生见面时的具体说辞都想好了，格林里夫先生一定惊得目瞪口呆，而他也会表现得很震惊，但仅仅是表面上的罢了。他的内心会和杀死米尔斯后一样镇定冷静，因为他的解释无懈可击，圣雷莫那件事也是如此。他的故事编得非常好，因为是精心杜撰出来的，就连他自己都快要相信了。

他听见自己的声音在说:"……我站在台阶上朝她喊,心想她能随时上来,或许是和我恶作剧……不过我也不知道她是否受伤了,片刻之前她还开心地站在那里……"想着想着,他紧张起来。这声音像留声机一样在他脑海回响,画面情节活像正在他家客厅上演的一幕短剧,他无法喊停。他仿佛看见自己和意大利警察、格林里夫先生站在通往前厅的大门旁,能清清楚楚地看见自己的动作,听见自己的话。别人也被他说服了。

其实真正令他恐惧的不是和警方的对话,或臆想自己杀了玛吉(他知道自己没有杀她),而是想到自己拿着鞋子站在玛吉面前,居然还敢冷静清楚地设想如何杀死她。这种事他已经做过两次。那两次都成了事实,不是想象。他可以说做这些事并非出于他的本意,但他最后确实做了。他不想成为杀人犯,有时他甚至都忘了自己杀过人,但也有些时候,比如像现在,他是注定无法忘记的。今晚他在想身外之物的意义和为什么喜欢住在欧洲时,确实曾一度忘记了杀人的事。

他侧身蜷缩着,脚收回来搭在沙发上,浑身还在出冷汗,瑟瑟发抖。他怎么啦? 发生什么事了? 明天见到格林里夫先生时,他会不会脱口而出玛吉掉进运河,他边拼命叫喊边跳进河里救她,却怎么也找不到她? 如果玛吉当时就站在他们身边,他会不会还这样胡言乱语,像个疯子一样暴露

天才雷普利 |

自己?

　　明天无论如何他要面见格林里夫先生，把戒指的事情和他讲清楚。他要把今晚和玛吉讲的这番话向格林里夫先生重复一遍。不但如此，他还要添油加醋，让事情听起来更逼真。他开始构思。他的思绪冷静下来。他设想在罗马某个酒店的房间里，迪基和他站在那里说话，迪基说着说着就把戒指摘下来递给他。迪基说："你最好别跟任何人说这事……"

27

　　第二天早晨八点三十分，玛吉给格林里夫先生打电话，问他们何时可以过去。打电话前，她和汤姆打过招呼了。格林里夫先生一定听出来她情绪低沉。汤姆听见她把昨天戒指的事情向他说了一遍。玛吉转述时，用的是汤姆的原话，显然玛吉对他的话深信不疑，但是汤姆不知道格林里夫先生是什么反应。他担心这件事有可能会让整个事件出现转折，今天上午他们面见格林里夫先生时，他汤姆·雷普利会被警察当场抓获。本来汤姆觉得自己不在场，由玛吉间接转告格林里夫先生戒指的事是个优势，可想到这点，他又高兴不起来了。

　　"他说什么了？"玛吉挂了电话后，汤姆问。

　　玛吉疲惫地坐到房间另一头的椅子上。"他好像和我有同感。他亲口说的。看来迪基真的有自杀的打算。"

　　但是在他们到达饭店之前，格林里夫先生还有时间思考这个问题，汤姆思忖。"我们应该几点到？"汤姆问。

"我告诉他九点半之前应该能到。我们喝完咖啡就出发。咖啡我已经煮好了。"玛吉起身走进厨房。她已经穿戴整齐。她穿的是刚来时的那身旅行套装。

汤姆迟疑地端坐在沙发边缘上,松开领带。他昨晚和衣睡在沙发上。几分钟前玛吉下楼才叫醒他。他也不知道自己怎么会在这么冷的房间睡了一夜。玛吉早晨看他睡在这儿非常惊讶。他也颇为尴尬。他的脖子、后背和右肩都睡得生疼。他觉得很难受。他突然站起来。"我上楼去洗漱。"他对玛吉说。

他朝自己卧室瞥了一眼,发现玛吉已经将行李整理完毕。玛吉的行李箱放在卧室中央的地板上,已经合上了。汤姆希望她和格林里夫先生能按计划坐上午的火车离开。很可能会这样,因为格林里夫先生今天还要回罗马和那位美国侦探会面。

汤姆在玛吉的隔壁房间脱了衣服,走进浴室,打开淋浴。他看了一眼镜中的自己,决定先剃须。他走回房间拿电动剃须刀。电动剃须刀本来放在浴室,玛吉来了后,他便将剃须刀拿出来了,也没什么特别的理由。回浴室时,他听见电话铃响,是玛吉接的。他靠在楼梯口,听玛吉打电话。

"哦,好的,"她说,"如果我们没……那没关系。好的,我来转告他……好的,我们尽快。汤姆还在洗漱……哦,不到一个小时了。再见。"

他听见玛吉朝楼梯口走来，赶忙退回房间里，因为他还光着身子。

"汤姆？"她大声喊道，"美国来的侦探刚到这里！ 他给格林里夫先生打电话，说正从机场赶过来！"

"好啊！"汤姆回应道，怂怂地走回卧室。他将淋浴关掉，将电动剃须刀接头插进墙上的插座里。要是他在洗澡呢？反正玛吉总会这么叫的，为了让他听见。她要是今天走了就好了，汤姆希望她今天上午就离开。如果她不走，肯定是和格林里夫先生一起想看看那位侦探如何对付汤姆。汤姆明白，那名侦探来威尼斯就是冲他来的，否则他可以和格林里夫先生在罗马见面。汤姆不知道玛吉有没有悟到这一点，很可能她还没意识到。这需要推理，虽然只不过是一点点推理。

汤姆换上一身素色西服，系一条素色领带，下楼和玛吉喝咖啡。洗澡时，他把温度调高到能忍受的极限，觉得舒服多了。两人喝咖啡时，玛吉什么也没说，只表示戒指事件对格林里夫先生和侦探都会产生重要影响。她表示侦探也会倾向于认为迪基已经自杀。汤姆当然希望她说的能是真的。这一切都要看侦探是什么样的人，以及他给侦探的第一印象。

今天又是阴冷潮湿的一天。九点钟左右虽然没怎么下雨，但是之前下过，到中午时估计还会再下。汤姆和玛吉在教堂台阶前乘贡多拉去圣马可广场，再从圣马可广场步行前往格里提大酒店。到了酒店后，他们先给楼上格林里夫先生的房间打了个电话。格林里夫先生说，麦卡隆先生正好也在，请他们上来。

格林里夫先生开门迎接他们。"早上好。"他说。他像对待女儿那样按了按玛吉的胳膊。"汤姆——"

汤姆跟在玛吉后面进了房间。侦探站在窗前，是个身材矮胖的男人，年龄约莫三十五岁上下。他的面容友善而又警觉。是个聪明人，但算不上聪明绝顶，这是汤姆对他的第一印象。

"这位是埃尔文·麦卡隆先生，"格林里夫先生介绍道，"舍伍德小姐，雷普利先生。"

他们几乎异口同声说道，"你好！"

汤姆注意到床上放着一个崭新的公文包，边上散放着几份文件和照片。麦卡隆先生上下打量着他。

"你是理查德的朋友？"他问道。

"我俩都是。"汤姆道。

这时格林里夫先生打断他们，让他们坐下来谈。这是一间宽敞豪华的房间，窗户对着运河。汤姆坐在一张套着红色椅套、没有扶手的椅子上。麦卡隆坐在床上，翻看一沓文件。汤姆瞧见里面有几张纸上有直接影印的照片，好像是迪基支票的影印件，还有几张迪基的生活照。

"你们把戒指带来了吗？"麦卡隆的目光从汤姆逡巡到

玛吉。

"带来了。"玛吉郑重其事地起身，将戒指从手提包里拿出来，递给麦卡隆。

麦卡隆将戒指放在掌心，送到格林里夫先生跟前。"这些是他的戒指吗？"他问道。格林里夫先生只看了一眼，就点点头。玛吉脸上露出微微不快的表情，意思好像是，"这些戒指我最了解，可能比格林里夫先生还了解"。麦卡隆转向汤姆。"他是什么时候把戒指给你的？"他问。

"在罗马的时候。我记得大约是二月三号左右，就是米尔斯遇害后没几天。"汤姆答道。

侦探那双棕色的眼睛好奇而温和地审视着他。他扬起眉毛时，宽厚的额头现出几道皱纹。他留着一头棕色鬈发，两鬓剪得很短，额头上一绺卷发堆得老高，看上去像个机灵的大学生。从他的脸上看不出任何东西，汤姆想：这是一张经过训练的脸庞。"他给你戒指时，说了什么？"

"他说万一发生什么事，这些戒指就给我了。我问他会发生什么事，他说他也说不好，但有可能会出事。"说到这里，汤姆故意停顿片刻。"在当时的节骨眼上，他并不显得比平时更阴郁，所以我没想过他会自杀。我只是认为他不过是打算离开罢了。"

"去哪儿？"侦探追问道。

"去帕勒莫。"他说。汤姆看着玛吉。"他应该是你和我在罗马谈话那天给我的——在英吉尔特拉酒店。就在那天或之前的一天。你还记得日期吗？"

"二月二日。"玛吉声音低沉地说。

麦卡隆在一旁记笔记。"还有什么？"他问汤姆，"那天的什么时候？当时他喝酒了吗？"

"没有。他平时很少喝酒。当时是下午一两点钟。他说戒指这件事最好不要告诉其他人，我当然同意了。我把戒指收好，后来就彻底忘了这件事，我对舍伍德小姐也是这么说的——我之所以会忘了这事，可能跟迪基让我别和其他人说有关。"汤姆毫不避讳地说着，偶尔有点口吃，但也像是在这种情形下的无心之举。

"你怎么处理这些戒指的？"

"我把它们放在一个旧盒子里——一个我专门放零散衣扣的盒子。"

麦卡隆一声不吭地看了他一会儿，汤姆打起精神迎接他的目光。这个爱尔兰人的面容平静而警觉，可能随时会问一个刁钻的问题，或直接指出汤姆在撒谎。汤姆打定主意，死守刚才这套说辞，绝不做任何变动。在这片死寂中，汤姆能听见玛吉的呼吸声，格林里夫先生一声咳嗽也会令他一惊。格林里夫先生看上去很镇定，甚至显得有些麻木了。汤姆不知道他和麦卡隆是否合谋，想出了什么对付他的计策。

"迪基会不会只是暂时将戒指借给你以求转运？他以前

有没有做过类似的事？"麦卡隆问道。

"没有。"玛吉抢在汤姆之前答道。

汤姆感觉放松了一些。他发现麦卡隆现在也是毫无头绪。麦卡隆正等着他的回答。"他以前也借给我一些东西，"汤姆说，"他经常说他的外套和领带，我可以想用就用。当然，那些东西和戒指是不能相提并论的。"他觉得必须抢在玛吉之前把穿衣服这件事说出来，因为玛吉肯定知道他试穿迪基衣服的事。

"我无法想象迪基会不要这些戒指，"玛吉对麦卡隆说，"他游泳时会把那枚绿色戒指摘下来，但之后总是又重新戴上。戒指是他服饰的一部分。所以我认为他不要戒指，要么是打算自杀，要么是想改名换姓。"

麦卡隆点点头。"他有没有什么仇家？"

"绝对没有，"汤姆说，"这个问题我以前想过。"

"那你们有没有想过，他为什么要隐藏起来，或者改名换姓？"

汤姆扭动疼痛的脖子，小心翼翼地说："可能……不过在欧洲这种可能性几乎没有。他得再有一本护照。不管去哪个国家，他都得有护照。就是住旅店，他都需要有护照。"

"你以前对我说过，他可以不用护照。"格林里夫先生道。

"是的，我的意思是住意大利的小旅店不需要护照。当然，这种可能性不大。现在他的失踪已经闹得满城风雨，我觉得他不大可能躲在旅馆里，"汤姆道，"现在一定会有人告发他。"

"嗯，他显然是带着护照走的，"麦卡隆说，"因为他去西西里时用护照在一家大酒店登记住宿。"

"是的。"汤姆说。

麦卡隆记了一会儿笔记，又抬头看着汤姆。"你怎么看，雷普利先生？"

看来麦卡隆还不肯善罢甘休，汤姆想。麦卡隆准备过一会儿单独和他谈。"我想我的看法和舍伍德小姐差不多，迪基很有可能自杀了。而且他好像一直都有这个念头。我对格林里夫先生说过这话。"

麦卡隆看着格林里夫先生，但格林里夫先生什么也没说，只是满怀期待地看着麦卡隆。汤姆觉得麦卡隆现在也倾向于认为迪基死了，而且觉得大老远跑到这里是浪费时间和金钱。

"下面我想把这些事实再梳理一遍。"麦卡隆拖着沉重的步履，走回那堆文件旁。"理查德最后一次被人看见是二月十五日，他当时刚从帕勒莫回来，在那不勒斯下船。"

"是的，"格林里夫先生说，"一个轮船服务员记得当时见过他。"

"但从那以后，任何旅馆酒店都没有他的记录，任何人都没有收到他的消息。"麦卡隆的目光从格林里夫先生转向汤姆。

"是的。"汤姆说。

麦卡隆又看着玛吉。

"是的。"玛吉说。

"你最后一次见到他是什么时候，舍伍德小姐？"

"十一月二十三日，他当时要启程前往圣雷莫。"玛吉毫不迟疑地答道。

"你当时是在蒙哥里沃？"麦卡隆问道，他发音时把蒙吉贝洛发成了蒙哥里沃，看上去他不懂意大利语。

"是的，"玛吉说，"我二月份在罗马和他没见着面。最后一次见面是在蒙吉贝洛。"

玛吉真够意思！汤姆觉得自己快喜欢上她了——喜欢她的一切。今天上午到现在为止，简直一切都那么美好，即使她刚才让他有些不快。"他在罗马避见任何人，"汤姆插了一句，"所以他给我戒指时，我以为他要去另一座城市，消失一阵子，不想和任何熟人接触。"

"你觉得这是为什么呢？"

汤姆事无巨细地侃侃而谈，讲述了米尔斯谋杀案以及该案对迪基的冲击。

"你觉得理查德知道米尔斯案的真凶吗？"

"不，我想他肯定不知道。"

麦卡隆等着玛吉发表观点。

"我也觉得他不知道。"玛吉摇着头道。

"请想一想，"麦卡隆对汤姆说，"会不会是迪基知道真凶，所以才这么做？他只有躲起来，才能逃脱警方的问讯？"

汤姆思索片刻。"他没有给我任何这方面的暗示。"

"你认为迪基是不是害怕什么？"

"我实在想不出来。"汤姆道。

麦卡隆问汤姆，米尔斯和迪基的关系到底有多铁，他知不知道有谁是米尔斯和迪基的共同朋友，两人之间有没有什么债务纠纷，或者为女孩子争风吃醋——"我只知道玛吉认识他们俩。"汤姆答道，玛吉连忙强烈否认她是米尔斯的女朋友，所以绝不会因为她有什么争风吃醋之事。麦卡隆又问汤姆是不是迪基在欧洲最好的朋友？

"应该算不上，"汤姆答道，"我想舍伍德小姐应该是。迪基在欧洲的朋友，我不认识几个。"

麦卡隆再次端详汤姆的脸庞。"你对伪造支票签名的事怎么看？"

"它们是伪造的吗？我觉得没人敢打包票吧。"

"我也觉得不像是伪造的。"玛吉说。

"现在看法有分歧，"麦卡隆说，"专家认为他写给那不勒斯银行的信函不是伪造的，这只能说明假如以前支票签名有假，那他一定在替某人掩饰。如果以前的签名真的有假，你觉得他会替谁掩饰呢？"

汤姆踌躇不语，玛吉道，"以我对他的了解，实在想不出来他会替谁掩饰。他干嘛要这么做？"

麦卡隆盯着汤姆，但汤姆猜不透他到底是在琢磨他的话的真假，还是在思索他所讲的内容。在汤姆看来，麦卡隆像个典型的美国汽车推销员，或者是推销其他商品的，外向，健谈，智力中等，跟男人在一起能侃侃棒球，和女人在一起讲几句恭维话。汤姆并不觉得他会对自己构成多大威胁，但同时也不能轻易低估这个敌手。汤姆看见麦卡隆张开软乎乎的小嘴，说道，"雷普利先生，你介意和我下楼待几分钟吗？"

"没问题。"汤姆说着站起身来。

"我们很快就回来。"麦卡隆对格林里夫先生和玛吉说。

汤姆走到门口时回头看了一下，他看见格林里夫先生站起来，好像在对玛吉说什么，不过他什么也听不见。汤姆猛然意识到，外面正在下雨，灰蒙蒙的雨丝敲打在窗玻璃上。这就像是临别前的最后一瞥，朦胧而匆忙——玛吉的身形在大房间的那头缩成一团，格林里夫先生像个佝偻身子正在抗议的老头。而这间舒适的房间，和运河对岸他住的房子——由于下雨现在看不见了——他有可能再也无缘复睹。

格林里夫先生问，"你们——你们很快就回来吧？"

"哦，当然。"麦卡隆答道，声音坚毅得像个不动感情的刽子手。

他们走向电梯。这是他和格林里夫先生串通好的吗？汤姆在心里思忖。在大堂里打个暗语，他就会被交给早已埋伏好的意大利警察，然后麦卡隆完成任务，回到格林里夫先生的房间。麦卡隆从随身带的公文包里拿出几页文件。汤姆盯着电梯内楼层指示板旁边装饰性的竖直雕塑：鸡蛋形状图案，四周是点状浮雕和蛋形图案交替向下。不妨在格林里夫先生身上下手，讲点合情合理又平淡无奇的话，汤姆在心里盘算着。他咬紧牙齿。他现在千万不能淌汗。他还没有出汗，不过等一会儿到了大堂，他说不定就会大汗淋漓。麦卡隆个头还不到他的肩膀。等电梯停下来，汤姆转身面向他，咧嘴一笑，郑重其事地问道，"你是第一次来威尼斯吗？"

"是的。"麦卡隆道。他穿过大堂。"我们进去喝一杯？"他指着咖啡厅，嗓音彬彬有礼。

"好啊。"汤姆愉快地答应着。咖啡厅里人不多，却没有一张桌子远离他人，可以让谈话不被听到。麦卡隆会在这个地方对他进行指控，平静地将事实一件一件摆出来吗？他坐到麦卡隆拖出来的一把椅子上。麦卡隆背靠墙坐着。

服务员过来了。"先生您好？"

"我喝咖啡。"麦卡隆道。

"我要一杯卡布奇诺，"汤姆说，"你要卡布奇诺还是意式浓缩咖啡？"

"哪一种加了牛奶？卡布奇诺？"

"是的。"

"那我就要卡布奇诺。"

汤姆点了两杯卡布奇诺。

麦卡隆看着汤姆，小嘴朝一边歪笑着。汤姆刚才想象出了三四种开场白："是你杀的理查德，对不对？戒指就是明证，对吧？"或者"说说圣雷莫沉船事件，雷普利先生，越详细越好"。抑或直接单刀直入，"二月十五日理查德到达那不勒斯那天，你在哪里？是的，可是你当时住在哪里？比如说，你一月份住在哪里？……你能证明吗？"

但是麦卡隆什么也没说，只是低头看他那双肥嘟嘟的双手，脸上若似无地微笑着，汤姆觉得这件事对他来说好像简单到他都不屑于揭穿，他连口都懒得张。

他们相邻那桌坐着四个意大利人，像一群疯子一样滔滔不绝地说着，时不时还发出尖利的狂笑声。汤姆恨不得离他们远一点，但身子却一动不动地坐着。

为了迎战麦卡隆，他强打起精神，最后身体僵硬得像铁一样，过度的紧张感反而让他产生一种挑衅心理。他听见自己用一种难以置信的平静口吻说道，"你从罗马经过时，有没有和罗瓦西尼警长沟通过？"他问这个问题时，意识到他的目的是想看看麦卡隆知不知道圣雷莫沉船的事。

"不，我没有，"麦卡隆说，"我得到的信息是格林里夫先生今天在罗马等我，但我的飞机到得较早，所以决定还是飞到这里来见他——顺便可以和你聊聊。"麦卡隆低头看文件。"理查德到底是什么样的人？你能描述一下他的性格吗？"

麦卡隆每次进攻都是用这个套路吗？从他描述迪基的话语中找到蛛丝马迹？或者他想听听有别于迪基父母口中真实的迪基是什么样子？"他想画画，"汤姆开口道，"但他自己也清楚永远成不了画家。他故意装作一副无所谓的样子，故意显得乐呵呵的，好像现在的生活正是他梦寐以求的。"汤姆舔了舔嘴唇。"我感觉他的生活遇到了麻烦。你可能也知道，他父亲不赞成他学画画。而且迪基和玛吉的关系也比较尴尬。"

"你的意思是？"

"玛吉爱迪基，但迪基却不爱玛吉，可是在蒙吉贝洛，迪基又总是去找玛吉，让玛吉心存希望——"汤姆现在心里有一点底了，但他故意装作说话不利索。"他从未和我正面说起他和玛吉的事，他对玛吉评价很高，也很喜欢她，但是人尽皆知的是——玛吉自己也知道——他们是不会结婚的。可是玛吉还是不死心。我觉得这是迪基离开蒙吉贝洛的主要原因。"

汤姆觉得麦卡隆听得很耐心，并且很认可他的分析。"你说的不死心是什么意思？她做过什么事？"

汤姆等侍者把两杯泡沫丰满的卡布奇诺放在桌上，并把账单塞进两人中间的糖碗下面后，又说道，"她不停地给迪基写信，想见他，我猜同时又小心翼翼，在他独处时刻意不去打扰他。这些都是我和迪基在罗马见面时，他告诉我的。他说米尔斯案发生后，他没心情和玛吉见面，他害怕玛吉知道内情后，从蒙吉贝洛来罗马看他。"

"为什么米尔斯案发生后，迪基很紧张？"麦卡隆呷了一口咖啡，皱了皱眉头，不知道是因为咖啡太烫还是太苦。他拿起勺子搅了搅咖啡。

汤姆解释了一番。迪基和米尔斯是好友，米尔斯离开迪基住处几分钟后就遭谋杀。

"你觉得会是迪基杀死米尔斯的吗？"麦卡隆平静地问道。

"不，不会吧。"

"为什么？"

"因为迪基没有理由杀死米尔斯——至少没有我知道的理由。"

"人们总是说某某人不是那种杀人的人，"麦卡隆说，"你觉得理查德会杀人吗？"

汤姆迟疑片刻，像在搜肠刮肚找真相。"我从未想过这个问题，我也不知道哪种人会杀人。我倒是见过迪基发怒——"

"什么时候？"

汤姆说在罗马那两天，由于警方的问讯，迪基既生气又沮丧，他甚至搬出公寓，躲避熟人和生人的电话。而且这件事更加重了他内心的挫折感，因为此前他在绘画的道路上也踟蹰不前。汤姆把迪基描绘成一个固执、骄傲的年轻人，行事乖戾，对朋友甚至陌生人能一掷千金，但脾气喜怒无常——有时热衷社交，有时又阴郁退避。这样的性格决定了他对父亲既敬畏，又执意违背他的心愿。最后他总结说，迪基说白了是一个自视甚高的普通人而已。"如果他真的是自杀，"汤姆道，"那也是因为他意识到自身的缺陷——深感能力不足。与其说他是谋杀者，我更倾向于觉得他是自杀者。"

"可是他到底杀没杀弗雷迪·米尔斯？"

麦卡隆问得诚心诚意。这点汤姆确信。麦卡隆甚至希望汤姆能替迪基辩护，因为他们过去是朋友。汤姆觉得身上的恐惧减少了一些，但也只是少了一些，像某种坚硬的东西在体内慢慢融化。"我也不确定，"汤姆道，"只是我不相信他会做这种事。"

"我也不敢确定，但是如果他真的杀了米尔斯，很多事情就能讲得通了，对吧？"

"是的，"汤姆道，"一切都可以得到解释。"

"好吧，今天只是我开始工作的第一天，"麦卡隆带着乐观的微笑说道，"罗马那边的报告，我还没来得及看呢。我去罗马后，很可能还会跟你谈谈。"

汤姆看着他。看来今天到此为止了。"你会说意大利语吗？"

"不，说得不好，但我能看懂。我法语更好点，意大利语只是能应付。"麦卡隆道，好像这不是什么大不了的事。

其实这很关键，汤姆心想。他不相信麦卡隆光凭翻译，就能从罗瓦西尼警长那里获取关于格林里夫案的全部信息。而且在罗马时，麦卡隆也没法四处打探，和迪基的房东太太这样的知情人随意攀谈。这一点至关重要。"几周前，我在威尼斯和罗瓦西尼警官谈过一次，"汤姆道，"请代我向他问好。"

"我会的。"麦卡隆已经喝完他的那杯咖啡。"根据你对迪基的了解，他如果要躲起来，会躲到哪里？"

汤姆把身子微微往后倾斜。问话快要结束了，他想。"我觉得他最喜欢的还是意大利，我打赌他不会去法国。他也喜欢希腊。他还说过想去马洛卡玩玩。所以去西班牙是有可能的。"

"我明白了。"麦卡隆叹口气道。

"你今天就回罗马吗？"

麦卡隆扬了扬眉。"如果在这儿能补几个小时的觉，我想赶回去。我已经两天没着床了。"

他真的很卖力，汤姆想。"我想格林里夫先生也关心火车班次的事。这儿去罗马上午有两班，下午很可能还有一班。格林里夫先生打算今天回去。"

"我们今天可以赶回去。"麦卡隆伸手取账单。"十分感谢你的帮助，雷普利先生。我有你的电话和地址，如有需要，我会和你再见面。"

两人站了起来。

"我可以去和格林里夫先生和玛吉道个别吗？"

麦卡隆没有异议。两人乘电梯又回到楼上。汤姆兴奋得恨不得吹口哨庆祝，脑子里又回荡起"爸爸不愿意"的曲调。

一进门，汤姆就紧紧盯着玛吉，看看她有没有敌意的迹象。他觉得玛吉的表情只是有些悲伤，好像她刚成了寡妇。

"我有几个问题想单独问你，舍伍德小姐，"麦卡隆道，"如果您不介意。"他转向格林里夫先生。

"当然没问题。我正要去大堂买报纸。"格林里夫先生说道。

麦卡隆继续他的公务。汤姆向玛吉和格林里夫提前道别，怕他们万一今天就回罗马，以后再也没有见面机会。他又对麦卡隆说，"如果需要我的话，我很乐意随时去罗马。无论怎样，我在威尼斯会待到五月底。"

"到时肯定会有结果。"麦卡隆露出他那爱尔兰式自信的微笑，说道。

汤姆和格林里夫先生下楼去大堂。

"他又问了我一遍同样的问题，"汤姆告诉格林里夫先生，"还有我对迪基的性格怎么看。"

"那你觉得呢？"格林里夫先生语气里透着绝望。汤姆知道，在格林里夫先生眼里，自杀也好，藏匿也好，都是丑事，没什么区别。"我对他讲的全是真话，"汤姆道，"我说迪基可能会自杀，也可能会藏起来。"

格林里夫先生未加置评，只是拍了拍汤姆的胳膊。"再见，汤姆。"

"再见，"汤姆说，"给我写信。"

他和格林里夫先生之间一切正常，汤姆想。和玛吉之间也会一切顺利。她基本接受了迪基自杀的这个解释，今后她会一直这么看待这件事的。

下午汤姆待在家里，他在等电话，就算什么事都没有，至少麦卡隆应该会来个电话。可是没人打电话过来。只有住在此地的一位女伯爵蒂蒂打来电话，邀请他下午去参加鸡尾酒会，他接受了邀请。

他干嘛总觉得玛吉会给他带来麻烦？汤姆在心里想。她从未给他造成过任何麻烦。自杀一说现在已经尘埃落定，她现在只会用她那呆板的思维去曲解各种细节来往上靠。

28

　　麦卡隆第二天从罗马给汤姆打来电话，索要迪基在蒙吉贝洛的熟人名单。麦卡隆显然只想要知道所有迪基认识的人，因为他不紧不慢地挨个核实，还和玛吉给他的名单相互参照。大多数人的名字，玛吉已经给他了。但汤姆又把所有人细说了一遍，包括他们那些难记的地址——当然有吉奥吉亚，码头管理员皮耶托，还有法斯多的姑姑玛利亚，她的姓汤姆也不知道，但还是费劲地把她家的住处告诉了麦卡隆。杂货店主阿尔多，切吉一家，甚至连老斯蒂文森都讲到了，此人是个隐居的画家，住在村子外面，汤姆和他从未见过面。汤姆花了好几分钟时间才把这些人全部列举一遍，麦卡隆要逐个盘查他们，估计得要好几天时间。所有人他都和麦卡隆说了，唯独没有提到西格诺·普西，他帮忙把迪基的房子和帆船卖掉了。假如麦卡隆没有通过玛吉得知迪基卖房子的事，普西肯定会告诉他，汤姆·雷普利来过蒙吉贝洛处理迪基的财产。不过就算麦卡隆真的知道了这件事，汤姆觉得这也没什么大不了的。至于阿尔多和斯蒂文森，麦卡隆想问什么尽管问好了。

"他在那不勒斯有熟人吗？"麦卡隆问。

"这个我不知道。"

"那罗马呢？"

"对不起，我从不知道他在罗马有认识的人。"

"你从未见过这位画家——呃——迪马西奥？"

"这人我见过一面，"汤姆道，"但从未说过话。"

"他长得什么样？"

"嗯，当时是在一条街道拐角。我和迪基道别，他正准备去见他。我离他有段距离。他身高大约五英尺九英寸，五十岁左右，黑灰色头发——我就记得这些。他长得很壮。我记得他当时穿一件浅灰色西装。"

"哦，哦，很好。"麦卡隆心不在焉地说道，好像把汤姆的话全记下来。"呃，我想差不多够了。十分感谢，雷普利先生。"

"不客气。祝你好运。"

接下来的几天，汤姆安静地在家里待着。既然满世界都在寻找你失踪的朋友，而且正到了节骨眼上，你最好哪儿也不去。他婉拒了三四次聚会邀请。报界由于迪基父亲雇佣的美国私人侦探现身意大利，又重新掀起了对迪基失踪案的兴趣。《欧罗巴》和《奥吉报》的摄影记者还上门拍了他本人和住所的照片，他坚决地请他们离开，其中一个年轻记者赖着不走，被他抓着胳膊从客厅拖到门口。不过这五天倒是没什么大事发生——没有电话，没有来信，甚至罗瓦西尼警长也没有消息。汤姆偶尔也会设想最坏的情况，这种臆想一般发生在黄昏时，那是他一天中情绪最为低落的时候。他臆想罗瓦西尼和麦卡隆联手，推断出迪基有可能十一月份就已经失踪，臆想麦卡隆调查他买车的时间，臆想麦卡隆意识到圣雷莫之旅后迪基本人没回来，雷普利却独自回来处理迪基的相关事宜，并从中嗅出可疑的地方。他在脑海中一而再、再而三地琢磨昨天上午和格林里夫先生道别时他那张疲惫、冷漠的脸，觉得这代表着不友善。他还臆想回罗马后，由于搜寻迪基的工作毫无进展，格林里夫先生暴跳如雷，要求彻底调查汤姆·雷普利，这个他自掏腰包请来给儿子当说客的无赖。

但是每到早晨，汤姆就又恢复乐观。好的一面是，玛吉无疑相信迪基确实闷闷不乐地在罗马待了好几个月，她还保留了他寄来的所有信件，这些信件很有可能都拿出来给麦卡隆看过。这些信件真是太棒了。汤姆觉得当初在这些信上花心思真不冤枉。现在玛吉对他来说意味着财富，而不是风险。那天晚上她发现戒指时，幸亏没对她下死手。

每天早晨，他站在卧室窗前，看着太阳从冬日薄雾里升起，费力地升至这座宁静城市的上空，最后冲破云层给城市带来几个钟头的阳光。每一天从宁静中开始，都像是在预示着未来平安无事。天气越来越暖和。晴天越来越多，雨水愈加稀少。春天就要来了，晨光一天比一天明媚，他马上就要离开，坐船前往希腊。

格林里夫先生和麦卡隆走后的第六个晚上，汤姆给格林里夫先生打了个电话。格林里夫先生没有进一步的消息告诉他，汤姆本来也不期待任何新消息。玛吉已经回国了。只要格林里夫先生仍留在意大利，报纸总会登一点有关这个案子的消息。不过也没有什么猛料可以爆了。

"您妻子情况怎么样？"汤姆问格林里夫先生。

"还不错。不过她一直很焦虑。我昨晚刚和她通过话。"

"我很难过。"汤姆道。他应该写一封信安慰她，尤其现在格林里夫先生不在她身边，她孤单一人。他要是早点想到就好了。

格林里夫先生说他本周末回国，会途经巴黎。法国警察也正在调查此案。麦卡隆和他一起回去。如果巴黎那边没有消息的话，他俩就一起回国。"现在无论是我，还是其他任何人都能看出来，他或者已经死了，或者故意藏起来了。现在全世界到处都是找他的消息，也许就差俄国了。上帝啊，他可从未表现过对那个国家有兴趣吧。"

"俄国？不，我从未听说他提起过。"

其实格林里夫先生的意思很明显，迪基或者死了，或者抛下了过往的一切。在电话里，后一种揣测的倾向很明显。

当天晚上，汤姆去了彼得·史密斯-金斯利家。彼得有几份朋友送来的英文报纸。其中一份刊登的图片是汤姆正把《欧罗巴》的摄影记者往门口推。这张照片汤姆在意大利报纸上也见过。他在威尼斯街头和住所的照片早已传到了美国。鲍勃和克利奥都给他寄来了纽约小报上的照片和报道的剪报。他们觉得这起事件真刺激。

"我没事，只是觉得恶心，"汤姆道，"我在这儿逗留，只是想看看能不能提供点帮助。如果再有记者闯进我家，进门就会挨我一枪。"他真的动怒了，非常不满，从语气里完全能听出来。

"我很理解，"彼得说，"我准备五月底回国。如果你有兴致，来爱尔兰寒舍一聚，我将热烈欢迎。那儿绝对无人打扰，这点我敢保证。"

汤姆看了一眼彼得。彼得曾经告诉汤姆，他在爱尔兰有一座古堡，并给汤姆看过古堡的照片。汤姆脑海中闪过一个罪恶的念头，像个苍白的魅影。他和迪基的关系，也有可能演变为他和彼得的关系。两人性格也相仿，彼得为人爽快，没有疑心，与人交往不设防，慷慨大方。唯一美中不足的是，他和彼得长相差距太大。但有天晚上，为了逗彼得开心，他故意用英国腔模仿彼得平日里矫揉造作的做派，以及说话时头一歪一歪的样子，逗得彼得乐疯了。不过汤姆现在明白，这种事他不可能再做。他对迪基做的事，居然想在彼得身上再来一回，单单这个念头就让他羞愧难当。

"谢谢，"汤姆道，"不过当下我还是想独处一段时间。你知道，我很想念迪基。真的很想念他。"说着他几乎要落泪。他记得他和迪基第一次见面，向他坦承自己是受他父亲委派时，迪基那灿烂的笑容；他记得他和迪基第一次结伴同游罗马时的疯狂之旅；他甚至居然带着暖意回忆起在戛纳卡尔顿酒吧的那半个小时，当时迪基已经对他很不耐烦，沉默无语，但这不怪迪基，毕竟是他拉着人家来玩，而迪基本身又不喜欢蔚蓝海岸。如若当初他独自去观光，如若当初他不那么心急贪婪，如若当初他没有误判迪基和玛吉的关系，而是等两人感情自生自灭，现在的一切都不会发生，他会和迪基继续生活下去，一起出游，一起生活，度过余生。如若那天他没试穿迪基的衣服——

"我能理解你，小汤米，真心理解。"彼得拍着汤姆的肩膀说道。

汤姆眼含热泪看着彼得。他还在想象和迪基一起乘坐游轮回美国度圣诞，想象和迪基的父母相处融洽，仿佛他和迪基真是亲兄弟。"谢谢。"汤姆道。说完他像个孩子似地嚎啕大哭。

"如果你不这样悲痛欲绝，我还真以为你和这件事有些瓜葛呢。"彼得同情地说。

29

亲爱的格林里夫先生:

今天在整理行装时,我偶然发现当初迪基在罗马给我的一个信封。这封信不知怎地被我忘了个干净,现在见到了才想起来。信封上写着"六月方可打开",巧的是,现在正好是六月。信封里是迪基的遗嘱,他将收入和财产全留给我。我现在和您一样震惊,可是从遗嘱的措辞来看(信是用打字机写的),他当时意识清醒。

我很抱歉不记得这封信的事,因为它可以早点证明迪基打算结束生命。我把信封放在旅行箱袋子里,然后就彻底忘了。这封信是我们最后一次在罗马见面时他给我的,当时他情绪很低落。

经过再三考虑,我把这封信的影印本发给您,这样您可以亲自看一下。这是我这辈子见到的第一份遗嘱,我对执行遗嘱的程序一无所知。请问我该如何处理?

请代我向您太太致以最真挚的问候,我和你们一样深感难过,并很遗憾不得不写这封信。请您尽快给我回信。我的地址如下:

经由美国运通转交

雅典,希腊

汤姆·雷普利敬上

威尼斯

六月三日，一九——

　　这封信也许会招致麻烦，汤姆想。它可能会重启新一轮对签名、遗嘱和汇票的调查，就像当初保险公司和信托公司发起的那一连串无休止的调查那样，毕竟这是从他们的口袋里往外掏钱。但现在他就想这么做。他已经订了五月中旬去希腊的车票。日子一天天晴朗，他的内心也萌动不安。他从威尼斯的菲亚特车库里取了车子，一路驱车途经布雷纳、萨尔斯堡到达慕尼黑。接着又转向的里雅斯特和博尔扎诺。一路上阳光明媚，除了他在慕尼黑的英国花园漫步时，下了一阵轻柔的春雨。当时他丝毫没有躲雨的意思，而是继续在雨中散步，甚至孩子气地兴奋不已，因为这是他淋的第一场德国的雨。他自己名下只剩从迪基账户和积蓄中转来的两千美元，因为他不敢在这短短三个月内从迪基账户上再提钱。他恨不得冒天下之大不韪，将钱从迪基账户里一次性全部提完。但他也明白，那样做的风险，也是他承受不起的。他对在威尼斯的枯燥平淡的生活厌倦极了，每一天的流逝愈发证明了他平安无事，同时也凸显出生活单调。罗瓦西尼警长也不再给他写信。麦卡隆已经回了美国（他后来只从罗马给他打来过一个不痛不痒的电话）。汤姆断定，麦卡隆和格林里夫先生一定认为迪基或者死了，或者主动隐匿，再调查下去也没有意义。报纸也因为没有新的消息停止了对该事件的报道。汤姆的心里滋生出一种空虚漂泊感，把他逼得快疯了，所以才有了驱车前往慕尼黑之举。他从慕尼黑返回威尼斯，为希腊之行准备行装时，这种空虚漂泊感变得更加强烈：他即将前往希腊，对这片古老的英雄列岛而言，他汤姆·雷普利只是个性格腼腆温顺的无名小卒。他的银行账号上只剩不断缩水的两千多美元，连买一本有关希腊艺术的书都得犹豫一番。实在令人无法忍受。

他在威尼斯将希腊之行谋划为一次壮游。他要以一个有血有肉、英勇无畏者的身份把希腊列岛尽收眼底，而不是一个来自波士顿畏畏缩缩的渺小之徒。假如他一进比雷埃夫斯港，就被希腊警察当场拿下，也不枉他已游览一场，在船头迎风伫立，跨越醇酒般的深色海面，像归来的伊阿宋和尤利西斯。所以他虽然早早地写好了给格林里夫先生的信，却一直推到从威尼斯出发前三天才将信发出。这样一来，格林里夫先生收到信至少要花上四五天时间，就算他拍电报过来，也没法羁留他在威尼斯而耽误船期。而且，无论从什么角度来说，放松随意是处理这件事的较好姿态。在他抵达希腊前联系不上他，会显得他对能否得到迪基的遗产毫不在意，他绝不会为遗嘱的事暂缓早已计划好的希腊之行，虽然仅仅是去玩一趟而已。

出发前两天，他去蒂蒂家喝茶。这位女伯爵是他在威尼斯找房子时结识的。女佣引他进了客厅，蒂蒂见面就说出了他好几周没听到的事情，"哦，瞧，汤玛索！你看今天下午的报纸了吗？他们发现迪基的行李箱了！还有他的画作！就在威尼斯的美国运通办事处！"女伯爵兴奋得纯金耳坠都在颤抖。

"什么？"汤姆没有看报，他下午一直在忙着整理行装。

"读这个！在这儿！他的这些衣物二月份才存放的，是从那不勒斯寄来的。也许他现在就在威尼斯！"

汤姆读着报纸。报纸上说，系在油画外面的绳子松了，一名办事员在重新包裹这些油画时发现画作上理查德·格林里夫的签名。汤姆的手直发抖，必须紧握报纸的边沿才能抓稳。报上说警方正在认真检查画作上的指纹。

"或许他还活着！"蒂蒂在一旁嚷道。

"我不这么看——我不觉得这件事能证明他还活着。他也许在寄出箱子后被谋杀或自杀的。而且这些画作寄存在'范肖'名下。"女伯爵直挺挺地坐在对面的沙发上看着他，汤姆觉得可能是自己表现出的紧张吓着她了，连忙收摄心神，振作勇气说道，"您瞧，警方正在全力以赴寻找指纹。如果他们确定是迪基本人将行李箱送过来的，就没必要这么做了。如果他想日后取回行李，干嘛用范肖这个名字存放呢？连他的护照也在，他把护照也放进去了。"

"或许他现在正是用的范肖这个化名！噢，天哪，你还没喝茶呢！"蒂蒂站起来。"吉斯蒂娜！请端茶来，快点！"

汤姆无力地坐到沙发上，报纸还拿在身前。绑在迪基尸体上的绳结不知道会不会出问题？万一现在绳结松了，他就大难临头了。

"啊，冷静点，你过于悲观了，"蒂蒂拍拍他的膝盖说道，"总之这是个好消息。万一上面的指纹全是他的呢？难道你不高兴吗？假如明天你走在威尼斯某条小路上，迎面看见迪基·格林里夫，也就是那位范肖先生。"说着她爆发出尖利、愉快的笑声，这笑声对她来说像呼吸那样自然。

"报上说这些行李箱里东西一应俱全——剃须包，牙刷，鞋子，大衣，装备齐全，"汤姆道，阴郁的表情中隐藏着恐惧，"他不可能人还活着，却留下这么多东西。杀害他的凶手一定是在剥光他的衣服后，将衣服寄存在这里。因为这是销毁赃物最容易的方法。"

汤姆这番话把蒂蒂说愣住了。她停了一会说道，"不要这么垂头丧气好吗？等指纹搞清楚后再说吧。别忘了，你明天可是要开启愉快的旅程。茶来了。"

是后天，汤姆想。这段时间足以让罗瓦西尼警长获取他的指纹，和画布以及行李箱上的指纹进行比对。他竭力回忆画布和行李箱内的物品上有哪些平整的表面，可以采集指纹。这样的地方并不多，或许剃须包里有一些，不过对警察来说足够了。如果他们肯卖力的话，能凑够十枚指纹。他现在唯一还能保持乐观的理由，就是警察还没来采集他的指纹。或许他们根本没想到来采集他的指纹，因为他还不是怀疑对象。但万一他们搞到迪基的指纹呢？说不定格林里夫先生从美国将迪基的指纹直接寄过来供比对？能找到迪基指纹的地方太多了，他美国的家里，蒙吉贝洛的房子里——

"汤玛索，喝茶呀。"蒂蒂又用手摁了摁他的膝盖。

"谢谢。"

"看看吧。现在至少朝真相又近了一步。如果这件事让你不快，我们聊点别的吧。除了雅典，你还准备去哪里？"

汤姆也试着将思绪转向雅典。对他来说，雅典是镀金的。金色的勇士盔甲，金色的阳光。石雕上的面容沉静、坚强，像埃雷赫修神庙廊柱里的妇女。他不想带着心理负担去希腊，边游玩边担心指纹可能造成的威胁。那样会贬低他。他会觉得自己卑微得如同雅典下水道里奔蹿的老鼠，比萨洛尼卡街头搭讪的乞丐还卑微。想到这里，汤姆不禁掩面而泣。希腊算是彻底泡汤了，像一个金色的气球爆炸了。

蒂蒂用她那坚实的、肉乎乎的胳膊搂住汤姆，"汤玛索，振作起来！现在还没到沮丧的时候呀！"

"我真不明白你为什么不把这件事视为噩兆！"汤姆绝望地说，"我真不明白！"

30

最坏的征兆是罗瓦西尼警长一向对他客客气气，告知他案件的具体进展，现在却没向他通报在威尼斯发现了迪基的行李箱和画作。汤姆整整一天一夜不眠不休，在屋子里走来走去，处理出发前数不清的各种琐事，付薪水给安娜和乌戈，和各个商家结账。他做好心理准备，警方会随时上门，不分白天黑夜。五天前他还自信笃定，觉得自己已经上岸，现在却充满恐惧绝望，这种反差几乎将他撕裂。他睡不着，吃不下，坐不住。安娜和乌戈对他表示的同情，令他啼笑皆非，朋友们纷纷打来电话，问他对新发现的迪基行李箱有何看法，又令他不胜其烦。具有讽刺意味的是，汤姆的表现一方面能让外人感觉到他沮丧、悲观、绝望，另一方面又让人觉得这种反应再正常不过，并无深意，因为迪基毕竟可能已经遭到谋杀。大家一致认为，迪基的所有物品，包括剃须包和梳子在威尼斯被发现，此事非同小可。

还有遗嘱的事。不出意外，格林里夫先生后天会收到他的信。到时候，万一警方得知迪基行李上的指纹不是迪基本人的，他们可能会拦截汤姆乘坐的"希腊人号"，并采集他的指纹。假如他们发觉遗嘱也是伪造的，他们绝不会放过他。两桩谋杀案到时自然就会水落石出。

汤姆登上"希腊人号"时，觉得自己像是行尸走肉。他睡不着觉，吃不下饭，狂饮咖啡，整个人全靠着痉挛的神经支撑着。他想问船上有没有广播，但其实心里知道船上肯定有。这艘三层巨轮载有四十八名乘客。当船上服务员将行李送进他的客舱后，有大约五分钟，他整个人快崩溃了。他面朝下躺在铺位上，一只胳膊扭曲着放在身子下面，他累得连换个姿势的力气都没有。等他醒来时，船已经开了，不只开动，还伴着愉悦的节奏，显示其后劲十足，足以保证横扫漫长航程中的一切障碍。汤姆现在感觉好些了，除了刚才压在身子下面的那只胳膊麻了，无力地垂在身子侧面。当他走在船舱过道时，这只失去知觉的胳膊击打着他的身体，他不得不在走路时用另一只手将这只胳膊握紧固定。他看了看表，现在是晚上十点一刻，外面一片漆黑。

他向外看，左边最远处影影绰绰有些陆地，可能是南斯拉夫国土，闪着五六处星星点点的白光，除此之外就是乌黑的海洋和天空。黑色浓密，看不到一点地平线，若非汤姆丝毫感不到任何阻力，海风也从茫茫天际吹来，恣意地吹着他的前额，他可能会有种错觉，以为船是在隔着一张黑幕前行，甲板上除了他之外，再无旁人。其他乘客估计都待在甲板下面，吃着宵夜。他很高兴能这样独处一会儿。那只麻木的胳膊又重新恢复知觉。他紧握呈 V 形分开的船首，深深吸了一口气，心底油然升起一股抗拒的勇气。如果现在船上的电台机务员收到逮捕汤姆·雷普利的消息怎么办？他会像现在这样勇敢地站起来，抑或纵身一跃，越过船舷跳到海里——这既是大无畏的豪举，又是逃生之策。这些都是如果。即便从他现在站的地方，汤姆也能听见位于船顶的无线电室传来的微弱的电流声。他现在反而不害怕了，浑身轻松。他当初设想去希腊时想要的就是现在这种心情。看着周围黑黝黝的海水，心头没有恐惧，这种感觉和目睹希腊诸岛映入眼帘一样美好。面对着六月温柔的夜色，汤姆在脑海中想象那些星罗棋布的小岛，点缀各色建筑的雅典山丘，还有卫城。

船上有位英国老妇人，携女儿一同出游。她女儿是四十岁的老姑娘，性子很急，在甲板躺椅上晒太阳不到十五分钟，就跳起来嚷嚷着要"去散步"。而她母亲性格正好相反，平和迟缓。她右腿有些残疾，比左腿短一截，不得不穿上厚跟的鞋子，走路得用手杖。要是当年汤姆在纽约遇见这种动作迟缓、举手投足间保持一成不变优雅的人，会觉得乏味得要死。但现在他却乐于睡在躺椅上，和她聊天，听她说在英格兰的生活，还有上次来希腊的情况，那次还是早在一九二六年。他扶着老妇人在甲板上慢慢地走了走，老妇人靠着他的胳膊，心里过意不去，一个劲地向他道歉，说给他添麻烦了，但其实可以看出来，她很喜欢这种关心。她女儿则由于有人临时替她看护母亲而乐得自在。

或许这位名叫卡特莱特的老妇人年轻时很强势，汤姆想，或许她该为自己女儿的每个乖戾行为负责，或许她对女儿管束太紧，以至于女儿无法过上正常生活，这么大岁数还没结婚。或许她该被一脚踢下船，而不是在甲板上散步，身边还有人能连续数小时听她絮叨。不过这算什么呢？这个世界总是赏罚分明吗？这个世界过去对他公平吗？他觉得自己的运气好得不可思议，居然逃脱了两起谋杀案的追踪，而且自从冒名迪基以来运气也一直不错。在他的前半生，命运对他一直不公，可自从认识迪基后，一切都得到了补偿。不过到了希腊肯定会发生一些事情，他的运气也不会一直这么好。不过就算他们通过指纹和遗嘱等线索，将他抓获，送他上电椅，可是死在电椅上就一定是受苦吗？死于二十五岁就一定是悲剧吗？去年十一月到现在享受到的都不足以补偿这一切吗？答案当然是否定的。

他唯一抱憾的是没有看遍整个世界。他想去澳大利亚看看。还有印度。他还想去看看日本，以及南美。去这些国家哪怕只是单纯欣赏艺术作品，这辈子就不算虚度，他想。现在他在绘画方面已经学了不少东西，就连模仿迪基那些平庸之作也让他收获很大。在巴黎和罗马的美术馆，他发现自己对绘画有兴趣，这种兴趣不知是以前没有被发现，还是在他身上不存在。他不想成为画家，但如果有钱，他最大的乐趣将是收藏一些自己喜爱的画家的画作，并资助一些有天赋却囊中羞涩的青年画家。

他陪卡特莱特夫人在甲板上散步时，一边听卡特莱特夫人在一旁喋喋不休地说着并不总是有趣的话，一边就这样胡思乱想着。卡特莱特夫人觉得汤姆很讨人喜欢。她好几次满怀热忱地说，汤姆的陪伴令她这次旅程愉快极了。他们还约好七月二日在克里特岛某家酒店会面，因为克里特岛是他们行程唯一有交集的地方。卡特莱特夫人的旅程是乘坐巴士的特殊行程。汤姆默默地听从卡特莱特夫人所有的建议，但心里知道一下船他们将再不会相见。他假想自己一下船就被捕，然后押解到另一艘船上，也可能是飞机，被送回意大利。船上广播没有播送关于他的通知——至少他没听见——不过真要抓他，也不一定非要通知他过去。船上有一份自印的报纸，一小页油印纸，每晚出现在餐桌上，刊登的都是国际时闻。就算格林里夫案有什么重大发现，这种报纸也不会关注的。在这次十天的旅行中，汤姆的心境奇异，充满着英雄末路、舍己救人的情怀。他假想各种奇怪的场景：卡特莱特夫人的女儿不幸落海，他跳进海里将她救上来；船舱崩裂，海水涌进来，他奋勇地用自己的身体挡住裂口。他觉得自己具有超自然的力量和大无畏的气概。

当船靠近希腊大陆时，汤姆和卡特莱特夫人站在栏杆旁。卡特莱特夫人向汤姆描绘比雷埃夫斯港距她上次见到时发生了哪些巨大变化。汤姆对这些变化毫无兴趣。对他而言，这就是个港口，仅此而已。它不是幻象，而是一座实实在在可以让他走在上面的山丘，山丘上还有他可以摸得到的建筑——这就足够了。

警察站在码头上。他看见四名警察，双臂交叉，站在那里。汤姆最后一次帮助卡特莱特夫人，帮她轻轻迈过跳板尽头的门槛，然后微笑着和这对母女告别。行李按照主人姓氏首字母分类领取，他在字母 R 下面排队，卡特莱母女在字母 C 下排队。之后母女二人将搭乘专门的巴士前往雅典。

面颊上带着分手时亲吻的余温和微微的湿润感，汤姆缓步朝这些警察走去。不必多费周折，他想，只需径直告诉他们自己是谁就行了。警察身后有一个大书报摊，汤姆想头一份报纸。也许他们会同意他买报纸。汤姆走近时，这些警察抱着胳膊回望他。他们穿着黑色警服，戴着警帽。汤姆朝他们挤出笑容。其中一名警察摘帽回礼，让出一条路来。汤姆现在正位于两名警察中间，身前是报摊。警察的目光又朝前望去，根本没注意他。

汤姆浏览了眼前摆放的报纸，觉得头晕目眩。他的手机械地拿起一份熟悉的罗马报纸，是三天前的。他从口袋里掏出里拉，突然反应过来他还没兑换希腊货币。不过报摊老板就像在意大利那样，伸手接过里拉，并用里拉给他找钱。

"这些也要。"汤姆用意大利语说道。他又选了三份意大利报纸和巴黎的《先驱论坛报》。他瞥了一眼那几名警察。他们看都没看他。

接着汤姆走回码头上的轮船旅客行李等候处。他听见卡特莱特夫人用兴奋的语调和他打招呼，但他故意装作没听见。他在字母R那一列排队等行李，先打开最早的那份意大利报纸，是四天前的。

格林里夫行李寄存人罗伯特·范肖查无此人

这份报纸的第二页用拙劣的标题这样写道。汤姆读着标题下一长串内文，只有第五段引起他的兴趣：

警方数日前已勘定，行李箱和画作上的指纹与格林里夫在罗马弃宅内遗留的指纹完全相同。因此可以推断，格林里夫本人寄存了这些行李箱和画作……

汤姆摸索着打开另一份报纸。它是这么报道的：

鉴于行李箱内物品上所遗指纹与格林里夫先生位于罗马弃宅内的指纹一模一样，警方推断格林里夫先生亲自将这些物品装箱发送到了威尼斯。有观点认为，他已经自杀，或许是全身赤裸自溺身亡。另一派观点认为，他现在假托罗伯特·S·范肖或其他化名藏匿起来。还有观点认为，在整理或被迫整理完行李后，他被杀害——凶手这么做是为了混淆警方查验指纹……

不管哪一种可能性，继续搜寻理查德·格林里夫已经毫无意义，因为就算他还活着，他也没有原来那本"理查德·格林里夫"的护照……

汤姆感到身体跟跄，神志不清。从行李等候棚顶边缘射进来的阳光刺痛他的眼睛。他本能地跟着提行李的脚夫向海关柜台走去。他一边低头看海关官员打开他的行李箱草草地检查，一边思索报上的内容到底意味着什么。从报纸的意思来看，他根本就不是警方的怀疑对象。指纹事件反而坐实了他的清白。这说明他不仅不会进监狱，不会死，反而连嫌疑人都不是。他是自由的。现在只剩下遗嘱问题了。

汤姆坐上开往雅典的大巴。曾经和他在船上同桌共餐的一名男子坐在他旁边。不过他并没有和他打招呼，万一那人问他话，他也一句都答不上来。美国运通雅典办事处一定有一封关于遗嘱的信，汤姆确信这点。格林里夫先生早该回信了。也许格林里夫先生会让律师代为处理，他在雅典会收到一封语气客气、内容负面的律师函。也许接下来就是美国警方来信，通知他就伪造遗嘱一事接受问讯。或许此刻两封信都已到了运通办事处。遗嘱会把所有事情搞砸。汤姆看着车窗外原始贫瘠的地貌。没有让他眼前一亮的风景。或许雅典警察正在运通办事处等他呢。或许他刚才看见的四个穿制服的人不是警察，而是士兵之流。

巴士停了下来。汤姆下车，提着行李，叫了一辆出租车。

"可以送我去美国运通办事处吗？"他用意大利语问司机，司机反正是听懂了"美国运通"这几个字，驱车而去。汤姆记得他也曾对罗马出租车司机说过一模一样的话，那天他正要去帕勒莫。他当时在英吉尔特拉酒店刚对玛吉爽约，对自己充满自信。

在车上看到"美国运通"的招牌时，他坐直身子，朝建筑周围四下张望，看看有无警察。或许警察在里面。他用意大利语让司机等他一会儿，司机好像也听懂了，用手碰了碰帽檐表示没问题。汤姆感觉周遭一切都有一种特别的轻松感，像是爆炸前的宁静。汤姆走进美国运通办事处大堂，四下张望。没有异常。也许报出他的名字就会——

"请问有没有托马斯·雷普利的信？"他低声用英语问道。

"里普利？请问是怎么拼的？"

汤姆拼了一下。

女办事员翻了翻，从一个小搁架里找出几封信。

什么事也没发生。

"一共有三封信。"她用英语笑着对汤姆说。

一封是格林里夫先生寄来的。一封是蒂蒂从威尼斯寄来的。还有一封是克利奥的，从别处转过来的。他打开格林里夫先生那封信。

亲爱的汤姆：

你六月三日的来信我昨天收到了。

其实对我和我妻子来说，这件事没有你想象的那么令我们震惊。我们都知道理查德很喜欢你，虽说他从未在给我们的信件中提及。正如你所言，很不幸，这份遗嘱表明理查德已经结束自己的生命。我们将不得不接受这个最终结果——唯一有另一种可能是，理查德基于只有他自己才知道的理由，化名隐匿，自行和家庭断绝联系。

我妻子和我一致同意，不管理查德对自己做了什么，我们都应该履行他的意愿。所以关于遗嘱，我们支持你。我已将你的照片影印件交给律师，他们将适时和你联系，负责将理查德的信托基金和其他财产转交给你。

再次对你在国外提供的关照表示谢意。保持联系。

谨致最良好的祝愿，

赫伯特·格林里夫

六月九日，一九——

不会是开玩笑吧？但他手上伯克-格林里夫公司的信纸

却是实实在在的，厚厚的纸张，略带雕版和印花的抬头，况且格林里夫先生从不会开这种玩笑。汤姆走向路边等待的出租车。这不是玩笑，一切都是他的了！迪基的钱和自由！而且这种自由，和其他东西一样，都是关联的，将迪基拥有的自由和他拥有的自由关联起来。他可以在欧洲有个家，在美国有个家，任凭他选择。他突然想起来，蒙吉贝洛的房子卖出后的房款还等着他去领。他觉得应该把这笔款项寄给格林里夫夫妇，因为迪基在写遗嘱前就将这所房子出售了。他笑了起来，因为想起了卡特莱特夫人。到了克里特岛，他一定送给她一大盒兰花，假如克里特岛有兰花的话。

他想象到达克里特岛的情景——长条形岛屿，矗立着干涸、锯齿状的火山口。轮船入港时，会在码头激起小小的骚动，提行李的小男孩巴望着行李和小费。无论什么人，对他做了什么事，他一定出手阔绰。在他想象中的克里特岛码头上，一动不动地站着四个人，四个克里特岛警察，抱着胳膊在码头耐心地等他。难道在即将前往的每一个码头，都会看见警察在等他吗？亚历山大？伊斯坦布尔？孟买？里约热内卢？不用去想了。他挺起胸膛。不必因为这些臆想中的警察而破坏游兴。即使码头上真有警察，也不一定——

"去哪里？去哪里？"出租车司机为了拉客竭力用意大利语招呼他。

"去酒店，"汤姆说，"去最好的，最好的，最好的！"

图书在版编目(CIP)数据

天才雷普利/(美)帕特里夏·海史密斯著;赵挺译.
—上海:上海译文出版社,2019.3(2024.6重印)
(译文经典)
书名原文:The Talented Mr. Ripley
ISBN 978 - 7 - 5327 - 7986 - 4

Ⅰ.①天… Ⅱ.①帕… ②赵… Ⅲ.①犯罪小说-美
国-现代 Ⅳ.①I712.45

中国版本图书馆 CIP 数据核字(2019)第 021185 号

Patricia Highsmith
THE TALENTED MR. RIPLEY
First published in 1955
Copyright © 1993 by Diogenes Verlag AG Zürich
Published by arrangement with Diogenes Verlag AG Zürich
Simplified Chinese edition copyright © 2019
by SHANGHAI TRANSLATION PUBLISHING HOUSE (STPH)
All rights reserved

图字:09 - 2010 - 590 号

天才雷普利

[美]帕特里夏·海史密斯 著 赵挺 译
策划/黄昱宁 责任编辑/杨懿晶 装帧设计/张志全工作室

上海译文出版社有限公司出版、发行
网址:www.yiwen.com.cn
201101 上海市闵行区号景路 159 弄 B 座
江阴市机关印刷服务有限公司印刷

开本 787×1092 1/32 印张 11.25 插页 5 字数 165,000
2019 年 3 月第 1 版 2024 年 6 月第 3 次印刷
印数:7,001—9,000 册

ISBN 978 - 7 - 5327 - 7986 - 4/I · 4915
定价:69.00 元